구원

KB193292

구원

임성순
장편소설

은행나무

차례

프롤로그

모든 것은 선한 사람들에 의해 철저히 기만되고 왜곡되어 있다. —프리드리히 니체

유혈 참극이 벌어지는 시대에 오히려 다정한 사람들이 살고 있다. —베르톨트 브레히트

저는 죄인입니다. 박현석 베드로 신부의 마지막 강론은 이렇게 시작되었다. 그리고 그렇게 끝났다. 누군가 그에게 돌을 던졌고, 돌은 그의 이마에 맞았다. 흘러내린 피로 얼굴이 붉게 물들었을 때, 당황한 신자들의 웅성거림을 가르며 한 남성의 욕설과 고함이 들렸다. 박 신부는 말할 수 없었다. 그저 이마를 감싸 쥔 채 강단에서 내려왔다. 이조차도 그의 몫이었으니까.

수술 등이 켜졌다. 썩어버릴 육신이 눈앞에 있었다. 범준이 고개를 끄덕이자 수간호사가 버튼을 눌렀다. 스피커에서는 베토벤의 〈피아노 소나타〉가 흘러나오기 시작했다. 그는 환자의 가슴을 내려다보았다. 포비돈이 칠해진 그녀의 가슴은 구릿빛으로 번득였다. 마치 황동으로 만든 동상 같았다. 그 아름다움에 범준은 슬퍼졌다. 이제부터 그가 할 일은 자연이 만들어낸 이 아름다운 육체를 파괴하는 일이었으니까.

먼저 수술 장갑을 낀 손으로 흉골 상부를 만져보았다. 흉골이 모이는 움푹한 홈이 느껴졌다. 그리고 시선을 아래로 돌려, 음모를 깨끗하게 밀어내고 요오드를 칠해 번들거리는 음부 바로 위를 응시했다. 그리고 치골 상부를 손가락으로 꾹꾹 눌러보았다. 절개 전 마지막 확인이었다. 괜찮을 거야. 범준은 깊은 숨을 들이쉬었다. 그리고 단숨에 흉골 상부에서 치골 바로 위까지 메스를 그어 내렸다. 그의 손이 지나간 자리로 피부조직이 좌우로 벌어지기 시작했다. 벌어진 피부는 피가 맺히며 이내 절개선을 따라 쭈글쭈글하게 주름이 잡혔다. 절개면 안으로는 몽글몽글한 노란 지방층이 드러났다. 미녀든, 추녀든, 결국 한 장의 피부 아래는 다 같았다. 메스가 복부로 내려가자 그는 날을 깊이 세워 그어 내렸다. 다행히 그녀는 복부 지방이 적은 편이었다. 뚱뚱한 사람들은 마치 황금 광맥을 탐사하는 기분으로 두꺼운 지방층을 절개해야 했다. 지방층 하부에 있던 모세혈관에서 피가 나오기 시작하자 노란 지방층을 따라 피

8

구원

가 고이기 시작했다. 그는 재빨리 소작기로 지혈을 시작했다. 가느다랗게 피어오르는 연기와 함께 고기 익어가는 냄새가 났다. 인간의 육신 역시 하나의 단백질과 지방으로 구성된 물질일 뿐이었다. 범준은 소작기를 이용해 메스로 채 잘라내지 못한 부분을 절개하면서 동시에 지혈을 했다. 그리고 커다란 거즈를 받아 절개면으로 흘러나온 피들을 닦아냈다. 그가 잘라낸 절개면이 한눈에 드러났다. 하지만 아직 충분하지 않았다.

그는 다시 소작기로 지방층 밑을 태워버리기 시작했다. 조직 아래 하얀 뼈가 모습을 드러냈다. 흉골이었다. 범준은 마른침을 꿀꺽 삼킨 후 수술 장갑을 낀 손가락으로 명치끝을 눌렀다. 단단한 흉골의 아래쪽이 만져졌다. 이어 절개한 가장 윗부분으로 다시 손가락을 집어넣어 흉골 위쪽의 갈라지는 부분을 후비적거렸다. 톱날이 들어가기 위해서는 공간을 확보해야 했다. 그가 손가락을 빼 피 묻은 손을 내밀자 수간호사가 전기톱을 건넸다. 톱은 바이스와 쇠톱을 합친 듯한 모양 끝에 통조림 따개 같은 날이 달려 있었다. 이상해 보였지만 깡통을 따는 것처럼 가슴뼈를 잘라내기에 더할 나위 없이 이상적인 형태였다. 그는 톱을 흉골 위로 가져갔다. 그리고 손가락으로 미리 만들어놓은 구멍에 날을 집어넣었다. 힘을 주고 날을 흉골에 댄후 전원을 켰다. 손끝에서 진동이 느껴지는 순간, 석고 가루 같은 흰 뼛가루가 날이 지나간 자리 위로 남았다. 뼛가루는 이내 피와 섞여 선분홍으로 변했다.

프롤로그

흉골을 잘라낸 범준은 거즈로 재빨리 뼛가루와 피를 닦아 냈다. 흉골 사이로 길고 검고 불길한 느낌을 주는 절단면이 온전히 드러났다. 그는 벽에 걸려 있는 시계를 봤다. 채 5분이 지나지 않았다. 이 정도면 나쁘지 않았다. 하지만 이제 더 손놀림을 빨리 해야 했다. 다른 팀이 기다리고 있었으니까. 범준은 절개한 흉골 안으로 견인기를 밀어 넣었다. 천천히 흉골이 벌어지기 시작하자 시큼한 냄새가 희미하게 났다. 임파액과 장액이 뒤섞여 내는 인체 내부의 향이었다. 가슴이 열리자 가장 먼저 시선에 들어온 것은 피와 장액이 섞여 만들어낸 기포들이었다. 동맥을 절개할 때까지 수술을 도울 전문의가 흡입기로 재빨리 이것들을 빨아냈다. 그러자 흉막 너머로 숨을 쉴 때마다 부풀어 오르는 폐와 두 개의 폐 사이에 수줍게 장막에 쌓여 있는 심장이 눈에 들어왔다. 심장은 아주 규칙적으로 뛰고 있었다. 그 리듬만으로도 환자가 충분히 건강하다는 걸 알 수 있었다. 범준은 아무도 들리지 않을 정도로 작게 한숨을 쉰 후, 가위로 늑막을 잘라내기 시작했다.

먼저 할 일은 폐를 관찰하는 일이었다. 사실 그녀의 몸은 건강했으므로 확인할 필요도 없었다. 그러나 이 모든 것은 일종의 절차 같은 것이었다. 그는 실수하지 않기 위해 병원에서 수술을 할 때와 같은 수순으로 일을 진행했다. 그가 일하던 병원에서 하는 것과 다를 바 없다는, 일종의 심리적인 방어선 같은 것인지도 몰랐다. 병원에서 이런 검사를 하는 이유는 이런 수

구원

술의 대상이 늘 뇌사자이기 때문이었다. 환자가 의식을 잃으면 가장 먼저 나빠지는 장기가 폐였고, 따라서 이식 성공률이 낮았다. 폐를 살펴본 범준은 주요 동맥과 정맥들을 결찰한 후 테이프를 둘러뒀다. 성공률을 높이기 위해서는 최대한 위쪽을 잘라야 했으므로 기관도 고정해두는 걸 잊지 않았다.

그사이 마취의는 중심 동맥압을 적절히 낮춰놓았다. 안 그랬다가는 폐동맥에 카테터를 박기 위해 절개하는 순간 온통 피바다가 될 것이었다. 전문의도 복부에서 자신이 맡을 신장과 간, 췌장을 적출하기 위한 준비를 하고 있었다. 병원이었다면 수술을 도와줄 각각의 전공의들이 있었겠지만, 이곳에서 그런 사치는 바랄 수 없었다. 대신 수간호사가 바빴지만, 그녀는 이미 이런 상황에 익숙했다. 정상적인 절차를 밟았다면 결코 네 명이 진행할 수술은 아니었다. 범준이 일하는 병원에서였다면 최소한 열댓 명의 사람들이 수술대를 둘러싸고 이 순간을 주시하고 있었을 것이었다.

정상.

그는 마음속으로 정상이란 단어를 되뇌어보았다. 참으로 아련했다. 하지만 지금은 그런 생각을 할 틈이 없었다. 이 수술은 시간과의 싸움이니까.

마취의가 때맞춰 폐 저장 용액을 카테터로 주입했다. 범준은 하공정맥을 잘라내 심정지액을 빼냈다. 동시에 좌심방을 잘라 폐 저장 용액이 빠져나오는 것을 도와야 했다. 수없이 해

11

온 일이었음에도 심장에 칼을 대는 느낌은 늘 섬뜩했다. 무고하게 뛰고 있는 심장으로 향하는 그의 메스 끝이 떨렸다. 자신이 하고 있는 짓의 본질에 대해 바로 이 심장이 항의하고 있는 것만 같았다. 가슴 깊이 묻어두었던 죄책감이 움찔거렸다. 하지만 찰나의 가책조차도 너무나 큰 낭비이자 죄였다. 범준은 좌심방을 잘라냈다. 매번 그랬던 것처럼, 조금의 실수 없이.

이번에도 적출은 성공적이었다. 먼저 폐가 기다리고 있던 간호사의 손에 들려 떠났고, 신장과 간, 췌장, 마지막으로 심장이 뒤를 따랐다. 원래 신장과 간을 떼고 그다음 폐와 심장을 동시에 하는 편이 쉬웠겠지만, 이식될 폐의 성공률을 조금이라도 높이고 싶었다. 참고 있던 한숨이 절로 터져 나왔다. 동시에 마취의와 전문의가 말했다. 수고하셨습니다. 하지만 누구도 눈을 맞추는 사람은 없었다. 각자 자신의 방식으로 서로가 하는 일을 합리화하고 있었지만 그것이 완벽할 수는 없었다.

긴장이 풀리자 피곤이 몰려왔다. 두 사람이 빠져나가자 수간호사와 그만 남았다. 그리고 장기가 사라지고 몸이 반으로 갈라진 채 한때 아름다웠던 시신 한 구가 남겨졌다. 의사로서 이제 그가 할 일은 없었다. 의학적으로 그녀는 완전히 사망했으니까. 만약 병원이라면 전공의가 시신을 봉합해 영안실로 인계했을 터였다. 자연은 그녀의 육신을 분해할 것이고, 그렇게 태초에 떠나온 곳으로 돌아갈 것이다. 하지만 이곳에서 일은 그런 식으로 진행되지 않았다. 회사에서는 마무리 작업을 해줄 사람을 자신들이 고용하겠다고 말했지만, 범준은 자신의 손으로 하겠다고 고집을 피웠다. 이 순간이 바로 수술 내내 미뤄왔던 감정들을 끄집어내야 할 순간이었고, 자신이 벌인 짓을 스스로 확인할 때였으니까.

그건 악취가 나는 더러운 일이었다. 그리고 실제로 악취가 났다. 심장이 멈추면 장기와 근육이 일제히 이완하며 똥오줌을 쏟아냈다. 병원에서 결코 일어나지 않을 일이었다. 뇌사자라면 며칠씩 병상에 누워 있는 동안 장과 방광이 깨끗이 비워지니까. 자발적으로 죽음을 택한 사람에게 죽으면 악취가 난다고 금식이나 관장을 강요할 수 없었다. 따라서 이 악취는 그의 죄가 뿜어내는 냄새였다.

그는 먼저 초록색의 방포를 걷어내었다. 하나의 수술 대상이 다시 얼굴을 가진 온전한 인간으로 돌아왔다. 그녀는 마치 잠들어 있는 천사 같았다. 임시로 봉합을 해둔 끔찍한 절개면이 아름다운 얼굴과 극적인 대비를 이루고 있었다. 악취가 진동했지만 인상을 쓰는 사람은 없었다. 익숙했으므로 아무 말이 필요 없었다. 죄와 침묵이 만들어낸 정적 속에서 그는 수간호사와 꼼꼼히 오물을 치웠다. 일이 끝나자 두 사람은 그녀의 피부를 다시 소독하기 시작했다. 그리고 깨끗이 제모했다. 이제 수확할 시간이었다.

I

모두를 위한 최선

집무실을 나서며 박현석 베드로 신부는 완벽한 무력감에 빠져 있었다. 방금 교구장에게서 해외 교구로 전임하라는 명령을 받았기 때문이었다. 물론 그럴 법한 상황이었다. 신자가 던진 돌에 맞은 사제라니, 유래가 없는 일이었다. 교구장이 재빨리 손쓴 덕에 소문이 밖으로 퍼지는 건 막았지만, 본당 신자들 사이에서 말이 나오는 것은 어쩔 수 없었다. 명령 자체에 불만이 있었던 것은 아니었다. 교회법에 따르면 자신은 본당 사목구 사제의 전임 요건에 아주 정확히 해당되었고, 교구장은 정당한 절차에 따라 전임 명령을 내린 것이었다. 제1741조 제3항에는 "본당 사목구 주임이 성실하고 신중한 본당 사목구 신자들로부터 좋은 평판을 잃거나 배척당하는 것이 짧은 기간 내에 종식되지 아니할 것으로 예견되는 때"라고 적혀 있었다. 박 신부는 그 구절에 정확히 해당했다.

그랬다. 그것은 정당한 절차였다. 이 몇 개월간의 소동을 둘러싸고 유일하게 정당한 절차에 따라 내려진 처분이었다. 박 신부가 허탈해했던 것은 사실상 징계나 다름없는 자신에 대한 결정 때문은 아니었다. 이 일이 진행되는 동안 교구장이 자신을 설득하기 위해 내내 주장했던 '모두를 위한 최선'이라는 것의 결말이 이 모양이란 사실이 견딜 수 없을 뿐이었다. 그토록 노력했지만 결국 누구 하나 구원하지 못한 것이다.

그는 사제가 된 이후, 누군가를 구원하기 위해 정말 최선을 다했다. 하지만 진정으로 누군가를 구원했다는 생각이 들었던 적은 한 번도 없었다. 물론 고맙다는 사람도, 은혜를 받았다고 하는 사람도, 은총을 이야기하는 사람도 있었다. 하지만 그 것은 그저 그가 가지고 있는 직업이, 그리고 그에게 찾아오는 사람들과의 관계가, 그리고 그들과 만나는 성당이라는 공간이 만들어낸 결과일 뿐이었다. 결국 자신은 지난 15년간 한 발짝도 나가지 못했던 것이다.

박 신부는 화장실에 들러 이마에 붙인 거즈를 떼어냈다. 열한 바늘을 꿰맨 눈썹 위 상처는 결국 흉터가 남을 모양이었다. 둥근 얼굴 거칠게 난 수염, 육중한 체구. 사제라기보다는 산적에 가까운 자신의 얼굴에 상처는 썩 잘 어울렸다. 박 신부는 피식 웃었다. 누군가를 구원? 현실은 자신을 구원해줄 누군가를 찾아봐야 할 판이었다. 박 신부는 떼어낸 거즈를 쓰레기통에 버렸다. 그리고 앞머리를 쓸어내려 애써 상처를 감췄다.

이제 본당으로 돌아가 짐을 꾸려야 했다. 당장 다음 주부터 새로운 사제가 부임할 예정이라 했으니, 그를 위해 사제관을 비워줘야 했다. 그러면 어디로 가야 하나? 수도원이나 피정의 집에 한동안 가 있는 것도 나쁘지 않을 듯싶었다. 아니, 어쩌면 좀 더 본질적인 고민을 해야 하는 것인지도 몰랐다. 자신이 사제 노릇을 하는 것이 과연 옳을까 같은.

직업인으로서 박 신부는 좋은 사제였다. 적어도 주위의 평가는 그랬다. 권위적이지도, 게으르지도, 무례하지도 않았다. 언제나 자신에게 맡겨진 일들을 성실하게, 최선을 다해, 가능하면 완벽하게 수행해왔다. 신자들도 그런 그를 좋아했고, 다른 사제나 몬시뇰, 주교들의 평판도 나쁘지 않았다. 하지만 일이 터지고 나자 이 모든 게 자신의 착각에 지나지 않았음을 깨달았다. 지난 15년간 운이 좋았을 뿐이었다. 15년 전 운이 나빠 지옥의 가운데를 가로질렀던 것처럼 말이다. 누군가는 그것조차 하느님의 뜻이라 말할 테지만, 박 신부에게 그런 말은 모독이었다. 만약 그것이 정말 신의 뜻이라면, 그는 하느님이라도 용서하지 않을 생각이었으니까.

박 신부는 신의 섭리 따윈 믿지 않았다. 아니, 아주 오래전부터 하느님을 믿지 않았다. 어쩌면 그것이 모든 문제의 원인인지도 몰랐다. 신을 믿지 않는 사제라니. 기도의 대상이, 은총의 원천이 축복의 근원이 빠진 사제가 누굴 구할 수 있을 리 없었다. 하지만 그것은 생각처럼 중요한 일이 아니었다. 사제가 할 일은 양떼를 먹이는 일이었지 양떼를 구원하는 일이 아니었던 것이다. 심지어 믿지 않으므로 사제 일은 더 쉬웠다. 사제가 해야 할 일과 성사에 대해서는 아주 꼼꼼하게 정해져 있었다. 절차와 과정은 철저히 예식화되어 있었고, 의무는 명확했다. 성무일도도 꼭 지켰고, 성사도 훌륭하게 해냈으며, 강론은 은혜롭다는 이야기까지 들었다. 그런 형식적인 일들은 믿음과는 아무런 상관도 없었다. 성서의 구절을 되읽는 것만으로도 사람들은 은혜를 받았고, 양식과 절차, 형식들만 있다면 경견함은 만들어낼 수 있었다. 그의 인생은 시작부터 교회와 함께했으므로 거의 습관적으로 이 모든 것을 해나갈 수 있었다. 다만 마음속 깊은 곳은 한없이 차가울 뿐이었다. 친절하게도 교리와 교회법에는 그런 마음가짐의 사제에 대해 어떻게 해야 하는가 자세하게 적혀 있었다. 하지만 이 모든 것은 그가 누군가에게 고백하지 않으면 아무도 모를, 자신만의 비밀이었다.

예전 선교회의 교구장이라면, "그렇지만 하느님은 자네의 마음을 알고 계시네!"라고 호통을 쳤을 것이다. 그러나 이런 호통조차 믿음이 없으면 아무 소용이 없었다. 신이 부재하는 사제의 삶은 한없이 매끄럽고 단순했다. 박 신부는 이런 자신이 크게 어긋나 있다는 걸 알고 있었다. 하지만 그렇기에 더욱 자신의 직무에 충실하려 노력했다. 신기한 것은 일단 믿지 않게 되자 하느님을 믿던 시절보다 치우침 없이 사제 일을 잘해낼 수 있었다. 신과 교리, 그리고 일반적인 상식 사이에서 누구보다 균형을 잘 잡을 수 있었던 것이다. 물론 신을 믿지 않는 사

구원

제라는 것이 정상일 리 없었다. 오래전에 그만뒀어야 하고, 실제로 그만두려고도 했었다.

처음엔 사제가 되는 동안 배운 것들에 대한 부채감 때문에 그만둘 수 없었다. 벨기에 신학교를 마치고, 바티칸에서 사제로 서품받았으며, 2년 뒤 바티칸에서 박사과정까지 밟는 동안 그는 자신의 돈을 단 한 푼도 쓰지 않았다. 다른 사제들이나 부제들이 부러워해 마지않는 엘리트 코스를 밟아온 셈이었다. 따라서 "이제 신을 믿지 않습니다"라고 말한 뒤 훌쩍 수단을 벗는 일은 너무나 무책임한 일이었다. 물론 단순히 그런 부채감만이 그를 붙들어두었던 것은 아니었다.

15년 전 지옥에서 돌아온 후, 정신을 차리는 데 3년여의 시간이 걸렸다. 로마에 있는 한 응급실에서 의식을 되찾았을 때, 가장 먼저 든 생각은 살아서 다행이란 것이었다. 그 다행이란 생각이 생존에 대한 기쁨을 말하는 것은 아니었다. 마지막 순간까지 박 신부는 자신을 구원하기 위해 온갖 노력을 해보았다. 교회도, 다른 사제들도 그를 도우려 했지만, 그들은 그의 고통을 이해조차 하지 못했다. 절대적인 고독 속에서 박 신부는 서서히 나락으로 빠져들어갔다. 그렇게 병실의 흰 천장을 바라보며 깨어났을 때, 문득 스스로를 구원하기 위해 해보지 못한 일이 있다는 사실을 깨달았다. 박 신부는 범준을 처음 만난 순간을 떠올렸다. 그리고 고통에 대한 그의 말과 함께 한없이 부러웠던 확신에 찬 그의 뒷모습이 떠올랐다. 신을 믿지 않아도 갈 수 있는 길이 있었다. 범준이 말했던 쇼핑몰의 흰 우유들을 떠올렸다. 그가 할 수 있다면 자신이 못할 이유는 없었다.

'단 한 사람만이라도 구원해보자. 그렇게 되면 스스로를 용서할 수 있을지도 몰라.'

그랬다. 그가 낙심했던 것은 신에 대한 믿음을 잃었기 때문만은 아니었다. 가장 견딜 수 없었던 것은 다름 아닌 자신에 대한 경멸을 멈출 수 없기 때문이었다.

화장실에서 나온 박 신부는 교구청 복도를 가로질렀다. 본당으로 돌아가기 위해 발길을 서두르는 그의 앞에 그림 하나가 막아섰다. 출구로 나가는 꺾이는 통로 끝에 성모자상이 반듯하게 걸려 있었다. 닥쳐올 운명을 모르는 아기 예수는 평화로운 표정으로 성모의 품에 잠들어 있었다. 언제부터 저기 걸려 있던 것일까? 몇 번이나 교구장님과 면담하기 위해서 교구청에 찾아왔다. 하지만 한 번도 복도에 저런 그림이 걸려 있는 것을 보지 못했다. 새로 걸린 걸까? 보고도 무의식적으로 무시했던 걸까? 박 신부는 오른손을 주머니에 넣었다. 그리고 꽉 움켜쥐었다. 뜨거웠다. 너무나 뜨거웠다. 하지만 괜찮을 것이다. 죄의 낙인이 불타오르고 있을 뿐이니까. 고개를 숙였다. 그곳의 기억을 잊기 위해 노력했고, 거의 다 잊었다고 생각했었다. 하지만 저 그림은 작고 검은 성모 마리아상을 떠올리게 했다. 부정의 기억이 마치 어제 일처럼 생생하게 떠올랐다.

다만, 더 이상 고통스럽지 않았다. 그랬다. 잊었다고 믿고 있

구원

었던 이유는 그 일이 더는 고통스럽지 않기 때문이었다. 그리고 그처럼 무감해진 원인은 다름 아닌 이제는 신을 믿지 않고 있기 때문일 터였다. 박 신부는 교구장의 집무실을 향해 발길을 돌렸다.

"하루에 두 번이나 찾아오다니. 도대체 무슨 일인가? 내가 내린 결정에 납득할 수 없다는 건가?"

교구장은 쓰고 있던 돋보기를 벗어 책상에 던지듯 내려놓았다.

"예."

"내가 설명하지 않았나. 자네의 전임 명령은 다름 아닌 자넬위한 거라니까. 본당 신자들 사이에서 돌고 있는 소문은 자네가 더 잘 알고 있지 않은가. 내가 말했던 것처럼 해외 교구에서 4~5년쯤 조용히 지내다 보면 그 일은 다 잊힐 거라고. 그 뒤 다시 돌아오면 된다니까."

"예. 그 명령이 저를 위한 거라는 건 아주 잘 알고 있습니다."

교구장은 답답하다는 표정으로 미간을 찌푸렸다.

"그럼 도대체 뭐가 문제라는 건가?"

박 신부는 마른침을 삼켰다. 늦가을 바람에 창틀이 덜컹거렸다.

"저에게 전임 명령이 아니라 해임 명령을 내려주십시오."

교구장은 집무실 바닥이 꺼져버리기라도 한 듯이 깊은 한숨을 쉬었다. 그리고 아랫입술을 깨문 채 살짝 입을 비틀었다.

"혹시 그 사건과 관련해서 자네가 부인했던 그럴 만한 잘못을 저지른 게 있는 건가?"

어색한 침묵이 흘렀다. 새삼 교구장이 자신을 믿지 않고 있다는 걸 깨달았다. 하긴 그가 정말 믿었다면 그는 교구의 모든 신자와 싸워서라도 박 신부를 지켰을 터였다.

"아니요. 그 일에 관해서 제가 후회하는 일은 왜 진작 비밀 엄수의 의무 따윈 무시하고 진실을 밝히지 않았나 하는 것뿐입니다."

교구장의 턱을 따라 힘줄이 불끈거렸다.

"그렇다면…… 도대체 뭐가 문제라는 건가? 그 일과 관련해서 내가 내린 결정에 불만을 이런 식으로 표현하는 건가?"

"죄책감 때문입니다."

"바보 같은 짓 하지 말게. 그 아이가 죽은 것은 자네 잘못도 아니고 자네 책임도 아니야."

"알고 있습니다. 주교님이 정말 절 믿고 있는지 알 수는 없지만, 그 일에 관한 한 저는 한 점 부끄러움도 없습니다."

다음 말을 하기 위해 박 신부는 침을 삼켰다.

"다만 후회하고 있을 뿐이죠."

교구장은 이해할 수 없다는 표정으로 물었다.

"그렇다면 도대체 왜 이러는 건가?"

"저는 교회법 제1364조에 의거해 15년 전에 자동적으로 해임되었어야 합니다."

교구장의 이마에 주름이 잡혔다.

배교자, 이단자, 이교자는 자동 처벌의 파문 제재를 받고, 제194조 제1항 제2호의 규정이 준수된다. 성직자는 그 외에도 제1336조 제1항 제1-3호에 규정된 형벌로 처벌할 수 있다.

교회법 제1364조는 개별 범죄에 대한 형벌을 다루고 있는 법전의 가장 처음에 나오는 구절이었다. 이 법이 가장 처음 나오는 이유는 그만큼 중요한 가장 본질적인 범죄에 대해 다루고 있기 때문이다. 이 어렵고 딱딱한 규정의 의미는 한마디로 신을 믿지 않는 자는 자동으로 파문된다는 뜻이었다.

교구장은 눈을 가늘게 뜬 채 박 신부를 노려보았다.

"누구나 믿음이 시험에 들 때가 있다네. 이 일로 두 명이나 죽었으니 그럴 수도 있지."

박 신부는 마음속으로 '맙소사' 하고 외쳤다. 자신이 얼마나 많은 사람의 죽음을 봐야 했는지 교구장은 꿈에도 모를 것이다.

"아니요. 저는 일시적인 기분이나 마음으로 이런 말을 하는 게 아닙니다. 15년 전 아주 구체적인 신성모독을 했으며 그 이후 쭉 신을 믿지 않고 있었습니다."

교구장의 분노에, 당황과 의혹이 덧씌워졌다.

"이, 이해할 수 없군. 작년까지만 해도 자네는 원로들 사이에서 차기 주교감으로 꼽히고 있었단 말이네."

"그렇습니까? 영광이네요."

목소리와는 달리 박 신부의 눈은 교구장의 시선을 피했다.

"제가 교회의 교리에 충실히 따르고 누구보다 성실하게 교회의 일을 수행할 수 있었던 것은 믿음에 대한 어떤 회의나 의심도 없었기 때문입니다. 그리고 그럴 수 있었던 것은 다름 아닌 애초에 그분을 믿지 않았기 때문이죠."

교구장은 몸을 뒤로 젖혀 등받이에 등을 기댔다. 하지만 입을 반쯤 벌린 채로 충격을 받은 자신의 표정을 애써 감추지 않았다.

본당 불이 꺼져 있었다. 박 신부는 예배당에 들어가 가장 끝자리에 앉았다. 예배당 안은 생각처럼 어둡지는 않았다. 고해소 옆에 기도하는 신자들을 위해 촛불을 켜놓았을 뿐만 아니라 십자고상 뒤쪽에 반사 조명이 늘 켜져 있었기 때문이었다. 그래서 십자고상은 늘 후광에 휩싸인 것처럼 보였다. 박 신부는 고개를 들어 십자가에 달린 이의 얼굴을 바라보았다. 그는 애통한 표정으로 하늘을 바라보고 있었다. 그곳에 있던 십자고상과 같았다. 얼마나 많은 것들이 그 순간의 기억을 상기시키는가. 박 신부는 주먹을 꽉 쥐었다.

웃기는 일이었다. 교구장은 그를 해임하지 않았다. 충분히 냉철한 판단을 내리고 분명히 자신이 해임되어야 하는 이유를

구원

밝혔음에도 교구장은 그것을 충동적이고 감정적인 행위로 받아들였다. 그 아이의 죽음에 너무나 큰 충격을 받은 나머지 아무렇게나 지껄이고 있다고 그는 말했다. 알 수 없었다. 그때처럼 이런 순간에만 교회는 한없이 관대했다.

박 신부는 머리를 감싸 쥔 채 고개를 숙였다. 모르는 사람이 봤다면 간절하게 기도를 드리고 있는 모습으로 착각했을 터였다. 박 신부는 진심으로 기도를 하고 싶었다. 하지만 정말 신이 존재한다면 자신이 보고 겪었던 일을, 그런 일이 가능하다는 사실을, 납득할 수 없었다. 또한 자신의 죄를 신에게 몇 마디 말을 주워 삼키는 것으로 용서받을 수 있다는 사실을 인정할 수 없었다. 그랬다. 눈을 감으면 그 순간 느꼈던 그 평안과 해방감이 손에 잡힐 듯 떠올랐다. 그것은 그가 욕망에 눈떴던 밤 느꼈던 쾌락만큼이나 강렬한 것이었다. 때문에 더더욱 자신을 용서할 수 없었다. 그런 죄를 용서할 수 있다면, 그 아이가 흘린 피가 너무나 가여운 것이 될 터였다. 자신은 지금 지고 있는 이 죄를 그대로 짊어진 채 그대로 살아야 했다. 몇 마디의 고백과 몇 마디의 참회와 몇 마디의 기도로 이런 일이 용서될 수 있다면 그것이야말로 범죄였다.

안개

바람이 불 때마다 차가운 기운이 옷깃을 파고들었다. 박 신부는 옷깃을 세웠다. 등 뒤에서는 바람을 타고 밤안개가 몰려오고 있었다. 벌써 본당은 안개 속에 모습을 감추고 있었다. 적벽돌을 쌓아 만든 외벽을 따라 비추는 조명이 부옇게 흐려졌다. 박 신부는 눈을 찌푸린 채 희뿌연 밤안개 너머에 가려진 길을 노려보았다. 어둠이 하얗게 흩어졌다.

들고 있던 슈트케이스를 세워놓고 주머니에 손을 넣었다. 문득 로마를 떠나던 밤이 떠올랐다. 기숙사로 돌아가 한국에서 막 온 후배들에게 자신의 물건들을 나눠주고도 지금보다 큰 슈트케이스로 짐을 두 개나 꾸렸었다. 하지만 이제 짐은 이게 전부였다. 이조차 얄팍한 자기애에 지나지 않겠지만, 박 신부는 단 하나뿐인 슈트케이스를 보며 그동안 자신이 헛되이 살아오지 않았다는 자부심을 느꼈다. 소유를 포기한다는 것은 신부라 해도 쉽지 않은 일이니까. 다행히도 그는 쭉 무언가 갖

구원

는 일을 포기한 셈이었다. 신이 사라진 그의 세계에서 선행에 돌아오는 대가라 해봐야 이 정도의 만족감과 자부심이 전부였다. 박 신부는 이 정도 일을 가지고 스스로 기뻐하는 자신의 천박함이 한심했지만, 동시에 이 정도 기쁨조차 없으면 아무 즐거움이 없을 자신의 삶을 위해 약간의 관용도 필요한 게 아닐까 하는 생각도 들었다.

한 컨설팅 회사의 실장이란 사내에게서 전화가 걸려 온 것은 사제관을 떠나기 위해 짐을 꾸리고 있을 때였다. 그는 한 아가씨의 이름을 꺼냈다. 이틀 전 자살 미수로 응급실에 실려 갔던 교구 청년회의 교인이었다. 벌써 다섯 번째였다. 매번 그녀는 습관처럼 자살을 시도했고, 관습처럼 고해성사를 했다. 박 신부도 한때 그녀를 돕기 위해 노력했다. 면담을 하고, 고해성사를 받고, 가족들을 찾아가 이야기도 해보았다. 하지만 아무소용 없었다. 잘 아는 정신과 의사에게 그녀를 보내보기도 했었다. 의사는 그녀에게 우울증이라는 병명을 붙여주고 약을 처방했지만 때때로 찾아오는 자살 충동을 막을 수는 없었다. 그것은 충동이라고밖에 부를 수 없었다. 그녀에게는 죽어야 할 어떤 절실한 이유도 없었던 것이다.

"아침에 출근하려고 집을 나섰어요. 엘리베이터를 타기 위해 문을 닫고 서둘러 가다가 툭 하고 굽이 부러진 거예요. 그 부러진 굽을 바라보고 있으니까 이런 생각이 들더라고요. 아, 죽어야겠다."

고해성사 때 그녀는 이런 이야기를 늘어놓았다. 얼마나 많은 사람이 삶을 간절히 원하며 죽어야 했는가. 이해할 수 없었다. 이해할 수 없음에도 박 신부는 그녀를 구원하기 위해 최선을 다했다. 그 최선이 응급실에서 위세척을 하고 그를 맞이하는 파리한 얼굴로 매번 배신당했음에도 말이다.

이틀 전 그녀가 또 자살 시도를 했다는 연락을 받았다. 그러나 내려갈 수 없었다. 박 신부의 처우를 놓고 교구장의 결정이 내려지기 전까지 모든 활동을 중지한 채 일종의 근신 상태로 지냈던 것이다. 그리고 어제 그녀가 입원실에서 사라졌다고 가족에게 연락을 받았다. 그런데 한 컨설팅 회사의 실장이란 사람에게서 전화가 온 것이었다.

"찾으셨다면 가족에게 연락해주면 되는 거 아닌가요?"

"가족에게는 알리기 힘든 문제가 있어서요."

자신은 이미 이 교구의 신부가 아니었다. 굳이 이 일에 나설 필요도 없었고 위치도 아니었다. 내키지 않았다. 하지만 새로운 주임신부가 시작할 첫 일로 자살 미수 후 실종된 아가씨와 면담을 하게 할 수는 없는 노릇이었다. 침대 위에는 반쯤 꾸리다 만 슈트케이스가 있었다. 이번이 마지막이야. 박 신부는 한숨을 쉬었다.

안개 저편에서 검은 세단이 모습을 드러냈다. 자동차는 안개를 뚫고 튀어나온 밤의 조각 같았다. 차는 조용히 멈춰 섰다. 장막 같은 안개가 소리를 지우고 있었다. 어두운 남색의 슈트를 입은 사내가 운전석에서 내렸다. 은테 안경을 쓴 그는 사람 좋은, 그러나 가면 같은 미소를 지으며 명함을 내밀었다. 푸른 기운이 도는 흰 명함의 재질은 너무나 매끄러웠다.

"번거롭게 해드려 죄송합니다."

사내는 정중하게 말했다. 명함을 받은 박 신부는 조금 당황했다. 컨설팅 회사에서 일하는 실장이란 이야기를 전화로 듣긴 했지만 어차피 사람을 찾는 일이니 기껏해야 용역 회사의 이름을 그럴듯하게 바꾼 것에 지나지 않는다고 생각했다. 하지만 입고 있는 옷이나 차로 봐서는 심부름센터나 용역 회사 직원 같진 않았다.

"도대체 무슨 일입니까?"

"가는 길에 설명해드리죠. 짐은 이게 전부인가요?"

그는 슈트케이스를 받아 들며 이렇게 물었다. 박 신부는 말없이 고개를 끄덕였다. 그는 트렁크에 박 신부의 슈트케이스를 실었다. 흰 입김이 밤안개 속으로 녹아들어갔다.

"혹시 지금 어디 가시는지 다른 사람에게 말하고 오신 건가요?"

박 신부는 가족에게 말할 수 없는 문제가 있다는 그의 목소리가 떠올랐다.

"아니요. 지금 제가 어디로 가는 건지도 모르고 있습니다."

희뿌연 안개 속에서 실장의 입꼬리가 움찔거렸다.

"그럼 가시죠."

트렁크 문이 닫혔다. 붉은 후미등의 빛이 실장의 얼굴을 붉게 물들였다. 박 신부는 조수석의 문을 열었다. 히터에서 불어오는 따뜻한 바람이 박 신부를 맞이했다. 박 신부는 입고 있던 코트를 벗었다. 그리고 목에 남아 있던 로만 칼라를 벗어 주머니에 넣었다. 로만 칼라를 집어넣는 오른손이 떨렸다. 이제 자신은 신부가 아니었다. 그는 팔에 차고 있는 낡은 시계를 왼손으로 꽉 움켜쥐었다. 그 모습을 보고 있던 실장의 눈빛이 번득였다. 차는 조용히 안개 속으로 들어갔다. 운전석 차창 너머로 뿌연 어둠이 다가와 앞 유리에 부딪힌 후 어디론가 흘러갔다.

"그 아이는 어떻게 찾으신 겁니까? 경찰도 가출 신고만 받고 말았다는 이야기까지는 그쪽 부모님에게 들었는데."

"일이니까요. 원래 이 시기가 가장 중요합니다. 사람이 사라지고 72시간 안에 찾지 못하면 거의 대부분 찾을 수 없죠. 하지만 경찰들은 보통 가출 신고를 받고 이 소중한 시간을 행정적 절차에 낭비를 해요."

실장의 얼굴에는 묘한 자부심 같은 것이 어려 있었다.

"뒷자리를 확인해보시겠습니까? 제가 운전 중이라서요."

박 신부는 고개를 돌렸다. 뒷자리에는 붉은색 아이스박스 하나가 놓여 있었다. 박 신부는 안전벨트를 풀고 몸을 돌려 아이스박스를 가져와 무릎에 놓았다. 박스를 열었다. 박스 안에는 두꺼운 비닐로 진공포장된 라텍스 쪼가리 같은 것이 들어 있었다. 비닐 위아래로 흰 종이에 바코드 몇 개와 작은 라벨들이 붙어 있었고, 라벨들에는 알 수 없는 기호와 숫자, 단어들이 적혀 있었다.

"한번 보시죠."

실장은 조수석 방향의 실내등을 켰다. 박 신부는 그 얇은 라텍스 조각을 유심히 바라보았다. 투명한 고무 같은 얇은 조각은 가운데 검은 얼룩 하나가 있었고, 미세한 구멍 같은 것이 촘촘하게 있었다. 그 패턴이 어딘가 눈에 익었다. 하지만 어디서 본 것인지는 기억나지 않았다.

"이게 뭐죠?"

"이식용 피부 조각입니다."

박 신부는 익숙하게 느껴졌던 패턴이 돼지 껍데기를 구워 먹을 때 봤던 모공이라는 것을 깨달았다. 갑자기 자신의 손에 들고 있는 물건이 기분 나빠졌다. 박 신부가 서둘러 아이스박스에 내려놓으려 하자 실장은 팔을 뻗어 글러브 박스를 열었다. 글러브 박스 안에는 사진 한 장이 들어 있었다.

"거기에 있는 홍반과 사진 속의 홍반을 비교해보시죠."

박 신부는 사진을 집어 들었다. 사진은 한 남자의 가슴을 찍은 것이었다. 남자의 가슴은 명치 주변으로 온통 멍이 들어 있었다.

"이 사진은……?"

"한강에 투신했던 36세의 남성을 구조하고 심폐 소생했던 흔적입니다. 인공호흡 하면, 사람들이 생각하는 것처럼 적당히 가슴을 누른다고 되는 게 아닙니다. 인공호흡 하다 갈비뼈가 부러지는 일은 아주 흔합니다. 이 남자는 자신을 구조한 경찰에게 소송을 걸기 위해 진단서를 끊고 이 사진을 찍었다더군요."

"허."

박 신부는 자신도 모르게 혀를 찼다. 검은 머리 짐승들은 매번 그를 놀라게 하는 재능이 있었다.

"근데 이게 뭐가 어쨌다는 겁니까?"

"왼쪽 가슴 젖꼭지 대각선 5센티쯤 아래 홍반 보이시나요?"

"예."

그의 말대로 사진 속 사내의 가슴에는 멍 자국 말고 작고 특이한 모양의 홍반이 있었다.

"제가 드린 조직하고 비교해보시죠."

박 신부는 실장의 말대로 다시 확인해보았다. 그의 말처럼 피부조직의 홍반은 사진 속에 있던 얼룩과 완전히 똑같은 모양을 하고 있었다.

"같은 사람…… 인 거죠?

"저는 그렇게 믿고 있습니다."

박 신부는 다시 한번 사진 속의 사내와 자신이 들고 있는 피부조직을 비교해보았다. 하지만 이걸 가지고 뭘 어쩌라는 건

구원

지 도무지 이해가 가지 않았다.

"지금 제가 이 차를 타고 있는 거랑 이 일이 무슨 상관이 있는 겁니까?"

"사진 속의 사내도 사진을 찍은 직후 응급실에서 사라졌습니다."

박 신부는 운전을 하고 있는 실장의 얼굴을 바라보았다. 지금 자신이 제대로 이해하고 있는 것인지 실장의 표정을 통해 확인하고 싶었지만, 그는 안개가 짙게 깔린 거리만큼이나 무표정한 얼굴이었다.

"자살하려다 미수에 그친 사람의 절반 정도는 다음에도 똑같이 자살 시도를 한다는 거 아십니까? 그리고 통계에 따르면 그들 중 적지 않은 수가 습관적인 자살 미수자가 되죠."

박 신부는 마른침을 삼켰다. 그녀가 습관적으로 자살 미수를 하는 동안 어쩌면 그녀를 구원할 수 있을지 모른다고 생각했다. 하지만 실장의 말에 따르면 그것은 통계적인 경향일 뿐이었다.

"그녀의 행방을 쫓으며 이상한 사실을 알게 됐습니다. 최근 3년간 그녀가 입원했던 응급의료센터에 찾아오던 습관적인 자살 미수자들 대부분이 소리 없이 사라지고 있더군요."

"그러면 그녀 역시 이 사진 속의 사내처럼 사라졌다는 겁니까?"

"위쪽에 바코드 보이시죠. 그 피부조직이 어디서 그런 형태로 포장됐는지 기록을 남기는 겁니다. 아마 어딘가에서 전신 피부조직 전체를 통에 담은 걸 들여와 쓰고 남은 부분을 진공 포장해서 다시 유통시킨 모양입니다. 화상 환자부터, 피부조 직 괴사 환자, 성형수술, 심한 창상 환자 등등 피부조직이 필요 한 사람들은 정말 많으니까요. 그래서 그 바코드를 추적해보 았죠."

실장은 한 손으로 운전대를 잡은 채 쓰고 있는 안경을 밀어 올렸다.

"지방에 있는 병원인데, 자금난으로 2년 전에 의사와 간호 사 전부를 해고한 곳이더군요. 병원 소유주가 탈세를 위해 폐 업 신고를 하지 않았지만, 사실상 영업 중지 중입니다. 현재 채 권단에서 가압류에 들어간 상태죠. 그런데 사진 속 남자가 실 종된 건 1년 전입니다. 그리고 신부님이 찾으시는 그 아가씨의 휴대전화 위치가 마지막으로 추적된 곳이 그 지방 소도시의 고속버스 터미널 근처였지요."

"그래서 같이 가보자는 거군요. 그 병원에."

실장은 대답 대신 고개를 끄덕였다.

"이 정도 정황증거만으로도 경찰이 조사해보지 않을까요?"

실장은 재밌는 농담이라도 되는 양 피식 웃었다.

"아니요. 그들은 서울 시내 주요 병원 응급센터에서 습관적 인 자살 미수자들이 사라지고 있다는 사실조차 모르고 있습니 다. 그저 팔자 좋게 그들이 인적 없는 곳에서 자살에 성공해 사

36

구원

라졌다고 믿고 있을 뿐이죠. 사람들이 너무 많이 자살하고 또 죽기 위해 사라지니까요. 일손이 부족한 경찰 입장에서는 스스로 죽으려는 사람들까지 다루고 싶지 않은 거죠. 안 그래도 일이 많으니까."

"그래도 이 정도면⋯⋯."

"유감스럽게 사라진 남자분의 DNA 정보를 구할 길이 없어서 이걸로 범죄가 있었다는 건 입증할 수 없습니다. 증거가 없으면 영장을 청구할 수 없고, 영장을 청구하기 전까지는 다른 기관의 협조 없이 발로 뛰어야 하거든요. 그런데 누가 자살자들의 행적을 좇는 사건을 맡고 싶어 하겠습니까? 보람도 없는 일인데."

경찰의 입장을 이해할 수 있을 것 같았다. 응급 병동 병실에 누워 있던 그녀의 얼굴이 떠올랐다. 그 얼굴 앞에 서면 어떤 희망도 보람도, 기대도 모두 휘발되곤 했었다. 그의 말대로라면 사라진 그녀는 사진 속의 남자와 같은 운명에 처할 터였다. 사제직을 포기하기 무섭게 왜 그녀의 일이 자신과 무관하다고 생각한 걸까. 그의 말을 제대로 이해한 것이라면, 실장은 상습적인 자살 미수자들을 납치해 신체 조직을 거래하는 범죄 조직이 있다고 이야기하고 있는 것이었다. 박 신부는 자신도 모르게 엄지손톱 밑의 굳은살을 이빨로 물어뜯었다.

"이런 걸 어떻게 찾아낸 겁니까?"

박 신부의 목소리는 떨렸다.

"회사 일이니까요. 생각보다 간단해요. 정보를 모으고, 그것들을 분석하고, 리스크를 계산하는 거죠."

실장은 입가에 미소를 머금은 채 이렇게 답했다.

구원

선택할 수 없는

 수간호사는 범준에게 피부 절단기를 내밀었다. 안전면도기를 열 배쯤 부풀려놓은 듯한 절단기는 실제로 면도기와 유사한 구조로 이루어져 있었다. 차이라면 그 목적이 수염 대신 피부를 벗겨내는 것이라는 정도였다. 초음파 날이 진동하며 피부를 깔끔하게 잘라낼 수 있었다. 범준은 먼저, 절개한 가슴과 복부에서 피부를 벗겨내기 시작했다. 그가 굳이 정중절개를 고집한 이유는 더 많은 피부를 살려내기 위해서였다. 만약 장기 적출만이 목적이었다면, 흉골 전체를 들어내는 것이 훨씬 편했을 것이다. 가슴과 복부가 끝나면 시신을 뒤집어 등과 다리 뒤 순으로 피부를 벗겨냈다. 일은 어렵지 않았다. 소독이 끝나고 제모까지 완벽하게 해놓은 피부에 절단기를 대고 밀어내면 얇은 피부층이 일식 요리사가 잘라내는 무 껍질처럼 얇게 벗겨졌다. 수간호사가 박피를 돕기 위해 끝을 당기면 피부는 라텍스처럼 늘어났다. 그러면 옆으로 늘어난 모공들이 유난히 크게 보였다. 모든 피부조직을 말끔하게 벗겨내면 사천만 원은 받을 수 있었다. 수간호사는 꼼꼼히 플라스틱 통에 피부들을 챙겼다.

그다음은 다리뼈였다. 그는 익숙한 손길로 다리 근육을 가르고 다리뼈를 뽑아내었다. 기다리고 있던 수간호사가 흰 정강이뼈를 깨끗이 소독한 후 진공포장을 했다. 다리뼈들을 모두 끄집어내면 이천오백만 원을 건질 수 있었다. 누군가의 눈을 뜨게 할 각막은 팔백만 원, 십자인대 파열 환자에게 이식할 수 있는 아킬레스건은 개당 백만 원, 미터당 천이백만 원을 호가하는 복재정맥과 팔뼈, 골반뼈 등도 모두 그가 거둬들여야 할 것들이었다. 회사와 수술한 동료들이 나누어 돈을 챙기는 장기와는 달리 신체 조직들은 순전히 그의 몫이었다. 그렇다고 그 몫이 작은 건 아니었다. 남은 조직만으로도 이억 오천에서 삼억까지 벌 수 있었다. 그리고 그걸로 할 수 있는 일들은 무척 많았다. 그의 목표, 그가 해야 할 일들을 생각했다. 꼭 필요하다고 생각하는, 범준 자신에게는 아무런 득이 되지 않을 일들. 만약 그런 목표가 없었다면 죄책감이 해일처럼 밀려와 그를 집어삼킬 것이었다. 하지만 이제 와 자신의 감정 따위도 한없이 사소한 것이었다. 오직 그가 생각하는 목표만을 생각했다. 좁고 곧은 길에 대한 확신. 범준이 고통의 바닥에서 움켜쥔 화두는 다름 아닌 그것이었다.

이윽고, 마지막 추수가 끝나자 수술대에는 산산이 찢긴 단

백질과 지방 덩어리가 남았다. 불과 몇 시간 전 아름다운 황동
상을 연상시켰던 그녀의 몸은 걸레처럼 너덜너덜해진 채 누워
있었다. 범준의 눈에 그것은 마치 자신의 영혼같이 느껴졌다.
죄로 너덜너덜해진 자신의 영혼.

범준은 도망치듯 수술실에서 빠져나왔다. 괜찮았다. 자신
이 죄를 짓는 것으로 네 명의 목숨을 구했으니까. 이 병원에서
는 지금 회사가 주선한 네 건의 이식수술이 비밀리에 진행되
고 있을 터였다. 시체는 회사에서 처리할 것이고, 그가 수확한
조직들 역시 차와 함께 회사의 손에 넘겨져 한두 달쯤 후, 그의
차명 계좌로 돌아오리라.

수술방에서 나온 범준은 복도에 서서 창밖을 바라보았다.
반쯤 잠든 지방 도시의 전경이 한눈에 들어왔다. 범준은 고개
를 숙인 채 눈을 비볐다.

"괜찮으세요?"

수간호사가 그에게 커피를 내밀었다.

"네."

범준은 고개를 숙여 고맙다는 인사를 했다. 커피잔은 따뜻
했다.

"조금 피곤하네요."

"너무 무리하지 마세요. 저는 이만 들어가보겠습니다."

그녀는 고개를 숙여 인사를 하고 어두운 복도 쪽으로 성큼
성큼 걸어갔다. 범준은 다시 창밖을 바라보았다. 좀처럼 자신

이 있는 이곳이 현실처럼 느껴지지 않았다. 아니, 어쩌면 그날 이후 쭉 그랬을지도 모른다. 긴장이 풀림과 동시에 손끝이 저렸다. 수술에 들어가면 항상 온 신경이 곤두섰다. 실수해서는 안 됐다. 너무 많은 것이 걸려 있으니까. 돌이켜보면 그를 여기까지 오게 한 것은 단 한 번의 실수였던 것이다.

*

이마에서 땀이 흘렀다. 환자의 가슴 위에 올라탄 채 30분째 심장마사지를 하고 있었지만 아무 반응이 없었다. 초록빛 바이털사인은 그의 손이 멈추면 이내 평탄하게 돌아왔다. 제세동기를 이용해도 그때뿐이었다. 뒤에서 지켜보던 응급의료 과장이 범준의 어깨에 손을 얹었다. 고개를 돌리자 과장은 가볍게 고개를 저었다. 포기하라는 뜻이었다. 과장은 차트를 들고 시간을 적었다. 그리고 펜라이트를 꺼내 눈꺼풀을 뒤집고는 동공반사를 확인했다.
"쉬어."
과장이 사망 기록을 작성하는 동안 범준은 침대에서 내려왔다. 창백하고 끈적한 피부, 싸늘하게 식어가는 몸, 죽음은 늘 비슷한 형태로 찾아왔다. 오늘 밤 벌써 두 번째였다. 범준은 종교가 없었다. 하지만 매번 당직을 설 때마다 아무도 죽지 않기를 기도했다. 오늘은 소용없었다. 교통사고로 부러진 갈비뼈

구원

가 장기에 조각조각 박혀 실려 온 여자아이가 응급수술에도 불구하고 자정 무렵 다발성 장기부전으로 사망했고, 급성 심근경색으로 실려 온 이 환자는 거의 30분간의 심폐 소생에도 깨어나지 못했다.

밖에서는 서러운 중년 여성의 울음소리가 들렸다. 범준은 손을 펴고 손바닥을 응시했다. 조금 더 노력했다면 살릴 수 있지 않았을까? 최선을 다했다는 걸 알고 있었다. 하지만 손가락 사이로 생명이 빠져나가 버리면 늘 이런 마음이 드는 것은 어쩔 수 없었다.

과장이 사망 확인서를 쓰기 위해 밖으로 나갔다. 몸에선 시큼한 땀내가 났다. 어깨 뒤쪽으로 땀이 식어 차가웠다. 범준은 시계를 봤다. 이제 당직이 끝나려면 세 시간이 남았다. 범준은 샤워를 한 뒤 1층 비품실 창고에 처박혀 자기로 했다. 먹을 수 있을 때 먹고, 쉴 수 있을 때 쉬고, 잘 수 있을 때 자라. 레지던트 1년 차의 황금률이었다. 응급의료센터 안은 여전히 환자들로 북적거리고 있었지만, 흉부외과 환자는 이제 없었다. 오늘 밤 들어온 두 명의 응급 환자가 모두 죽었으니까. 그들의 죽음 덕에 잘 곳을 찾고 있는 자신의 모습에 환멸을 느꼈다. 하지만 환멸은 짧고 근무는 길었다. 지금 자두지 않으면 오늘 낮과 내일 새벽 그리고 다시 내일 낮까지 이어지는 연속 근무를 버티지 못할 터였다. 3일 연속 당직은 아무리 잘난 사람이라도 무력하게 만들기에 근무를 그렇게 짜지 않았다. 하지만 레지던트 1년 차인 그에게 흉부외과 과장의 당직은 사실상 그의 당직이나 다름없었다.

범준이 응급의료센터를 벗어나려는 순간 구급차가 도착했다. 문이 열리자 가슴에 철근이 박힌 사내 하나가 실려 왔다. 응급 요원이 인수인계를 위해 지혈을 하던 압박붕대에서 손을 떼자 피가 솟구쳤다. 솟구치는 피는 동맥에 문제가 있다는 뜻이었고, 그의 담당이란 의미였다. 범준은 반사적으로 미간을 찌푸렸다.

"술을 마시고 공사장을 지나다 아래로 추락해 철근이 가슴을 관통했습니다. 출혈이 심해 오는 길에 쇼크 상태에 빠졌었습니다."

응급수술이란 단어가 머릿속에서 네온사인처럼 껌벅였다. 이 환자를 살릴 수 있을까? 레지던트 1년 차인 범준은 적지 않은 수술을 경험했다. 하지만 대개 수술을 보조하기 위해 들어가 집도의가 수술을 끝내면 봉합이나 하는 정도였다. 선배들이 기분 좋으면 바느질 이상의 집도를 시험 삼아 해보게 해줬지만 이런 큰 수술 전체를 그가 집도한 적은 한 번도 없었다.

원래 당직인 과장은 병원 어딘가에서 자고 있을 것이었다. 그를 깨워선 안 된다는 게 암묵적인 룰이었다. 하지만 손은 이미 전화기를 들고 있었다. 찍혀도 상관없었다. 자신 없기 때문만은 아니었다. 과장이 수술하는 편이 단 1퍼센트라도 생존 가능성이 클 터였다. 오늘 너무 많은 환자를 잃었고, 더 이상의 죽음은 싫었다.

스무 번의 신호가 갔지만 응답이 없었다. 기다릴 시간이 없었다. 물론 살릴 자신도 없었다. 하지만 죽음 앞에서 자신감 따위는 한없이 사소할 뿐이었다.

가슴을 열자 환자의 상태가 한눈에 들어왔다. 철근은 심장을 아슬아슬하게 빗겨나 있었지만, 무명동맥을 찢었다. 외막뿐만 아니라 내막까지 손상된 동맥에서는 심장이 뛸 때마다 울컥울컥 피가 솟구치고 있었다. 꽂힌 철근을 빼지 않고 절단해 온 응급 요원의 처치는 훌륭했다. 이 상태라면 빼는 즉시 1분 내에 출혈 과다로 사망할 터였다.

어떻게 해야 할지 머리로는 알고 있었다. 찢어진 무명동맥 주변의 혈류를 차단하고, 손상된 혈관을 벗겨낸 후, 인공 혈관을 봉합하면 환자를 살릴 수 있었다. 수술 경험이 많은 레지던트 3, 4년 차라면 어렵긴 해도 불가능한 수술은 아닐 터였다. 하지만 피로 얼룩져 미끈거리는 동맥을 얼마만큼 세기로 단단히 잡아야 하는가부터 레지던트 1년 차인 그에게는 경험해본 적 없는 미지의 영역이었다. 시간도 그의 편이 아니었다. 그가 손상 부위를 보며 마른침을 삼키는 사이 혈압은 계속 떨어지고 있었다. 범준은 심호흡하고 겸자를 들었다. 겸자의 끝이 가늘게 떨렸다.

시선을 마주치자 주임 간호사는 미소를 지었다. 처치가 훌륭하다는 뜻이었다. 그녀 역시 범준이 집도하는 첫 수술이라는 걸 잘 알고 있었다. 풋내기 의사에게 능숙한 간호사만큼 의지되는 존재도 없었다. 그녀는 범준이 필요한 수술 도구를 말하기도 전에 넘겨주고 있었다. 스스로 생각해봐도 처음 해보는 수술치고 나쁘지 않은 것 같았다. 꿈틀거리는 혈관들을 잡는 데 시간이 걸렸지만 봉합면도 깔끔했고, 출혈도 멎었다. 이제 가슴만 닫으면 완벽했다. 그때 마취의가 말했다.

"혈압이 계속 떨어지네요."

범준은 바이털사인을 확인했다. 확실히 혈압은 위험할 정도로 내려와 계속 떨어지는 중이었다. 흡입기로 고인 피를 빨아들이자 수술 부위가 다시 모습을 드러냈다. 봉합은 제대로 된 것 같았다. 하지만 어디선가 솟아나는 피로 혈관들은 다시 핏속에 잠겼다. 범준은 출혈부를 찾으려 했지만, 자꾸만 흘러나온 피에 가려 보이지 않았다. 누군가의 도움을 바라며 고개를 들었다. 마취의, 간호사, 인턴, 모두 그의 얼굴만 바라보고 있었다. 환자의 심장만큼이나 범준의 심장도 미친 듯 뛰었다.

"이대로 출혈이 계속되면 위험합니다."

마취의는 선언하듯 말했다. 그 목소리에 범준은 정신이 번쩍 들었다. 다시 출혈 부위를 찾았지만, 미로처럼 얽힌 심장 주변의 혈관 중 어느 곳에서 피가 나오고 있는지 도무지 알 수 없었다. 제발, 제발, 제발……. 범준은 기도했다. 환자의 맥박은

구원

점점 빨라졌고, 혈압은 낮아졌다. 장기들은 너무 다닥다닥 붙어 있었고, 혈관은 미로 같았다. 심장은 산소를 달라고 비명을 지르고 있었지만, 피가 없어 산소를 줄 수 없었다. 이제 다음 단계로 빈맥이 찾아올 것이고, 쇼크가 뒤따를 것이었다.

그리고 죽음.

불길한 경보음이 울렸다. 모니터에선 하트 모양이 불길하게 깜빡였다. 빈맥이었다. 범준은 손을 멈췄다. 머릿속이 하얗게 변했다. 그를 바라보는 모든 스태프의 모습이 슬로모션처럼 느리게 움직이고 있었다. 스태프들이 뭐라 떠들고 있었지만 거대한 유리 벽 너머의 광경만 같았다. 죽음이 환자의 목덜미를 움켜쥐고 있었지만, 범준이 할 수 있는 일은 아무것도 없었다.

"비켜!"

역한 술 냄새가 코를 찔렀다. 정신이 번쩍 들었다.

"비키라고!"

고개를 돌렸다. 과장이었다. 범준은 뒤로 물러섰다. 과장은 고개를 내밀어 복잡하게 얽힌 대동맥궁을 유심히 바라보았다.

"어디 결찰했어?"

"예?"

"어디 어디 결찰했냐고?"

범준은 말없이 수술을 위해 자신이 결찰해두었던 혈관들을 가리켰다. 과장은 조심스럽게 그 혈관들의 뒤쪽을 손가락으로 만져보기 시작했다. 범준은 고개를 돌려 모니터를 바라보았다. 여전히 하트 마크는 불길하게 명멸하고 있었다. 과장은 말없이 피에 젖은 수술 장갑으로 혈관들을 확인하고 있었고, 스태프들의 시선은 모두 그에게 향해 있었다. 혈압이 또 떨어졌다. 시간이 없었다. 갑자기 쇄골하동맥과 대동맥의 접합부를 만지던 과장의 손이 멈췄다. 그는 천천히 접합부를 돌렸다. 쇄골하동맥의 접합부가 찢어져 출혈이 일어나고 있었다.

"흥, 너무 꽉 쥐었군."

범준의 실수였다. 결찰을 하며 겸자를 너무 꽉 쥐었던 탓에 혈관 뒤쪽에 구멍이 생긴 것이다. 범준은 책에서 본 대로 출혈을 막기 위해 최대한 꽉 쥐었다. 원래 동맥들은 좀처럼 찢어지지 않는다. 하지만 나이가 들고 고지혈증에 혈압이 높으면 동맥벽도 늘어나고 혈관의 탄력이 사라진다. 책에서 언뜻 읽어본 적은 있었지만, 책으로 그런 동맥을 쥐는 법을 배울 수는 없는 노릇이었다. 수술실에서 도망치고 싶었다. 하지만 결과를 끝까지 봐야 할 책임이 있었다. 짧고 높은 경보음은 길고 높은 경보음으로 바뀌었다. 환자의 심장이 멈췄음을 알리는 신호였다. 취기로 빨갛게 상기된 과장은 무표정했다. 그는 아무 일도 아니라는 듯, 재빠른 손놀림으로 찢어진 혈관을 봉합했다. 술에 취한 사람이라고는 믿을 수 없는 손놀림이었다. 봉합이 끝나자 그는 심장에 직접 제세동기를 가져가 전기 충격을 주었다. 모니터의 직선이 다시 요동쳤다. 하지만 이내 다시 평탄해졌다. 그러자 과장은 심장을 손으로 마사지하기 시작했다. 손의 움직임에 따라 그래프가 오르내렸다. 그리고 다시 전압을 높여 전기 충격을 주었다. 스태프들의 시선이 모두 모니터를 향했다. 수술실을 울리던 경보음이 꺼지고 심장박동을 알리는 비프음이 다시 규칙적으로 들리기 시작했다. 심장의 움직임이 정상을 찾을 때까지, 짧은 몇 분의 시간은 마치 영원과도 같았다. 범준은 떨리는 눈꺼풀을 감고 심호흡을 했다. 과장은 무감한 톤으로 말했다.

"자네가 닫아."

과장은 피 묻은 장갑도 벗지 않은 채 마스크를 끌어내렸다.

"집도는 내가 한 걸로 해두고."

말을 할 때마다 알코올 섞인 입김이 얼굴에 닿았다. 위스키가 만들어내는 독한 체취와 피비린내, 포비돈, 크레졸 향이 뒤섞여 구역질이 나올 것 같았다. 그는 들어올 때 그랬던 것처럼 수술 장갑을 벗어 던져놓고 쏜살같이 사라졌다. 범준은 흔들거리는 수술실 문을 멍하니 바라보았다.

"봉합하시죠."

주임 간호사가 말했다.

철근을 뽑아낸 사내의 심장은 다시 뛰었지만, 의식이 돌아오지 못했다. 과다 출혈과 심정지로 뇌세포에 제대로 산소가 공급되지 못했던 것이다. 범준은 틈만 나면 중환자실에 누워있는 그 환자를 보러 갔다. 생명 유지 장치에 둘러싸인 그의 곁을 중학생 딸이 지키고 있었다. 몇 년 전 뺑소니로 어머니를 잃었다는 열넷의 여자아이는 범준이 찾아오면 기대가 가득한 초롱초롱한 눈빛으로 아버지가 언제 깨어나느냐고 물었다. 그때마다 범준은 눈을 마주칠 수 없었다. 차라리 저곳에 누워 있는 게 자신이었더라면.

의식이 돌아오는 것이 늦을 뿐 뇌사는 아닐 거라고 범준은 믿고 싶었다. 하지만 수술이 끝난 지 2주가 지나자 의료진 사이에 서는 뇌사 이야기가 나오기 시작했다. 이내 신경외과에서 검사를 시작했고, 잠정적인 결론이 나왔다. 남은 것은 보호자의 동의를 얻어 정식으로 뇌사자의 처리 절차를 밟아가는 것뿐이었다. 수술 중 실수에 대한 이야기가 나올 법도 했지만 스태프들이 입을 다물었으므로 과다 출혈에 대한 진실은 침묵 속에 묻혔다. 그는 그저 응급실 너무 늦게 도착해 목숨을 잃어야 했던 수많은 안타까운 사람들 중 하나일 뿐이었다.

과장이 수술실을 나가며 말했던 자신이 집도한 것으로 하라는 한마디의 숨은 의미를 그제야 깨달았다. 과장은 이미 빈맥이 일어났을 때부터 환자의 회생 가능성이 작다고 판단하고 있었던 것이다. 뇌보다 심장이 산소 없이 오래 버틴다. 그래서 과장은 뇌를 일찌감치 포기한 채 심장만을 되살린 것이었다. 일단 수술이 끝난 시점에서 바이털사인만 정상을 찾는다면 책임 소재는 모호해지기 마련이니까. 과장의 입버릇처럼 무식한 환자나 보호자 나부랭이들이 수술실에서 무슨 일이 일어났는

구원

지 알 턱이 없으니까.

뇌사가 자신의 책임일까? 응급 요원은 병원에 도착하기 전 사내가 쇼크 상태에 빠졌다고 말했다. 어쩌면 그 시점에서 이미 뇌세포가 죽어가고 있었는지도 모른다. 혹은 구급차를 타기 전부터 이미 그랬을지도 모른다. 그렇다면 수술에 성공했어도 구할 수 없는 환자였다. 무명동맥을 다치고 살아남는 것은 기적이나 다름없었다. 누구도 문제 삼지 않을 것이었다.

하지만 범준은 알고 있었다. 어떤 가능성에도, 혹은 어떤 결과에도 불구하고 집도한 것은 자신이었고, 그 때문에 일어난 결과도 모두 그가 책임져야 했다. 그리고 실수에 대해서는 어떤 변명의 여지도 없었다.

범준은 고백하기로 했다. 자신의 실수에 대한 판단은 보호자가 내리리라. 그 결과를 받아들이면 되는 것이었다. 그렇게 결심하자 마음이 편해졌다. 그는 보호자를 만나려고 중환자실로 내려갔다.

하지만 그곳에서 마주친 것은 보호자와 이야기하고 있는 과장이었다.

"저희로서는 최선을 다했습니다만 출혈이 너무 심했습니다."

솜털이 아직 뽀송한 여자아이의 얼굴 위로 쉴 새 없이 눈물이 흘러내렸다.

"아니죠, 아빠는 괜찮은 거죠?"

"이런 말씀 드리기 송구스럽습니다만 환자분은 이미 사망하신 상태입니다. 얼핏 보면 살아 계신 것처럼 보이겠지만 달려 있는 산소호흡기에 의지해 숨만 쉬는 상태예요. 들어보신 적 있을 겁니다. 뇌사라고."

사내의 딸은 옷자락으로 흘러내리는 눈물을 닦았다. 솔기가 터져 있는 교복 자락이 범준의 마음을 찢었다.

"아니에요. 만져봐요. 아빤 아직 따뜻하다고요. 아빠 아직 안 죽었어."

"지금이라도 생명 유지 장치를 떼어내면 아버님은 돌아가실 겁니다. 이건 기계로 살아 있는 것처럼 보이게 하는 것뿐이에요."

"아니야! 아니야!"

아이는 세차게 고개를 흔들었다. 생명의 무게는 그가 피상적으로 생각하고 있던 것보다 훨씬 컸다. 한 사람의 목숨은 한 사람의 목숨 그 이상이었다. 한 아이의 하나뿐인 아버지를 죽이고, 그녀를 고아로 만들어버린 것이다. 범준은 비로소 자신의 실수를 뼈저리게 실감했다. 과장은 부드러운 목소리로 달래듯 말했다.

"원하시면 계속 이 상태로 지내실 수도 있습니다. 하지만 의학적으로 이미 돌아가신 분을 기계로 생명을 유지시키는 건 개인적으로 못 할 짓이라고 생각합니다. 환자, 보호자 모두에

구원

게요. 저희야 병원비만 내시면 평생 이렇게 산소호흡기를 달고 계셔도 상관없습니다."

"그렇게라도 해주세요, 제발……. 제가 어떻게든 병원비를 마련해볼게요."

"이제 보호자의 삶도 생각하셔야죠. 아버님이 이미 죽은 자신의 몸뚱이를 위해 딸이 인생을 포기하길 바라실까요? 당장 이번 달 말에 정산하실 병원비조차 없으시잖아요. 힘든 결정인 거 저희도 잘 알고 있습니다. 하지만 그편이 아버님을 더 편안하게 쉬게 하는 일인지도 몰라요."

아이의 울음은 통곡으로 변했다.

"힘드시겠지만 장기이식도 한번 생각해보시죠. 보험 처리를 한다손 치더라도 아버님 병원비는 이미 보호자께서 감당하실 수 있는 정도가 아닙니다. 만약 장기이식을 하시면 병원비는 나라에서 모두 지원해줍니다. 그리고 단순히 돈 때문이 아니라 다른 환자의 몸속에서 아버님의 심장이 뛰고 있다면 사고로 돌아가신 아버님도 그냥 죽은 것만은 아니게 되지요. 다른 사람의 몸속에서 계속 살아계신 거죠."

과장은 통곡하는 보호자의 손을 지그시 잡았다. 순간 범준과 과장의 시선이 마주쳤다. 과장은 미간을 찌푸린 채 턱 끝을 까딱였다. 나가 있으라는 신호였다.

복도 밖으로 보이는 하늘에는 뭉게구름이 피어오르고 있었다. 청명한 빛이 주차장을 향해 난 창문 너머로 쏟아져 내리고 있었다. 범준은 울렁거리는 속을 진정시켰다. 과장을 모르는 사람이 봤다면 그의 태도는 일견 감동적이었으리라.

과장은 학회에 새로운 논문을 발표하기 위해 준비하고 있었다. 새로운 심장이식술에 관한 것이었다. 언제부터 철근에 찔린 사내를 자신의 도구로 바라보기 시작한 걸까? 심정지를 알리던 경보음이 과장에게는 새로운 논문을 쓸 기회를 알리는 팡파르로 들렸던 걸까? 생각이 여기까지 미치자 다시 위가 뒤틀렸다. 범준은 눈을 감은 채 중얼거렸다. 결코, 과장의 손에 놀아나지 않으리라.

과장은 만족스러운 얼굴로 병실에서 나왔다. 표정만으로 보호자가 어떤 결정을 내렸는지 한눈에 알 수 있었다. 그는 범준을 발견하곤 한심하다는 눈빛으로 머리끝부터 발끝까지 쭉 훑어보았다. 그리고 이미 모든 걸 알고 있다는 듯이 피식 실소했다.

"왜? 지금 찾아가서 말하려고? 제 책임입니다. 제가 저지른 실수 때문에 이렇게 된 겁니다."

범준은 답하지 않았다. 어떤 회유의 말이나 협박도 그를 막을 수 없었다.

"좋아. 그 바보 같은 정의감인지 치기인지를 말리진 않겠어. 제 발로 구렁텅이로 빠지겠다는데 내가 굳이 말릴 이유는 없지."

구원

예상외의 반응에 오히려 당황한 것은 범준이었다. 과장의 온갖 감언이설과 협박에 대한 답변을 머릿속으로 생각하고 있었던 것이다.

"잠깐만 따라오지."

범준은 잠시 고민했다. 먼저 보호자에게 가서 사실대로 말해야 하나, 아니면 과장을 따라가야 하나. 과장은 소릴 질렀다.

"지금 근무 중 아니야? 그놈의 영웅놀이는 근무 끝나고 하고 일단 따라오라고!"

과장은 앞서 걷기 시작했다. 그가 옳았다. 아직 근무 중이었다. 범준은 주뼛주뼛 과장을 따라나섰다. 무엇을 보건 무슨 소릴 듣건 간에 자신의 결심을 바꾸지 못하리란 확신이 있었으므로 따라가지 않을 이유는 없었다.

과장이 그를 데리고 간 곳은 6인용 병실이었다. 입원비가 가장 싼 탓에 늘 환자들로 가득 찬 6인실은 항상 어딘가 어수선했다. 늘 병실엔 한두 명쯤 시끄러운 문병인이 와 있기 마련이었고, 여섯 명 중 한둘쯤은 극성스러운 환자가 있기 마련이었다. 병원 전체를 장악하는 소독약 냄새를 압도하는 사람 냄새가 6인실엔 있었다. 그래서 과장은 늘 회진을 돌 때마다 믿을 수 없는 속도로 6인실을 말 그대로 스쳐 지났다. 예민한 직원이라면 누구나 6인실에서 환자가 과장에게 말을 걸 때 왼쪽 눈썹이 치켜 올라간다는 걸 알고 있었다. 그는 사람 냄새를 단 두 단어로 정의하고 있었다. 초라함과 궁상맞음. 그런 과장이

6인실에 회진 시간이 아닌데도 찾아온 것은 예사롭지 않은 일이었다. 과장은 자신을 바라보는 환자들의 시선을 무시하고 가장 안쪽의 창가에 누워 있는 한 부인에게로 다가갔다.

"오늘은 좀 어때?"

방금 전까지 장기 기증을 권하던 목소리와 너무 다른 말투에 범준이 오히려 민망할 지경이었다. 살집이 있는 창백한 안색의 아주머니가 힘겹게 상체를 일으키자 침대와 창문 사이의 보호자 침대에서 두 개의 작은 사람 형상이 따라 일어났다. 아이들이었다. 일곱 살과 다섯 살 남짓의 아이들은 행색이 꾀죄죄했다. 목에는 씻지 않아 검은 줄이 있었고, 입은 옷은 언제 빨았는지 다섯 살짜리 옷소매는 흰 콧물 자국으로 얼룩덜룩했다.

"아이고, 선생님…… 갑갑해 죽겠네유. 어여…… 집에 갔으면…… 쓰겄는디."

아주머니의 입술은 짙은 보랏빛이었다. 말할 때마다 가쁜 호흡을 가다듬어야 했으므로 몇 번을 띄엄띄엄 말을 멈췄다. 흉부외과에서 저렇게 숨 쉬는 사람은 틀림없이 심부전이었다. 그것도 아주 심각한. 과장은 일곱 살짜리 사내아이의 머리를 쓰다듬으며 함박웃음을 지었다.

"좋은 소식이 있어."

과장의 입꼬리가 미세하게 떨리고 있었다.

"기증자 찾았어. 내일 검사하고, 몸 상태가 나쁘지 않으면 바로 수술 잡자고."

아주머니의 입이 떡 벌어졌다. 그녀는 마디가 굵은 손으로 과장의 손을 덥석 잡았다. 과장의 왼쪽 눈썹이 치켜 올라갔다.

"차, 참말이에유?"

"내가 한가한 사람이야. 환자랑 농담이나 하게."

과장의 목소리에 짜증이 섞였다. 아주머니의 눈가에는 눈물이 고이기 시작했다.

"감사해유. 참말 감사해유."

아주머니는 잡은 과장의 손을 연신 쓰다듬었다. 과장의 얼굴에 미소가 사라졌다. 그는 서둘러 손을 뺐다.

"저녁에 젊은 친구가 와서 수술에 대해 설명할 거야. 동의서도 가져올 거고. 쓸데없는 소리 하지 말고 잘하라고. 알았지."

과장의 말투에서 노골적인 혐오감이 드러났음에도 아주머니는 기쁨에 겨워 눈치채지 못했다. 그녀는 눈물을 닦으며 연신 굽실거렸다. 벌레를 내려다보는 듯한 과장의 시선과 아주머니의 비굴함이 만들어내는 대비가 너무나 극적이었다. 범준은 애써 시선을 돌렸다. 어리둥절한 막내 아이는 그 상황에서도 연방 흘러내리는 콧물을 소매로 닦고 있었다.

병실을 나온 과장은 기분 나쁘다는 듯이 복도에 비치된 손소독제로 손을 닦았다. 자신을 바라보는 범준의 눈빛을 보고 무슨 생각을 하는지 다 안다는 투로 과장은 말했다.

"자넨 저 아줌마를 죽일 수 있나?"

"예?"

"이제 자네가 돌아가 수술실에서 무슨 일이 있었는지 말하면 저 아줌마는 죽겠지."

갑자기 망치로 뒤통수를 맞은 것 같았다. 머릿속이 윙윙거리며 정신을 차릴 수 없었다.

"자네의 자기만족이, 그 잘난 윤리가 저 가족을 희생시킬 만큼 가치 있나?"

열린 병실 문 너머로 아주머니의 모습이 보였다. 아주머니는 아이들과 얼싸안고 엉엉 울고 있었다. 서럽게 우는 큰아이 옆에서 막내는 목을 감은 엄마의 팔이 답답하다는 표정을 짓고 있었다. 하지만 정작 숨이 막혔던 것은 범준 자신이었다. 중환자실로 찾아가 보호자에게 사실대로 말하면 병원의 윤리위원회는 사인을 명확히 하고자 부검을 할 것이다. 그러면 저 아주머니가 이식받을 심장은 없었다.

"의술이 인술이라고? 개뿔. 의술은 기술이다. 수십, 수백만 명의 목숨을 발판 삼아 지금까지 발전한 거야. 알량한 도덕 나부랭이가 의학 발전에 기여한 적은 없어. 한 명을 실수로 죽이면 그렇게 배운 기술로 열 명을 살리면 돼. 그게 의학의 도리지."

"그렇지만, 돌아가신 분은……."

"분은 무슨, 술 처먹고 지 앞가림도 못하는 술주정뱅이한테. 니가 가슴을 열든 열지 않았든 그 자식은 뒈질 팔자였어. 아마 다른 병원이었다면 수술할 의사가 없다는 이유로 앰뷸런스에

구원

실어 거리로 내쫓았을걸. 멍청한 자네가 가슴을 열지 않았다면 그 자식은 길 위에서 뒈졌겠지."

"어쨌든 제가 수술했고, 제가 책임져야 합니다."

"그럼 물어보자고. 저 가족은? 저들은 누가 책임지지?"

6인실의 아주머니는 다른 환자들에게 축하를 받고 있었다. 병원에서는 좀처럼 보기 어려운, 액자에 넣어두고 싶을 만큼 밝고 행복하고 아름다운 광경이었다. 자신이 하려는 일이 저 행복을 파괴할 만큼 가치 있는 것일까. 범준은 자신 없었다.

"저 아주머니는 만성 심부전으로 3년을 기다렸어. 병원비를 마련하기 위해 남편은 건설 현장을 떠도느라 면회조차 못 오고 아이들은 저 지경이야. 봐서 알겠지만, 폐부종이 나타나기 시작했으니 이번 주를 넘기면 수술도 못 받을 테지. 그 뒤 어떻게 될지는 자네가 더 잘 알 거야."

"하지만…… 이건 옳지 않아요. 잘못된 거잖아요. 분명 제가……."

"저 아줌마와 가족으로 부족한가? 3층엔 간을 기다리는 아저씨가, 그 옆 병동엔 신장을 기다리는 고등학생이 있지. 그 고등학생 부모님 얼굴 본 적 있나? 아주 유명해, 병원에서. 손대기만 해도 울음을 터뜨릴 것 같은 표정으로 매번 신장 투석할 때마다 따라오지. 네가 하려는 일이 그 사람들의 목숨만큼 가치가 있을까? 옳고 그름을 따지고 싶다고? 그럼 애초에 수술실에서 실수하지 말았어야지. 이젠 한 명으로 모자라 자네의 그 알량한 공명심을 위해 다른 사람들 목숨까지 줄줄이 끌고 가려고 하는 겐가. 도덕? 좋지. 하지만 능력 없는 인간이 외치는 도덕이야말로 약자의 위선일 뿐이야."

아무 말도 할 수 없었다. 무엇을 말할 수 있을까. 자신이 무엇을 말할 권리가 있을까. 흘러나오려는 눈물을 참으려고 범준은 빠르게 눈꺼풀을 깜빡였다.

"다시 한번 말하지만 난 말릴 생각은 없네. 그러니 그 사실을 밝힐 생각이라면 지금 저 안으로 들어가서 저 여자한테 당신은 수술을 받을 수 없다고. 그러니 정의를 위해서 죽으라고 자네 입으로 직접 말하게."

과장은 손가락으로 병실을 가리켰다. 행복하고 따뜻한 공기가 병실 문 너머에 가득 차 있었다. 무엇이 옳은 일일까. 아주머니는 기쁜 소식을 알리려고 남편에게 전화하고 있었다. 그녀의 목소리에는 지난 3년간의 고통과 한이 어려 있었다. 몇 번을 들어가보려 했지만, 발이 떨어지지 않았다. 어느새 과장은 그곳에 없었다.

범준은 중환자실로 갔다. 사내의 딸은 여전히 울고 있었다. 두 명의 여자가 울고 있었지만, 그 울음은 너무나 달랐다. 스스로에 대한 경멸과 혐오가 심장을 사정없이 물어뜯고 있었다. 너무나 고통스러워 꼼짝할 수 없었다.

구원

암흑

고속도로를 거쳐 두 시간여를 달려 도착한 곳은 지방 소도시의 한 종합병원 주차장이었다. 산비탈을 깎아 만든 병원은 산 중턱에 있었다. 텅 빈 주차장에 차를 세우자 소도시의 야경이 한눈에 들어왔다. 박 신부와 실장은 자동차에서 내렸다. 산 중턱에 위치한 탓인지 산을 따라 내려오는 바람이 차가웠다. 사실상 폐업했다는 실장의 말처럼 병원 건물의 불은 모두 꺼져 있었다. 실장은 이럴 줄 알고 있었다는 듯이 팔뚝만 한 손전등을 들고 있었다. 검은색으로 칠해진 커다란 손전등은 손전등이라기보다는 쇠몽둥이에 가까워 보였다. 주차장을 가로지르는 동안 아무도 청소를 하지 않은 탓에 말라비틀어진 낙엽들이 발밑에서 바스락거렸다.

"아무도 없는 것 같은데요. 확인했으니 돌아가도 되지 않을까요?"

박 신부는 애써 태연한 목소리로 말했다. 하지만 실장은 답이 없었다. 페인트가 부풀어 금이 가기 시작한 병원 건물을 보고 있는 것만으로도 을씨년스러웠다. 낡은 시멘트 계단 위에 올라서자 아무도 가꾸지 않아 말라 죽어가는 잡풀이 무성한 화단이 눈에 들어왔다. 화단을 따라 난 진입로에도 작은 아스팔트의 균열을 따라 말라 죽은 잡초들이 무성했다. 실장은 손전등을 든 채, 마치 이런 일쯤은 익숙하다는 듯이 휘적휘적 앞서 걸었다. 박 신부는 그의 대범한 태도가 부러웠다. 자신은 구제 불능의 겁쟁이였던 것이다. 그렇게 두 사람은 병원 입구 앞에 섰다. 병원 입구 유리문에는 쇠사슬이 감겨 있었다. 박 신부는 안도했다.

"들어갈 수 없을 것 같은데요. 이쯤에서 돌아가죠."

실장은 묘한 미소를 띤 채 박 신부에게 물었다.

"혹시 무서워서 그러신 겁니까? 그런 거라면 저 혼자 들어갈 테니 여기서 잠시 기다리시죠."

박 신부의 얼굴이 붉어졌다.

"아닙니다. 잠겨 있으니까 돌아가야 하지 않을까 싶어서요."

실장은 콧방귀를 뀌었다. 그러고는 이런 일은 아무것도 아니라는 듯이 쇠사슬 사이에 굵은 금속의 손전등을 밀어 넣었다. 그런 뒤 손전등에 쇠사슬을 감아 돌렸다. 마지막으로 깊이 심호흡을 한 후 끙 하고 힘을 줘 한 번 더 돌리자 툭 하는 소리와 함께 자물쇠가 망가지며 고리가 열렸다. 실장은 쇠사슬을

구원

풀고 끝을 당겼다. 요란한 소리가 인적 없는 주차장에 울려 퍼졌다. 그는 손전등을 고쳐 든 후 유리문을 당겼다. 잠겨 있는 줄 알았던 유리문은 힘없이 열렸다. 박 신부는 유리문의 잠금장치가 있는 위쪽을 힐끗 쳐다보았다. 유리문의 앞쪽에 강철로 된 셔터가 있었다. 이상한 일이었다. 셔터를 닫지 않고 쇠사슬을 감아두다니. 어쩌면 셔터가 고장 난 것인지도 몰랐다. 내키지 않았지만 박 신부는 실장의 뒤를 따라 병원의 어둠 속으로 들어갔다.

병원의 안은 엉망진창이었다. 입구에는 병원 소유주의 이름과 함께 각성하라는 내용의 병원 직원들이 붙여놓은 듯한 대자보가 있었고, 그 옆으로 이 건물은 무슨 투금의 관리 대상이며 사유재산이므로 외부인의 출입을 금한다는 안내문이 붙어 있었다. 박 신부는 돌아가자는 말이 입 밖까지 나오려 하는 것을 억지로 삼켰다. 실장이 비추는 손전등 불빛이 닿는 곳마다 온통 낡고 부서진 것들뿐이었다. 한때 환자들이 병원비 출납을 했을 카운터에는 두껍게 먼지가 쌓여 있었고, 발밑에는 종이 부스러기나 쓰레기가 밟혔다. 대기실 의자들은 파도에 휩쓸려 떠내려간 것처럼 홀의 구석에 몰려 대충 쌓여 있었고, 누군가 벗어놓고 간 신발 한 짝이 홀의 중앙에 떨어져 있었다. 실장은 성큼성큼 병원 로비 가운데로 들어갔다. 2년간 아무도 오지 않았던 병원의 내부에는 온통 먼지와 거미줄이 병원 내부를 좀먹고 있었다. 버려진 휠체어, 대충 쌓아놓은 상자들, 주인 잃은 목발과 쓰러진 의료용 카트들이 도처에 널려 있었다.

"아무도 오지 않았던 것 같습니다. 뭘 찾아야 하는지도 모르겠고요."

"누군가 피부 이식을 이곳에서 했다면 물어볼 것도 없이 수술방에서 했겠지요. 그리고 제 짐작이 맞다면 저 흔적은 수술방을 향하겠지요."

실장이 손전등으로 바닥을 비추자 먼지가 쌓인 바닥에 무언가 끌고 간 흔적이 모습을 드러냈다. 주변에는 몇 개의 발자국이 어지럽게 찍혀 있었다. 박 신부는 자신도 모르게 마른침을 꿀꺽 삼켰다.

"이건⋯⋯."

"예. 지난 2년간 아무도 찾지 않았던 건 아닌 모양입니다. 확실히 우리가 처음은 아니군요."

실장은 손전등을 들어 흔적이 향하는 방향을 비췄다. 사람이 다녀간 흔적은 중앙 현관으로 쭉 이어져 있었다. 중앙 현관을 가는 길 중간에는 쓰러진 환자 이송용 카트와 의사 가운이 버려져 있었다.

계단을 올라가자 구두 굽 소리가 통로를 따라 울려 퍼졌다. 박 신부는 자신의 발소리가 이토록 크게 들린다는 사실에 소름이 끼쳤다. 만약 저 어둠 속에 누군가 숨어 있다면 자신들이 도착한 것을 알 수 있을 터였다. 하지만 이내 발소리가 하나뿐이라는 사실을 깨달았다. 박 신부는 앞서 걷고 있는 실장의 신

구원

발을 확인했다. 자신과 달리 운동화였다. 역시 프로답게 이곳의 상황을 미리 짐작하고 철저히 준비해 왔음에 틀림없었다. 오른손을 움켜쥐었다. 어둠 속에 들어오자 과거의 기억이 꿈틀거렸다. 박 신부는 과거의 기억에 사로잡히지 않기 위해 이를 악물었다.

흔적이 사라진 것은 병원 4층에서였다. 발자국이 갑자기 끊겼다든가, 잠긴 문 안으로 들어가 사라진 것은 결코 아니었다. 누군가 4층을 말끔하게 청소한 탓에 먼지가 쌓여 있지 않았던 것이다. 도저히 같은 건물이라고 믿어지지 않을 정도로 4층은 말끔하게 정돈되어 있었다. 매일 사용하는 병원에 불만 꺼놓았다 해도 믿을 수 있을 것 같았다.

"누군가 여길 쓰는 모양이군요."

"청소만 한 거 아닐까요?"

"냄새가 나네요."

박 신부는 실장의 말대로 깊이 숨을 들이쉬었다. 어디에선가 희미하게 병원 소독약 냄새가 났다.

"설마 했는데, 정말 말도 안 되게 바코드가 정직했던 셈이네요."

"왜 그랬을까요? 굳이 그 이식용 피부에 이 병원 바코드를 붙일 필욘 없는 거잖아요."

"이유가 있겠죠. 아마 누군가 우리 같은 사람이 이곳으로 와주길 바란 게 아닐까요."

실장의 입꼬리가 올라갔다. 박 신부는 그 미소에 오싹했다. 실장은 몸을 틀어 오른쪽 복도를 향해 걷기 시작했다. 복도 끝의 미닫이문 유리에 손전등 불빛이 반사되었다. 박 신부는 눈을 찌푸렸다.

"어째서요?"

"그건, 이곳에서 수술을 하고 있는 사람을 만나면 알게 되겠죠."

매끈하게 닦아놓은 탓에 손전등 불빛이 사방으로 난반사했다. 반사광 탓에 어두침침하게나마 병원의 모습을 볼 수 있었다. 조금 전까지 박 신부는 이곳에 들어오는 것이 내키지 않았던 이유가 먼지가 쌓이고 여기저기 거미줄이 드리워져 있는 탓이라 생각했다. 하지만 말끔한 복도는 그 나름대로 오싹한 구석이 있었다. 잘 닦아놓은 대리석 바닥에 비치는 빛은 눈을 찔렀고, 병원의 공기는 더욱 차갑고 매끄럽게 변했다. 닫혀 있는 병실 문 너머에서 지금 당장이라도 죽은 사람이 튀어나올 것 같았다. 발소리 사이에 딱딱한 잔향이 울릴 때마다 심장은 더욱 쿵쾅거렸다.

두 사람의 발걸음이 멈춘 곳은 수술실 앞이었다. 수술실 문은 닫혀 있었다. 수술실 문은 압력 감지로 움직이는 전기식 자동문이었다. 문을 잠시 노려보던 실장은 고개를 돌려 박 신부를 바라보았다.

"전원을 올려야 열리겠는데요."

구원

"잘은 모르지만 전기가 끊기지 않았을까요?"

"일반적으로 수술방이랑 중환자실, 응급실이랑 엘리베이터는 전기가 끊겨도 발전기를 돌리면 전기가 들어오죠. 여길 그런 식으로 쓴 것 같아요."

"그럼……."

"예, 누군가는 지하실로 내려가봐야 할 것 같습니다. 죄송한데 여기서 기다려주시겠어요?"

"왜요? 같이 가야죠?"

박 신부는 따지듯 되물었다.

"발전기만 돌린다고 여기 전기가 들어오는지 확실하지 않잖아요. 배전반을 만져야 할지도 모르는데 어떤 스위치를 올려야 여기 전기가 들어오는지 한 명은 남아서 확인해야죠. 제가 배전반을 찾으면 전화하겠습니다."

잠시 침묵이 흘렀다. 오직 침묵만이 박 신부가 표현할 수 있는 최선의 의사 표현이었다.

"혹시 발전기 만질 줄 아시면 신부님께서 내려가 확인하시겠어요?"

실장은 들고 있던 손전등을 내밀었다.

"아니요."

"그럼 제가 다녀오겠습니다. 그리고 죄송하지만 이것도 제가 가져가야 할 것 같네요."

그는 손전등을 들어 보였다. 박 신부는 딱딱하게 굳은 얼굴로 애써 미소 지으며 고개를 끄덕였다. 실장은 돌아서서 손전등을 들고 성큼성큼 계단을 향해 걸어갔다. 두려움 없는 당당한 걸음이었다. 이 이상한 병원이 그에게는 조금도 낯설지 않은 모양이었다. 실장이 멀어질수록 손전등의 반사광이 만들어내던 빛도 점점 희미해졌다. 이윽고 그가 중앙 계단으로 내려가자 희미한 반사광도 계단 끝에 아른거릴 뿐이었다. 그나마도 잠시 후 완전히 사라져버렸다. 완벽한 어둠이 박 신부를 감쌌다. 박 신부는 심호흡을 했다. 하지만 호흡은 점점 가빠질 뿐이었다. 눈앞에 어떤 이미지들이 아른거리고 있었다. 박 신부는 그것이 무엇인지 알고 있었다. 그래서 애써 눈을 감았다. 하지만 이미지들은 사라지지 않고 더욱 선명해졌다. 그래도 더욱 눈을 질끈 감았다. 눈을 감고 보는 것은 망상일 뿐이지만, 눈을 뜨고 보는 것은 환각이니까. 잘린 목들이 유령처럼 그의 주위를 맴돌고 있었다. 그들은 하나같이 박 신부를 원망하는 눈빛이었다. 몸이 떨리다 못해 구역질이 나려 했다. 기억 속에 썩어버린 육신들이 되살아났다. 오른손이 뜨거웠다. 죄의 낙인이 불타올랐다. 15년 전의 기억이 되돌아오고 있었었다. 더 이상 참을 수 없었다. 박 신부는 자신도 모르게 눈을 떴다. 묵시록의 음부가 그를 향해 다릴 벌리고 있었다.

구원

*

　시체들은 수도 없이 보게 될 겁니다. 로마에서 출발할 때부터 같이 비행기를 탔던 프랑스 기자는 이렇게 말했다. 박 신부는 웃었다. 두려움이 없다면 거짓말이겠지만 전망은 대체로 낙관적이었다. 선교회 사람들 사이에서도 의견이 나뉘었지만, 평화유지군이 이미 들어가 있고, 과두 정부가 들어섰으니 어쨌든 선거가 치러지고 내전도 끝나지 않겠냐는 전망이 우세했다. 반군과 정부군 측의 무장해제 문제가 해결되지 않고 있었지만, 늦봄 선거가 임박하면 어떻게든 합의를 보게 될 거라고 다들 예측하고 있었다. 그래서 아프리카의 붉은 땅을 처음 밟던 그 순간, 박 신부의 가슴은 기대로 가득 차 있었다.

　사제가 되고 싶다는 꿈은 아주 어린 시절부터 갖고 있었다. 불임이었던 어머니가 3년을 기도한 끝에 얻은 아이가 바로 박 신부였다. 태어나면 하느님께 바치겠다는 서약을 했다는 소리를 어린 시절부터 귀에 못이 박히도록 들었던 때문일까. 현석은 막 걸음마를 뗄 무렵부터 성당을 좋아했다. 성당이란 공간이 주는 비일상적인 느낌. 침묵, 속세에서 느낄 수 없는 듯한 경건함. 모든 것이 현석에게는 매혹적이었다. 자신의 존재 이유가 태어나기 이전부터 이미 정해져 있었다니. 그것은 특별한 일이었다. 때문에 현석은 사제가 되어야 한다는 것에 거부감이 없었다. 복사(服事) 생활을 거치며 사제가 되는 일이 확고한 꿈으로 자리 잡아갈 무렵 성당에 딸린 어린이집에서 교황의 삶에 대한 위인전을 읽었다. 그리고 자신의 삶의 목표를 정했다. 신을 섬겨야 한다면 그중 최고가 되고 싶었다.

　한국전쟁 후 선교를 위해 찾아온 벨기에 사제들이 있는 수도회 쪽으로 교구를 옮긴 것도, 영어와 불어를 시작으로 외국어를 열심히 공부했던 것도 다 그 때문이었다. 이미 중학교 시절부터 그는 본당의 신부님을 졸라 라틴어를 배우기 시작했고, 고등학교 시절엔 일찌감치 벨기에의 신학교 유학을 목표로 정했다. 한국에도 좋은 신학교가 많은데 왜 굳이 외국으로 나가려 하냐는 사람들의 질문에 대한 답도 있었다. 타국에 선교를 온 본당의 신부님들에게 받은 사랑을 제3세계에 되갚기 위해서 그들이 배운 모교로 유학을 갈 것이라고 현석은 말했다. 사람들은 그가 하느님의 택함을 받았다고 말했다. 그 소리가 싫지 않았다. 오지에서의 봉사 생활이 어느 정도 자리를 잡고, 현지 교구에 새로운 사제를 키우고 나면 교구를 양보하고 로마로 돌아가 박사 학위를 딴 후 한국으로 돌아가는 것까지 미리 생각해두었다. 그런 경력을 쌓아가면 아마도 모두에게 존경받는 높은 사제가 될 수 있을 것 같았다. 자신의 세례명이 베드로인 것도 현석은 예비된 운명이라고 생각했다. 물론 사람들에게 그런 목표를 밝힌 적은 없었다. 현석은 교회의 높은 분들이 좋아하는 답을 알고 있었고, 누군가 물어보면 그렇게 답했다. 그것에 대해 죄책감은 없었다. 어느 정도까지 진심인지 정확히 알지 못했지만 가난한 나라에서 봉사를 하고 싶다, 예수님을 본받아 사랑을 실천하고 싶다는 답들이 거짓은 아니었던 것이다. 단 한 번도 의심하지 않았던 믿음이 있었고, 이제는 체화되어 습관처럼 굳어버린 절제된 삶의 태도도 있었다. 신학교를 다니면서 단 한 번도 자신의 선택에 대한 의심도, 회의도 없었고, 수많은 유혹 속에서도 조금도 흔들리지 않았다. 그에게 세상은 신의 섭리 아래 완벽했다. 비록 고통과 죄, 어두움과 죽음이 사방에 널려 있었지만, 그것들은 신의 섭리에서 벗어난 자들의 것이었다. 그에게 좁고 곧은 길은 너무나도 명확했다.

이른 새벽 공항에서 내려 꼬박 네 시간을 달려 성당에 도착했을 때 주임신부님은 자리를 비운 상태였다. 흔들리는 차 안에서 자다 깨다를 반복한 박 신부는 멍한 기분으로 적벽돌과 하얀 페인트가 칠해진 나무 지붕으로 만들어진 성당 앞에 버려지듯 도착했다. 양손에 슈트케이스를 든 채 성당의 문을 열자 그 안에는 직접 만든 것이 티가 날 정도로 모양이 제각각인 긴 의자들이 두 줄로 늘어서 있었고, 검은색에 두꺼운 입술, 곱슬머리를 한 얼굴의 십자고상이 하늘을 바라보며 강대상 뒤에 서 있었다. 십자고상 뒤쪽으로는 십자가 모양의 손바닥만 한 스테인드글라스가 있었고, 그 작은 글라스에서는 아기 예수가 마구간에 누워 있었다. 스테인드글라스 아래는 검은 성모 마리아상이 있었다. 아기 예수를 안고 있는 그녀는 흔히 한국이나 유럽에서 볼 수 있는 이상화된 8등신의 아름다운 마리아가 아니라 아프리카의 가면들을 닮은 4등신의 땅딸막한 마리아였다. 박 신부는 그 얼굴이 어쩐지 슬퍼 보인다고 생각했다. 옆으로는 녹아내린 촛농이 달라붙은 촛대가 있었다. 합판으로 얼기설기 만든 고해소 옆에는 혼자 성당을 지키던 열 살 남짓의 복사 아이가 졸고 있었다. 맨발의 복사 아이는 구멍 뚫린 면 티 한 장에 색이 바랜 주황색 반바지를 입고 있었다. 인기척에 고개를 든 그 아이의 눈빛은 검은 얼굴과 극적인 대비를 이룰 만큼 투명하고 맑았다. 박 신부는 불어로 아이에게 말을 걸어보았지만 통하지 않았다. 아이는 신부님을 칭하는 라틴어 '파테르, 파테르'를 반복하며 자신을 따라오라는 시늉을 했다. 박 신부는 가방을 내려놓고 아이를 따라나섰다.

맨발로 달려가는 아이를 따라가며 박 신부는 자신이 도착한 곳의 풍광을 처음으로 확인할 수 있었다. 성당이 서 있는 낮은 언덕의 뒤쪽으로 작은 봉우리들이 점점 높아지며 병풍처럼 둘러싸 커다란 분지를 완성시키고 있었다. 분지 아래쪽에는 사탕수수밭이 넓게 펼쳐져 있었고, 아침 햇살을 머금은 푸른 사탕수수들은 바람에 따라 흔들거렸다. 아이를 따라가는 소로 양쪽으로는 열대의 나무들이 섞여 있는 잡목 숲과 언덕을 깎아 만든 카사바와 고구마밭이 있었고, 그 위쪽에는 정체를 알 수 없는 나무들이 심겨 있었다. 고개를 돌려보면 비탈 아래 능선을

72

따라 넓은 차밭이 펼쳐져 있었고, 화려한 원색의 치마를 두른 몇 명의 아주머니들이 도랑을 따라가며 잎을 따서 바구니에 넣고 있었다. 분지의 봉우리와 봉우리 사이에는 작은 계곡이 있었고, 소로는 그곳으로 이어져 있었다. 빗물로 길 중간중간이 파인 비탈을 따라 조심스럽게 계곡 아래로 내려가자 물이 흐르는 소리가 들렸다. 그리고 계곡으로 내려가는 길 중간에서 몇 명의 사람들이 모여 있는 것을 볼 수 있었다. 유일한 백인인 주임신부는 그곳에서 단번에 눈에 띄었다. 아이가 무어라 외치자 사람들의 시선이 일제히 박 신부를 향했다. 검은 피부, 검은 얼굴, 검은 눈동자들이 자신을 향하자 박 신부는 반사적으로 마른침을 삼켰다. 주임신부는 다가와 악수를 청했다.

"반갑게 환영해야 할 텐데 그렇지 못해서 미안하네."

"아닙니다. 무슨 일인가요?"

"민병대가 마을 여자아이를 죽였네."

박 신부는 고개를 내밀어 주임신부 뒤쪽을 바라보았다. 커다란 나무 뒤편 수풀에서는 붉은 치마를 입은 한 여자아이가 가랑이를 벌린 채 누워 있었다. 치마는 허리까지 둘둘 말려 있었고, 바닥에는 흥건하게 피가 고여 있었다. 박 신부는 반사적으로 고개를 돌렸다.

"새해 첫 달부터 이 모양이군. 그래도 매년 줄어드는 추세니 다행이라고 해야 하나."

"어떻게 저런 일을 저지를 수 있는 거죠?"

"증오지. 상대방을 인간으로 보질 않으니까."

혐오감만큼이나 호기심이 컸기 때문일까. 박 신부는 다시 고개를 돌렸다. 그곳에는 피투성이의 음부가 있었다.

"이곳이 자네가 나 대신 1년간 있을 곳이네."

길을 따라 내려오는 동안 보았던 아름다운 풍광과 대비되어 그 모습은 더욱 끔찍했다. 늙은 할머니 하나가 비탈을 내려와 다리를 벌리고 있는 그녀의 치마를 끌어 내려주었다. 할머니의 손은 떨렸다. 파리 한 마리가 코 위에 내려앉았다. 눈을 감지 못했던 여자아이의 눈빛은 탁했다. 비행기 안에서 그가 꿈꿨던 낙관적인 미래가 한순간에 휘발되어버렸다.

*

박 신부는 넘어오는 구역질을 참았다. 그리고 악몽을 떨쳐내기 위해 고개를 저었다. 휴대전화를 꺼내 액정을 켰다. 아주 희끄무레한 흐린 빛이 그의 주변을 비췄다. 희미한 빛 덕분에 어둠은 오히려 더욱 굳건한 장벽이 되어 그를 감쌌다. 좌우 60도씩, 3미터 앞이 그가 볼 수 있는 시야의 전부였다. 그나마 30초마다, 시야는 반으로 줄어들었고, 10초 더 지나면 다시 깜깜해졌다. 그때마다 박 신부는 질식할 것 같은 공포를 느꼈다. 다시 휴대전화의 버튼을 누르면 빛은 밝아졌지만 그사이 어둠은 한층 더 깊어진 것만 같았다. 어둠이 쌓은 장벽 너머에서는 무언가 돌아다니고 있었다. 박 신부는 무언가의 정체를 확인하기 위해 몇 번이나 어둠 속으로 휴대전화를 내밀었지만, 고작 팔을 뻗은 만큼 더 볼 수 있을 뿐이었다. 그랬다. 그건 밀려오는 어둠이라는 끝이 없는 대군 앞에서 작은 과도를 휘두르는 격이었다. 식은땀을 흘리며 어둠을 쫓기 위해 무의미한 노력을 되풀이하는 동안 호흡은 점점 가빠졌다. 자신의 숨소리가 너무 커 두려울 지경이었다. 손발이 차갑게 식었고, 오금에 자꾸 힘이 빠졌다.

"도대체 뭘 하고 있는 거야!"

박 신부는 스스로를 추스르기 위해 애써 큰 목소리로 말한 뒤 시간을 확인해보았다. 한 시간쯤 지났다고 생각했는데 고작 10분도 지나지 않았다. 만약 자신이 신을 믿던 시절이라면 이렇게 두렵지 않았을지도 몰랐다. 박 신부는 고개를 저었다. 아니다. 자신은 그 시절에도 대책 없는 겁쟁이였다. 그걸 부정할 수는 없었다. 그 비겁함이 그를 신의 은총에서 떨어뜨렸고, 동시에 살아남게 했으니까. 공포만큼 치욕이 부풀어 올랐다. 박 신부는 치욕을 감추기 위해 다시 휴대전화 불빛을 복도 끝을 향해 내밀었다. 어둠 너머가 일렁거렸다. 겁에 질린 심장이 또 한 번 요동쳤다. 박 신부는 앞으로 몇 발짝 걸어 나갔다. 누군가 있다고 생각했는데 볼 수 있는 것은 짙고 굳건한 어둠의 벽뿐이었다. 더 이상 참을 수 없었다. 박 신부는 지난밤 실장이 걸었던 번호를 확인하고 통화를 눌렀다. 수화기를 귀에 대자

다시 완벽한 어둠이 그를 감쌌다. 어둠 속에 뚜르르르 통화 연결음이 퍼졌다. 그때였다. 지잉 하는 휴대전화의 진동음이 그의 등 뒤에서 울렸다. 박 신부는 놀란 표정으로 돌아섰다. 하지만 채 돌아서기도 전에 누군가 그의 목을 팔로 감쌌다. 겁에 질려 자신의 목을 감은 팔을 풀려 할 때 목덜미가 따끔하더니 싸한 느낌의 차가운 무언가가 몸 안으로 들어왔다. 몸부림쳤지만 소용없었다. 이내 전신에 힘이 빠지며 어둠이 그를 집어삼켰다.

구원

속죄의 가격

2주일 뒤, 주임신부는 안식년을 맞이하여 고국으로 떠날 예정이었다. 대신할 사람을 찾지 못해 5년여를 미뤄온 안식년이었다. 인수인계를 받으며 박 신부는 성당이 이곳에서 얼마나 중요한 역할을 하는지 깨달았다. 이곳은 인근 30킬로미터 반경에서 사제가 있는 유일한 성당이자 학교였다. 평일에 성당 앞마당에서 학생들을 위한 수업이 진행되었고, 그동안 주임신부는 차를 타고 인근에 흩어져 있는 열두 개의 크고 작은 교구 내 마을을 돌아야 했다. 마을 사람들의 절반 이상이 가톨릭 신자였지만, 예전에 신부님이 있던 두 개의 성당에 후임자가 없게 되자 그만큼 담당해야 하는 범위가 넓어졌다. 일주일 내내 마을을 돌며 박 신부는 평일에도 성당이 멀어 오지 못하는 사람들의 성사들을 주재해야 한다는 걸 깨달았다. 교구장을 만나려면 두 시간 반씩 차를 타고 가야 했으므로 어떤 외부의 도움을 기대하긴 힘들었다. 인수 기간 내내 주임신부와 대부분의 시간을 차를 타고 교구를 돌았다.

"원래 여기는 우리 외방 전도회 소속의 성당들이었지. 왜 후임자들을 보내주지 않나 궁금했었는데, 지난번 안식년에 고국에 돌아가보니 답을 알겠더군."

벨기에의 신학교에서 공부를 했던 박 신부는 그가 무슨 말을 하고 있는 것인지 이해할 수 있었다. 신학교에는 벨기에 사람들보다 다른 나라에서 유학 온 학생들이 더 많았다. 젊은 사제는 본국 교구에 배치하기도 모자란 것이 현실이었다. 사제 한 명 없는 본당이 유럽 전체에 셀 수 없이 널려 있었다. 유럽에서 이제 신은 노인들이나 믿는 존재였다. 이 오지까지 올 만한 젊은 사제를 찾는 일은 불가능할 터였다.

"내가 왔던 게 거의 마지막 세대가 아니었나 싶어."

낡은 트럭을 직접 운전하는 주임신부는 탄식하며 말했다.

"왜 여기까지 오신 거죠?"

"하하. 주님의 뜻이 그런 걸 내가 어떻게 알겠나. 오히려 난 젊은 자네가 이곳에 온 게 더 신기하네."

그는 사람 좋은 미소를 지으며 이렇게 말했다. 박 신부는 늘 하던 대답을 했다. 빚을 갚기 위해서 이곳까지 왔다고.

"참 고귀한 뜻이군. 자네 나라에 전쟁이 끝나고 남았던 선교사들은 자네 같은 사람이 나와서 그 마음을 이어주리라는 걸 알고 있었을까. 정말이지 주님의 섭리는 신비하기 그지없네."

주임신부는 미소를 지었다. 그 미소에 박 신부는 처음으로

구원

추기경이 되고 싶은 자신의 꿈이 부끄럽게 느껴졌다.

주임신부가 사제관에서 생활하는 동안 박 신부는 집무실에 간이침대를 놓고 지냈다. 처음에는 박 신부에게 사제관 생활을 권했지만 연로한 주임신부를 두고 자신이 그곳에서 지낼수는 없었다. 방이 하나 더 있긴 했지만 그곳에서는 복사 아이가 지내고 있었다. 내전 중 버려져 고아가 된 복사 아이는 주임신부가 토마스란 이름의 세례명을 지어주었다. 아이는 세롬바라는 이름이 있었지만 세례명으로 불리는 것을 더 좋아했다. 자신을 가리키며 토마스라고 말한 후 이를 드러내고 웃는 아이의 모습은 천사 같았다. 토마스에게 성당의 생활이 무척이나 행복한 듯 보였다. 화려한 예복이나 예식들을 좋아했고, 자신이 복사 일을 한다는 사실에 어떤 자부심을 가지고 있는 것같았다. 비록 기도문 하나 제대로 암송하지 못했지만, 성당의 청소부터 미사를 돕는 일까지 단 둘뿐인 성당의 잡무 상당 부분을 그 아이가 돕고 있었다. 일주일쯤 지나자 박 신부도 토마스가 알아듣는 라틴어와 불어 단어 몇 개와 손짓발짓으로 의사소통할 수 있었다.

막 낯선 나라에 도착해 의지할 사람 하나 없는 박 신부는 둘의 끈끈한 유대 관계가 부러웠다. 토마스는 나이에 걸맞지 않게 주임신부가 필요한 것이라면 미리 척척 해내었다. 복사라기보다 마치 능숙한 안주인 같았다. 그 맑은 눈빛과 순진한 미소 덕에 박 신부는 그에게서 어떤 비현실적인 천진함마저 느겼다.

"천국에는 저런 아이들이 가득하겠지."

성당의 낡은 의자들을 물걸레로 닦고 있는 토마스를 보며 주임신부가 이렇게 말했다.

"너희들은 아이들이 내게 오는 것을 막지 마라. 성서에도 그렇게 적혀 있잖아요. 주님께서 아이들을 사랑하시니 그러셨겠죠."

"아마 저 아이가 없었다면 이 노구를 이끌고 이렇게 넓은 교구를 돌아다니지 못했을 거라네. 주님께서 주신 복이지."

"신부님처럼 잘하지 못할까 두렵습니다."

"너무 부담 갖지 말게. 자네에겐 자네의 길이 예비되어 있을 거야. 나처럼 이 일에서 즐거움을 찾는다면 이 일이 자네에게 맞는 것이겠지. 하지만 그렇지 않다 해도 주님은 자네를 알맞은 길로 인도하실 거라네. 그것이 주님의 사랑이지."

주임신부는 온화한 미소를 지으며 답했다.

떠나기 전날 일요일 아침, 박 신부는 미사를 앞두고 성구들을 꺼내러 갔다가 미사를 준비하는 두 사람의 모습을 볼 수 있었다. 쪽창으로 들어온 아침 햇살을 받으며 전례복을 입는 주임신부를 돕는 토마스의 모습은 한 폭의 그림 같았다. 이방의 땅에 와서 평생 자신에게 부여된 의무에 순명하는 삶을 살았고, 전화 속에서 가까스로 자라난 새싹을 구했다. 이제 그 새싹

이 장백의에 허리끈을 두르는 그를 돕고 있었던 것이다. 그 극적인 장면은 피부색의 대비가 더해져 경건함을 담은 어떤 시각적 충격을 주었다. 박 신부는 숨이 막혔다. 그는 처음으로 주임신부와 같은 삶을 사는 것이 주교나 추기경 같은 고귀하고 저명한 성직자가 되는 일보다 더 가치가 있을지 모른다는 생각을 했다. 주임신부는 결코 많은 사람들의 존경이나 사랑을 받을 수 없을 터였다. 그럼에도 그의 의지는 교구에서 그를 아는 영혼들을 통해 이 땅에 뿌리내릴 것이었다. 그랬다. 그는 이 땅의 반석이었다. 박 신부는 처음으로 그에게서 다른 이와 하나의 끈으로 묶인 보다 큰 의미의 위대한 삶을 보았다. 그저 맹목적으로 따랐던 '순명하라, 겸손하라, 희생하라'라는 말들은 단순한 계명이 아니었다. 그것은 살아 있었고 하나의 풍경처럼 우리의 곁에서 인성을 초월한 숭고함을 만들고 있었던 것이다. 그날 그 순간 박 신부는 보다 큰, 자신이 상상하는 것보다 훨씬 더 커다란 섭리가, 자신의 앞에 펼쳐지리라는 예감에 전율했다. 비록 그것이 그가 상상한 것과는 전혀 다른 형태를 띠고 있었음에도 불구하고.

처음 한 달은 정신없이 보냈다. 교인들과 영적인 교감을 나누며 봉사하는 심정으로 아프리카에서 선교할 것이라는 믿음은 착각에 지나지 않았다. 2주를 주기로 마을들을 돌며 성사를 집행하고, 밤이면 돌아와 예산을 맞춰야 했다. 학교에서 학생을 가르치는 것은 선생님들의 몫이었지만 그들의 월급을 마련하는 것은 전적으로 박 신부의 몫이었다. 외방 선교단에서 들어오는 후원금의 규모는 정해져 있었고, 그가 이곳에 오는 예산과 주임신부가 떠나는 항공편을 마련하면서 올해 지정된 예비비가 모두 소진된 상태였다.

주임신부를 배웅하고 돌아오는 길, 주교를 찾아가 이 문제를 상의했지만 적어도 다음 분기 예산이 나올 때까지는 어떻게든 꾸려가라는 답만 들을 수 있었다. 교사들에게는 매주 주급을 주고 있었으므로 하루하루 예산을 맞춰가는 일은 무엇보다 중요했다. 한국에 있을 때 다니던 본당에 급한 대로 후원금을 부탁해두었지만 언제 올지 알 수 없었다. 민병대가 주었던 충격이나 주임신부가 주었던 감동도 매일 해야 하는 골치 아픈 정산 앞에서는 빠른 속도로 희미해졌다. 잔액의 자릿수를 맞추는 일로 골머리를 앓는 것이 성무일 거라고는 신학생 시절엔 미처 상상조차 하지 못했었다. 본당에 오는 신자들은 미사 때마다 헌금도 했고, 성사를 진행하면 자신들이 추수한 작물이나 크고 작은 선물을 하곤 했다. 하지만 그것으로 타고 다니는 트럭의 기름을 넣기에는 역부족이었다.

그렇다고 이곳이 복음의 오지나 믿음 없는 땅은 아니었다. 선교사들이 이곳에 처음 온 것은 200년 전이었다. 다소의 시행착오를 겪고 약간의 토착화가 있었지만, 하느님이란 개념은 이들이 믿고 있던 위대한 정령과 크게 다르지 않았다. 따라서

구원

식민지 기간 동안 교회는 빨리 자리를 잡았고, 독립한 이후에도 국민 절반 이상이 믿는 엄연한 국교였다. 그 믿음의 역사나 깊이가 한국보다 더했으면 더했지 모자라지 않았다.

최초의 현지인 사제도 100년 전에 나온 역사가 있었고, 심지어 흉흉한 소문의 주인공들인 민병대조차 주일 미사에 찾아와 참여할 정도였다. 일이 제대로 풀렸다면 해방된 후에는 이곳의 주민들은 믿음의 주인이 되어 자신들이 성직자를 배출하고 교회를 지탱할 수 있었을 것이다. 그러나 해방 직후 수십 년간 내전에 휩싸이면서 사제가 될 만한 젊은이들은 총을 잡았고, 믿음은 설 뿌리를 잃고 송두리째 말라 죽었다. 결국 수도를 중심으로 한 대도시의 몇몇 교구를 제외하고 대부분의 성직자들은 여전히 외국인이었다. 이러한 현상은 어쩔 수 없이 성직자와 신자들의 괴리를 가져왔다. 그들은 사제들을 존경하고 성사들을 맡겼지만, 그들의 삶과는 어쩔 수 없이 유리되어 있었다. 일상의 고민조차 함께할 수 없는, 자신들의 삶과는 너무나 다른 인생을 살아온 외지인들이 그들에게 해줄 수 있는 것은 많지 않았다. 강론을 펼쳐도 불어로 떠들기에 그의 말을 알아듣는 신자는 채 절반도 되지 않았다. 평생을 이 땅의 선교에 몸을 바친 주임신부처럼 지극히 예외적인 경우를 제외하곤 사제와 신자들 간에는 보이지 않는 벽이 있었다.

박 신부도 그 벽을 느꼈다. 미사를 하면 그들은 멀뚱멀뚱한 표정으로 자신을 바라보았다. 미사 내내 불어로 떠드는 자신의 말을 저들을 얼마나 알아들을까. 노란 피부의 자신이 그들의 눈에 어떻게 보일까. 미사 때마다 숨이 막히는 듯한 막막함을 느꼈다. 공용어인 불어를 할 수 있기에 괜찮을 거라 믿으며 무작정 왔지만, 이 지방 구석에서 불어로 할 수 있는 일이란 지도와 표지판을 보는 정도였다. 현지어를 배우는 게 무엇보다 시급했지만 밤마다 정산에 치여 정신을 차릴 수 없었다. 때때로 혼례 성사 같은 일을 마치 고 본당으로 돌아오는 저녁에는 자신이 관혼상제를 주관하는 출장 사회자나 교회가 이곳에 들어오기 수백 년 전부터 행사와 축복을 담당했던 샤먼과 다를 바 없다는 생각이 들었다. 심지어 칠성사 중 가장 중요한 성사의 하나인 고해성사조차 통역을 통해야 한다는 사실은 그를 견딜 수 없게 했다. 누구도 번역자를 끼고 자신의 죄를 고백하는 일을 달가워하지 않았던 것이다.

하지만 그런 고민조차도 쪼들리는 예산과 매일 처리해야 하는 업무들 사이에서 미뤄졌다. 사제관이 비었지만 박 신부는 여전히 집무실에 펼쳐놓은 간이침대에서 잤다. 그나마 토마스가 아니었다면 박 신부는 일찌감치 포기했을지도 몰랐다. 그가 정신없이 이리 뛰고 저리 뛰는 동안 성당을 관리하는 일은 전적으로 그 아이의 몫이었다. 그렇게 정신없이 첫 달을 보내고 났을 때 한국에서 약간의 후원금이 왔다. 덕분에 박 신부도 한숨 돌릴 수 있었다. 그리고 긴장이 풀리기가 무섭게 쓰러졌다.

구원

박 신부가 눈을 떴을 때 흑인 의사 하나가 그를 내려다보고 있었다.

"깨어나셨군요."

"여기가 어디죠?"

"수도에 있는 병원이에요. 저 아이가 주교님께 연락해서 주교님이 당신을 데리고 이곳으로 왔다더군요."

병실의 맞은편에는 토마스가 쪼그려 앉아 자고 있었다.

"어떻게 된 겁니까?"

"말라리아 예방약을 마지막으로 드신 게 언제죠?"

박 신부는 그제야 자신이 어떻게 된 것인지 깨달았다. 아침에 일어날 때 오슬오슬 추워서 감기에 걸렸다고 생각했었다. 하지만 단순한 감기가 아니었던 것이다.

"2주 전쯤이요."

2주 전에 한 아이가 말라리아로 죽었다. 고열에 땀을 뻘뻘 흘리며 의식을 잃고 헛소리하는 아이의 머리맡에 앉아 병자성사를 하는 동안 박 신부는 생애 처음으로 완벽한 무력감을 느꼈다. 말라붙어 있는 토사물이 입가에 남아 있는 아이의 얼굴은 누렇게 떠 있었고, 호흡도 가빴다. 간헐적으로 떨리는 아이의 몸은 경직에 가까워 보였다. 의학적 지식이 전혀 없는 박 신부의 눈에도 죽음이 임박했음을 알 수 있었다. 부모에게 병원에 가야 한다고 말했지만 모두 고개를 저을 뿐이었다. 목숨이란 몇 푼의 병원비 앞에서 한없이 가벼웠다. 아직 한국에서 지원금이 오기 전이었으므로, 성당 사정도 당장 내일 식비를 걱정해야 할 판이었지만, 이대로 있을 순 없었다. 박 신부는 토마스를 시켜 남아 있는 돈을 가져오라고 했다. 그리고 아이를 싣고 병원에 갈 채비를 했다. 하지만 자동차에 시동을 걸고 돌아왔을 때, 아이는 이미 절명해 있었다. 울고 있는 부모들 곁에서 아이의 머리를 쓰다듬어주며 기도하고 있을 때 자신도 모르게 예산에 차질이 생기지 않아 다행이라고 안도하고 있음을 깨달았다. 반사적으로 성호를 긋고 기도드렸지만 이미 늦었다. 물론 인간이니까 잠깐 그런 마음을 가질 수 있었다. 하지만 그런 납득조차 무서운 일이 아닐까. 박 신부는 어쩐지 자신이 무서웠다. 아직 바닥에 모르고 있던 진짜 자신의 얼굴이 드러난 것은 아닐까? 기도를 위해 맞잡은 손에 힘이 들어가 자신도 모르게 파르르 떨렸다.

다음 날 아침 장례미사를 준비하기 위해 성당 밖으로 나오다 성당 앞뜰에 세워놓은 천막 아래, 칠판 앞에 옹기종기 모여 있는 아이들의 모습을 발견했다. 책상은 없었으므로 아이들은 죽은 아이가 앉았던 나무 의자에 꽃을 바쳤다. 울거나 슬퍼하는 아이는 없었다. 단지 무거운 침묵이 있을 뿐이다. 주임신부에게 들은 이야기가 떠올랐다.

"이 나라 사람들을 보면 항상 무표정하지. 슬퍼도, 기뻐도, 좀처럼 감정을 표현하지 않아. 너무 많은 고통이 함께하니까,

구원

매번 감정을 쏟아내면 견딜 수 없는 거라네."

박 신부는 다시 성당 안으로 발걸음을 돌렸다. 구석에 세워 놓은 커다란 가방을 뒤져 바티칸에서 잔뜩 가지고 왔던 자신이 쓸 말라리아 예방약을 꺼냈다. 그리고 아이들에게 모두 나눠주었다.

"어리석은 짓이군요. 말라리아 예방약은 한두 번 먹는다고 효능이 나오는 게 아닙니다. 최소한 2주 이상 먹어야 면역력이 생기죠."

의사는 한심하다는 표정으로 이렇게 말했다.

"알고 있었습니다. 하지만 어쩔 수 없었습니다."

그랬다. 아이의 시신을 보고 예산 생각을 하지 않았다면 학교 아이들에게 그 약을 나눠주지 않았을 것이다. 그건 헌신이 아니라 속죄였다. 누구를 위해서가 아닌 박 신부 자신을 위해 필요한 행동이었다. 영혼을 구제하기 위해 말라리아 예방약을 포기해야 한다면 차라리 쌌다.

고해성사

　박 신부의 프로필을 받았을 때 범준은 믿을 수 없었다. 처음엔 동일 인물이 아닐 거라고 생각했다. 하지만 나이와 이름을 다시 확인한 후 범준은 박 신부가 그때 만났던 바로 그 사내임을 깨달았다. 그래서 실장에게 물었다. 실장은 그가 2주 전 수술했던 여학생을 죽게 만든 장본인이라 했다. 믿을 수 없었다.

　"신부잖아요."

　"이런 유의 스캔들이 종교인이라고 해서 없을 거라 생각합니까? 그냥 조용히 묻힐 뿐이죠."

　"그래도 그럴 만한 사람으로 보이지는 않아서요."

　시큰둥한 표정으로 의자에 앉아 있던 실장이 흥미롭다는 표정으로 몸을 틀어 범준을 바라보았다.

　"고작 이름과 나이, 혈액형, 직업이 적힌 간략한 프로필만 보고 어떤 사람인지 알아볼 수 있는 겁니까?"

　"아니, 선입견일지도 모르겠지만 종교인에 왠지 인상이……."

"하하. 무신론자 아니셨나요? 그리고 사진을 보시면 알겠지만 산적 같은 인상인데요?"

"그러니 여고생을 유혹해서 임신시켰다는 이야기가 믿기지 않는 겁니다."

"신의 이름을 빌려 유혹했겠지요. 혹시, 자살하고 싶지 않은 사람은 수술하기 싫은 겁니까? 아니면, 개인적으로 아시는……?"

범준은 박 신부의 사진을 내려다보았다. 나는 이 사내를 얼마나 알고 있는가? 예전과 달리 무성한 수염이 안 그래도 험상궂어 보이는 그의 얼굴을 더욱 험악하게 했다. 그것 외에는 시간의 흔적이 거의 느껴지지 않았다. 고작 하룻밤, 몇 시간 이야기했을 뿐이었다. 그리고 15년의 시간이 흘렀다. 그 정도의 시간이라면 아주 잘 알고 있는 사람들조차 변하기 마련이었다. 범준은 고개를 저었다.

"모르는 사람입니다. 그리고 설사 안다 해도 내가 어떤 감정이나 관념에 휘둘릴 사람이라고 생각하는 겁니까?"

"아, 제가 실례를 했네요. 하하, 아하하하."

실장은 요란스럽게 웃었다. 저 웃음 속에 또 어떤 가면을 감추고 있을까? 하지만 상관없었다. 범준에게는 목표가 있었고, 그 목표를 위해서 필요하다면 어떤 존재든 함께할 생각이었다. 문을 닫고 나왔다. 어두운 병원 복도에 서서 범준은 잠시 눈을 감았다. 그랬다. 모르는 사람이다. 상관없는 일이다. 하지만

구원

박 신부의 사진을 본 것만으로도 15년 전의 기억은 마치 어제 일처럼 생생하게 되살아났다.

*

범준이 전화를 받자 팀장은 대뜸 이렇게 말했다.

"이번에 새로 팀을 꾸리는데 외과의가 하나 필요해서 말이야."

그는 아프리카의 한 국가에 갈 생각이라고 했다. 선진국의 지원을 받는 독재자가 실각하면서 선진국의 의료 법인들이 철수하면서 의료 공백이 생겼다고 했다.

"이번엔 지난번처럼 힘들지 않을 거야. 우리가 할 일은 그저 현지 의료진들을 교육시키고 환자들을 치료하는 일이니까. 거의 놀다 오는 거나 마찬가지지. 심지어 비자까지 받을 수 있다니까."

범준은 웃었다.

"부르카로 여장만 안 해도 된다면 좋아요."

전화기 너머로 호탕한 팀장의 웃음소리가 들렸다.

소개받은 현지 스태프들은 범준의 눈에 모두 똑같아 보였다. 하나같이 웃으며 인사했지만 기억나는 것이라곤 유난히 하얀 이빨뿐이었다. 몇 번이나 이름을 되물었지만 끝내 알아들을 수 없는 이름도 있었다. 하지만 순박한 미소와 생기 있는 눈빛만으로도 현석은 무언가 잘될 것 같은 예감이 들었다.

"첫 프로젝트와는 완전히 다를 거야."

범준은 두근거리는 가슴으로 다짐하듯 스스로에게 말했다.

이곳에서 일하는 것은 한국에 있는 것과 다를 바 없었다. 해도 해도 할 일이 줄어들지 않던 첫 프로젝트와는 달리 일요일에는 쉴 수도 있었고, 번화가에 나가 맥주를 마실 수도 있었다. 기본적으로는 한국의 종합병원과 유사했고, 대학병원의 교수직과 레지던트 4년 차를 겸임하고 있는 느낌이었다. 환자를 만나는 일이 돈을 위한 수단이 아닌, 도움을 필요로 하는 한 명의 인간을 도와주는 일이었기에 보람이란 걸 느낄 수 있었다. 첫 프로젝트와 달리 어느 정도 이곳에 필요한 의학적인 지식도 있었고, 일과 시간 외에는 쉴 수 있는 여유도 있었다. 단골 바도 생겼다. 두 사람이 자주 가던 술집은 어이없을 정도로 인테리어가 훌륭한 웨스턴 바였다. 이곳에서 카우보이모자와 말안장들, 인디언 장식들이 무슨 의미가 있을까. 술집 주인에게 묻고 싶었지만 그는 영어를 하지 못했다. 그저 엄지손가락을 치켜세우며 흰 이를 드러내고 존 웨인 오케이를 외칠 뿐이었다.

"보건부 장관이란 미친놈이 소수민족에 대한 의료 지원을 끊고 싶어 해."

"예? 그게 무슨⋯⋯."

팀장은 고개를 갸웃하더니 벽에 붙어 있는 존 웨인의 〈역마차〉 포스터를 향해 건배를 했다.

"이 나라의 부를 그들이 독점하고 있으니 굳이 지원할 필요가 없다는 거지. 하지만 그건 구실이고, 그저 인종 혐오야."

팀장의 말에 따르면 이곳을 정복했던 선진국에서는 대립하던 두 민족 중 소수민족을 골라 정치와 행정 요직에 앉혔다고 한다. 통치에 대한 불만이 자신들을 향하지 않게 일종의 꼭두각시를 세운 셈이었다. 독립 이후에도 선진국은 이 나라에 힘을 행사해 자신의 입김이 닿는 소수민족 출신 독재자를 앉혔다. 그렇게 200년간 한 민족은 다른 민족을 탄압하는 구조를 만들었고, 그 불합리한 구조 속에서 증오는 무럭무럭 잘 자랐다. 농익은 증오는 내전으로 꽃피었다. 유엔이 개입하며 평화 협정을 맺을 때까지 30여 년간 내전이 계속되었다. 투표를 통한 민주 정부를 구성하기 위해 과두 정부가 세워졌고, 다수의 민족이 자연스럽게 정치적 다수가 되었다. 하지만 지난 200년간 자란 인종 간의 증오는 오히려 선거를 앞두고 금방이라도 터질 듯 풍선처럼 부풀어 오르고 있었다.

"자네가 하고 있는 현지 의료진 교육 프로그램에서도 소수민족은 빼라고 난리야."

"그들이 반 이상을 차지하는데요?"

"그래, 그게 문제라는 거지. 최소한 인구 구성비와 같아야 하는 게 아니냔 거야. 좋은 직업은 다 그들이 독점하고 있다면서."

"그렇다고 이제 와서 그들을 빼는 건……."

프로젝트는 벌써 자리를 잡아 어느 정도 궤도에 오르고 있었다. 지금 그들을 빼고 새로운 사람들을 넣는다면 죽도 밥도 되지 않을 터였다. 팀장은 들고 있던 위스키 잔을 바에 쾅 소리 나도록 내려놓았다.

"아니면 여기서 나가라는 거지. 거기에 신약 실험을 우리 병원에서 하고 싶어하는 제약회사도 한 다리 밀어 넣고, 국제단체 소속 의장이라는 인간은 이곳 정부의 압력을 견제하긴커녕 부채질이나 하고 있고."

"그건 또 무슨 미친 소리예요?"

"그 인간, 선거를 앞두고 있거든. 이 나라의 한 표가 필요하니까."

그는 땅이 꺼져라 한숨을 쉬고 잔을 단숨에 비웠다.

"어쩌시려고요?"

"버텨봐야지. 우리 단체야 늘 문제잖아."

범준은 미소를 지었다. 팀장의 이런 태도가 마음에 들었다. 하지만 대세를 거스르는 건 별로 현명하지 못한 짓이라는 걸 지난번 프로젝트의 경험으로 잘 알고 있었다. 때문에 불안했다. 범준은 고개를 들었다. 플라스틱으로 만든 커다란 인디언 인형 뒤에 있는 바텐더는 눈이 마주치자 씩 웃었다. 잔을 비운 팀장은 말없이 자리에서 일어났다. 범준은 계산을 하고 뒤를 돌아보았다. 비틀거리며 문밖으로 나서는 그의 뒷모습은 마치 영화 〈수색자〉에서 마지막 장면의 존 웨인 같았다.

그래도 범준은 이곳에 온 일을 후회하지 않았다. 그가 가르치고 있는 현지의 스태프들은 그가 생각하는 가장 이상적인 의료진의 모습을 보여주었다.

이를테면 산부인과 수간호사가 그랬다. 인큐베이터가 없는 탓에 이곳에서 미숙아가 태어나면 살아나기 힘들었다. 이 바쁜 병원에서 누구도 미숙아를 하루 종일 붙어서 돌봐줄 수는 없는 것이다. 하지만 수간호사는 거의 두 달간 자신의 퇴근 시간까지 반납해가며 병원을 떠나지 않았다. 이유를 묻자 그녀는 답했다.

"우리 아이들은 다 커서 스스로 밥은 챙겨 먹을 수 있으니까요."

그 덕에 네 달이나 일찍 태어난 아기 하나는 정상적으로 자라 퇴원할 수 있었다. 팀원들이 오기 전에도 몇 번이나 수간호사는 그런 아이들을 살려낸 적이 있었다고 했다. 감동한 팀원들은 사비를 털었고, 각자 고향에 있는 친구와 가족들을 들볶아 인큐베이터를 장만했다. 인큐베이터가 구비된 신생아실에는 그녀의 이름을 붙였다.

한 다수민족 출신의 레지던트는 폐렴으로 들어와 사경을 헤매는 소수민족 출신의 환자 곁을 밤새 지킨 일도 있었다.

"보호자에게 맡기지 그러셨어요?"

"보호자가 없는 환자였습니다."

"간호사들은요?"

97

II

"다른 환자들을 돌보느라고 바쁠 테니까요."

"그렇다고 당직도 아닌데 남아서 밤새울 필요까진 없잖아."

사내는 이마를 긁적였다.

"제가 있던 곳은 빈민촌이었습니다. 운이 좋게 의사가 될 수 있었지만 그곳에서 벗어나기 전까지 정말 많은 죽음을 봐야 했죠. 농장에서 일하시던 옆집 아저씨도 그랬어요. 굶주린 우리 형제를 위해 아저씨는 과일들을 훔쳐 오시곤 했어요. 그런데 그 아저씨가 정작 아플 때 도와줄 수 없었죠. 어머니는 그가 악령의 저주를 받았다고 생각했거든요. 주술사를 모셔 왔는데 조상이 그에게 노해서 대지의 악령이 그의 코에 독기를 불어넣은 것이라고 결론을 내렸죠. 대지의 악령의 독은 옮기 때문에 아무도 도와줄 수 없었습니다. 그래서 혼자 죽어갔어요. 그때 결심했습니다. 죽어가는 사람을 절대 혼자 두지 않겠다고."

"하지만 전혀 모르는 사람인데……."

"당신들도 우리랑 상관없지 않습니까."

그는 환하게 웃었다. 그 후에도 그 레지던트는 사경을 헤매는 환자들 중 보호자가 없는 환자가 들어올 때마다 침상을 지켰다. 범준은 감동할 수밖에 없었다. 도망쳐 온 자신과 달리 이들의 선의는 얼마나 단순하고 분명한가. 선이 만약 빛과 같은 것이라면 이들의 선의를 햇살이라 부를 수 있으리라. 때문에 범준 역시 바깥의 현실과 상관없이 이들을 교육시키는 데 열의를 다할 수 있었다.

프로젝트가 자리를 잡자 집도의의 현지인 비율을 점차 늘렸다. 일주일에 세 번씩 강의와 세미나를 가졌고, 의사뿐만 아니라 간호사들까지 참관시켰다. 다들 이 나라의 엘리트 중에 엘리트였다. 범준은 엘리트로 살아간다는 일에 얼마나 큰 책임이 따르는지 아주 잘 알고 있었다. 그래서 그들에게 의술 이상의 무언가를 가르쳐주고 싶었다. 항상 의사의 사회적 책임을 강조했고, 환자의 눈높이에서 진료할 것을 역설했다. 이를테면 이 병원의 외과는 범준에게는 자신이 이상적으로 생각하는 의사의 모습을 구현하기 위한 실험의 장이었다. 그리고 프로젝트가 진행되면서 그런 이상이 점점 실현되어가는 것 같았다.

일과가 끝나고 혼자 방에 돌아가면 이런 상상을 했다. 자신이 어떤 고귀한 열정을 품고 이곳에 남아 일생을 바친다 해도 그가 구할 수 있는 환자의 수에는 한계가 있었다. 하지만 그가 가르친 의사들은 내년에 새로운 의사들의 선생님이 될 것이고, 그 후에 다른 젊은이들에게 자신이 가르쳐준 것들을 또 전해줄 터였다. 그렇게 그들이 구할 사람들의 수를 가늠해보면 끝을 가늠할 수 없었다. 어쩌면 그가 죽은 후에도 그 끈은 끊어지지 않을 것이었다. 그런 생각을 하면 짜릿한 전율을 느꼈다. 범준은 드디어 자신의 자리를 찾은 것만 같았다.

프로젝트 시한이 마감되었을 때 범준은 팀장을 찾아가 반년 더 기간을 연장해달라고 말했다.

"정말 많은 얼간이를 봤지만 자네 같은 멍청이는 처음 보네."

돋보기를 쓴 채 결재 서류를 읽어보고 있던 그는 안경을 주머니에 꽂으며 이렇게 말했다. 범준은 머리를 긁적이며 답했다.

"제가 좀 바보죠."

"다른 팀원들은?"

"이야기해봤는데 대부분은 더 남고 싶어 해요. 소아과 의사한 명과 내과랑 정형외과 의사 한 명이 빠질 테지만 그 정도는이미 현지 의료진으로 메꿀 수 있을 겁니다."

팀장은 땅이 꺼지도록 한숨을 쉬었다.

"리더로서 말하자면 답은 하나야. 이제까지 내 자원봉사 경력을 돌이켜볼 때 이 나라 상황은 지금 당장 도망치는 게 정답이야. 의심할 여지가 없지."

이해할 수 있었다. 뉴스에선 선거를 앞두고 하루에도 몇 번씩 일어나는 유혈 충돌을 보여주었다. 선거를 앞두고 수도에온갖 세력들이 몰려와 난리였고, 중간에 낀 팀장은 고작 반년새 폭삭 늙어 있었다. 전엔 오십대로 믿어지지 않을 만큼 멋진중년 사내였지만 이제는 환갑도 넘은 노인처럼 보였다. 그에게 어떤 젊음의 상징과도 같았던 꽁지머리는 처량한 빗자루꼴을 하고 있었다.

"하지만 멍청한 걸로 따지면 나도 만만치 않지."

웃고 있는 팀장의 입가에 주름이 가득했다. 범준은 미안한마음이 들었다. 하지만 이곳에서 자신들이 꽃피울 수 있는 무한한 가능성을 생각하면 멍청한 고집일지언정 부려보고 싶었

구원

다. 두 사람은 악수했다.

막상 연장이 결정되자 떠나겠다는 팀원들도 자리를 지켰다. 하루가 다르게 나빠지는 이곳 상황에도 불구하고 다들 이곳에서 느끼는 만족감을 포기하고 싶지 않았던 것이다. 몇몇은 범준을 찾아와 자신이 하고 싶었던 부탁을 대신 해줬다며 고마워하기까지 했다. 하지만 정말로 그들이 그걸 원했는지, 아니면 그저 의례적인 인사였을 뿐인지는 알 수 없게 되어버렸다. 봄이 왔고, 많은 일이 일어났고, 그 후 그들의 반응 역시 한결같지만은 않았던 것이다.

그 무렵 한국인 환자가 입원했다. 그곳에 유일한 한국인이었기에 병원 사람들은 다들 범준에게 한마디씩 했다. 하지만 범준은 굳이 찾아가보지 않았다. 말라리아로 들어온 환자에게 그가 해줄 것은 없었다. 의외로 관심을 보인 것은 팀장이었다. 팀장은 흥미롭다는 듯이 내과 간호사들에게도 찾아온 한국인 환자에 대해 물었고, 범준에게 몇 번이나 고향이 그립지 않냐고, 그와 이야기해보지 않겠냐고 물었다. 하지만 가지 않았다. 한국은, 가족은, 이제 범준에게 낯선 존재일 뿐이었다. 그렇게 한국인 환자가 퇴원할 때까지 범준은 그의 얼굴을 보지 못할 줄 알았다.

금요일 저녁이었다. 팀장은 일찌감치 퇴근해 범준을 불렀다. 두 사람은 주말이면 늘 가던 웨스턴 바에 갔다. 팀장은 자리

잡기가 무섭게 버번위스키 한 병을 시켜 연거푸 잔을 비우기 시작했다.

"천천히 드시죠."

"오늘 기분 좋은 일이 있어서."

그는 호탕하게 웃으며 또다시 잔을 비웠다.

"뭣 때문에 그렇게 기분이 좋으세요?"

"오늘 내가 수만 명을 살렸지."

그는 건배를 청했다. 잔이 부딪치자 큭큭거리며 웃었다. 이미 혀가 적당히 풀린 팀장은 바에 잔을 소리 나게 내려놓았다. 짐작 가는 바가 없지 않았다. 이 문제를 놓고 팀장은 벌써 몇 달째 지도부와 싸우고 있었다. 한 다국적 제약회사에서 새로운 에이즈 치료제를 실험하고 싶어 했다. 아직 동물실험도 끝나지 않은 상태였지만, 경쟁사에서 만든 비슷한 작용을 하는 약이 FDA 승인을 앞두고 있다는 소문이 돌았다. 제약회사는 일정을 앞당겨야 했다.

처음엔 리베이트를 제안했었다. 그다음엔 의료 장비를 지원하겠다고 했고, 두 사람이 속한 단체에 거액의 기부를 하겠다고도 했다. 마지막으로 정부 장관이란 사람이 찾아왔었다. 그는 범준이 속한 단체를 이 나라에서 쫓아내겠다고 협박했다. 하지만 모두 팀장의 의지를 꺾지 못했다.

얼마 전 이웃 나라에서 비슷한 방식으로 만들어진 에이즈 신약을 실험한 적이 있었다. 어차피 평생 치료받지 못하고 살 사람들이므로 다들 동의서에 서명했다. 하지만 투약 대상이었던 사람들은 실험의 에이즈에 걸린 대조군들보다 일찍 죽었다. 부작용으로 다발성 장기부전과 간부전이 일어났던 것이다. 하지만 이 일은 빠르게 잊혔다. 공모된 망각의 원인은 뻔했다. 언론과 정부를 포함해, 국제단체나 NGO 등 어느 한 곳도 이 대륙에서 제약회사와 사이가 나빠져서 좋을 단체는 없었던 것이다.

팀장은 잔에 술을 따랐다.

"오늘 거기서 부장이란 사람이 찾아왔더군. 말라리아 치료제 수익이 생산 단가 이하라 여름부터 공급량을 줄일 수밖에 없다고 하더군."

팀장은 술잔을 들어 그것을 천천히 돌렸다. 그리고 술잔 너머로 비치는 불빛을 바라보았다.

"자네도 알다시피 그 회사가 이 나라 유일한 말라리아 치료약 공급처고."

팀장은 빈 잔을 꽉 움켜쥐었다. 너무 꽉 쥐어 손에 힘줄이 보일 정도였다. 깨어질까 불안했던 범준은 잔을 빼앗았다. 이 나라의 사망 원인 1위는 단연코 말라리아였다. 그리고 말라리아는 열대의 가난한 나라에서 주로 걸리는 병이므로 제약회사가 만들수록 손해 보는 것도 사실이었다. 결국 누군가는 타협을 해야 했다.

"어쩔 수 없는 일이잖아요."

"어쩔 수 없지."

잔을 빼앗긴 팀장은 자신의 가슴팍으로 손을 집어넣었다. 그리고 무언가를 끄집어내었다. 십자가 목걸이였다. 그리고 그것을 꽉 움켜쥐었다. 의외였다. 팀장은 한 번도 종교가 있다는 내색을 한 적이 없었다. 하지만 돌이켜보면 이상한 일도 아니었다. 이 대륙에 와서 봉사라는 걸 하는 사람들의 십중팔구는 종교인이었다. 어쨌거나 이곳에서 봉사한다는 것은 현세에서는 절대 수지가 맞지 않는 일이었으니까. 다만 범준은 그가 왜 더 이상 성당에 가지 않는지 알 수 있을 것 같았다. 30년간 오지를 떠돈 이 사내는 보기보다 섬세한 사람이었다.

"그렇지만 결정을 내린 사람은 책임을 져야 한다고."

"누구라도 팀장님과 같은 상황이라면 그런 결정을 내릴 수밖에 없을 겁니다."

"그 말을 혹시라도 약의 부작용으로 죽어가는 사람 앞에서 할 수 있겠나? 타인의 목숨을 걸고 타협할 권리가 내게 있을까?"

"아직 부작용이 나타난 것도 아니잖아요. 혹시 알아요. 정말 획기적인 치료제가 될지."

"그래, 운이 좋아서 아무도 죽지 않을 수도 있겠지. 아니, 어쩌면 오히려 수많은 사람들이 살 수도 있어. 하지만 그 약의 안전이 검증되지 않았고, 내가 그걸 알고도 승인했다는 사실은 변하지 않아."

범준은 할 말이 없었다.

"죄는 결코 사라지지 않는 법이라네."

그는 고개를 숙이고 중얼거렸다.

"도저히, 도저히 더는 못 견디겠어."

팀장은 비틀거리며 자리에서 일어났다. 범준은 그를 부축했다.

"가자."

"예?"

"가자고."

"어디로요?"

"고해성사하러."

"늦었습니다. 이 시간이라면 성당에 신부님은 없을 겁니다."

"따라와. 이 시간에 만날 수 있는 신부를 아니까."

팀장은 앞장서 나가려다가 다시 휘청거렸다. 범준은 서둘러 그를 붙잡았다.

병실에 들어섰을 때 거구의 동양인이 환자복을 입은 채 홀로 성서를 읽고 있었다. 범준은 멈칫했다. 그가 바로 소문의 한국인임을 깨달았다. 그는 범준과 팀장이 들어오자 상체를 돌려 침대에 걸터앉았다. 지난 며칠간의 치료가 효과가 있었는지 안색은 나쁘지 않았다. 다만 말라리아 환자답게 쉴 새 없이 식은땀을 흘리고 있었다.

"고해성사를 하고 싶습니다."

병실에선 시큼한 땀내가 났다. 고개도 가누지 못하는 팀장은 이렇게 말했다. 그 모습을 바라보는 사내의 미간에 주름이 잡혔다. 범준은 그 표정이 마음에 들지 않았다.

"내일 맑은 정신으로 오셔서 하시죠."

"내일은…… 말하지 못할 겁니다."

팀장은 금방이라도 울 듯한 침통한 표정으로 말했다.

"통회하는 마음 없이 고해성사를 받을 수는 없습니다. 술 깨고 오시죠."

사내는 영어로 또박또박 말했다.

"알겠습니다. 죄송합니다."

기세 좋게 찾아왔던 아까의 태도와 달리 팀장은 의외로 순순히 돌아섰다. 범준은 화가 났다.

"잠시만요."

그는 나가려는 팀장을 붙잡았다.

"도대체 당신이 얼마나 대단하기에, 그 고해성사라는 걸 하겠다는데 이래라저래라 하는 겁니까?"

"제가 대단해서 이렇게 하는 건 아닙니다. 고해성사는 제게 하는 게 아니라 하느님께 드리는 겁니다. 때문에 경건한 마음으로 죄를 성찰하고 통회해야 성사를 받을 수 있습니다. 제가 보기에 아직 준비가 되지 않은 것 같아 돌아가시라고 말하는 겁니다."

"참, 대단하군요. 저분이 무슨 죄를 고해하러 온지도 모르면

구원

서 준비가 되지 않았다고 함부로 말하는 겁니까?"

갑자기 사내는 미소를 지었다. 그리고 손을 내밀어 한국어로 이야기하기 시작했다.

"최범준 씨죠. 이곳 간호사들에게 이야기 많이 들었습니다. 의료 지도를 하고 계시다고요. 저는 박현석입니다."

갑작스러운 한국어와 미소에 범준은 더 화가 났다. 범준은 그가 악수를 하기 위해 내민 손을 잡지 않았다. 박 신부는 내밀었던 손을 거둬들이며 이렇게 말했다.

"대단하십니다. 이곳까지 오셔서 봉사하시다니요."

"도망친 것뿐입니다."

"도망친 것치고는 참 멀리까지 오셨네요."

농담인 걸 알고 있었다. 하지만 범준은 농담을 주고받을 기분이 아니었다.

"고통으로부터 달아나는 건 생명체로서 당연한 반응입니다! 그리고 신을 믿는 것도 일종의 도망일 뿐이죠. 증명할 수 없고, 설명할 수 없고, 받아들일 수 없는 존재가 모든 걸 해결해 줄 거라는 믿음이야말로 가장 좋은 도피 아닙니까!"

범준은 그와 싸우고 싶었다. 하지만 덩치 큰 사내는 변함없이 생글거렸다.

"하느님은 당신이 생각하는 그런 존재가 아닙니다. 우리 위에 군림하는 지배자나 정복자도, 도피를 위한 환상 속의 낙원도 아닙니다. 그분은 우리 곁에 계시고 우리의 행위로 함께하

107

시는 분입니다. 타인을 위한 사랑이야말로, 하느님의 본질이죠. 그분은 우리가 사람들과 맺는 관계 속에서 살아계시고 함께하시는 분이지 우리를 체스 말처럼 다루는 보이지 않는 손이 아닙니다."

신부다운 표정에 신부다운 말이었다. 그 신부다움이 범준을 더 화나게 했다.

"멋지군요, 당신네 신은."

"멋진 게 아니라 아주 단순하고 분명할 뿐이죠."

범준은 눈을 가늘게 뜨고 고개를 저었다.

"그래요, 믿으면 그만이니 단순하겠죠. 그렇지만 세상에는 몇 마디 말로 주워섬길 수 없는 일이 분명히 존재하는 법입니다."

범준은 산 위에 있던 진료소를 떠올렸다. 단 한 발의 포탄에 증발된 영혼들, 거기엔 어떤 신의 정의도 없었다.

"진리는 복잡하고 어려운 게 아닙니다. 그걸 실천하는 게 어려울 뿐이지요."

"그런가요? 저는 정말 모르겠더군요. 뭐가 옳고 그른지."

범준은 고개를 돌려 팀장을 바라보았다. 팀장은 어느새 침대 옆 간이침대에 쪼그려 누워 자고 있었다.

"인간이기에 판단은 흔들릴 수 있죠. 그리고 판단은 이성이 하지만 그 출발은 신념에서 시작되는 겁니다. 심지어 신은 없다는 것조차 논리적인 영역 밖에 존재하는 일종의 신념이

구원

죠. 신이 존재한다고 말하는 건 변치 않는 정의나 진리가 존재하고 있다고 믿는 일이고 진정한 존재가 있다는 믿음이죠. 그렇기 때문에 우리는 신에 대한 믿음이 중요하다고 말하는 겁니……."

"아니, 전 신이 없다고 믿지 않습니다. 그렇게 판단할 뿐이지요. 저는 진심으로 신이란 작자가 존재했으면 좋겠습니다. 아주 간절히. 우연이라도 마주칠 수 있다면 모가지를 꺾어버릴 생각이니까."

범준은 낮게 으르렁거리듯 말했다.

"무슨 일에 그토록 분노하시는지 여쭤봐도 될까요?"

범준은 흥 하고 콧방귀를 뀌었다. 하지만 이미 알고 있었다. 박 신부에게 화낼 일이 아니었다. 자신에게 닥친 일들의 책임을 여기 있는 말라리아에 걸린 신부에게 물을 수는 없었다. 웅크려 있는 팀장은 아주 늙은 아기 같았다. 걸치고 있던 점퍼를 벗어 팀장을 덮어주었다. 그리고 접이의자를 가져다 박 신부의 맞은편에 놓고 앉았다.

"들어드릴 테니 한번 말씀해주시지요. 당신이 말하는 그 위대한 신의 사랑이 어디 있는지를."

정적

　일본에서 3일간의 준비 교육을 마치고 범준이 처음 받은 프로젝트는 중앙아시아 오지에 있는 난민촌의 간이 의료소를 6개월간 지원하는 임무였다. 교육 기간 동안 그가 가야 할 나라의 문화와 풍속부터 접하게 될 위험한 상황과 대처 방법에 대한 실습, 현지 자원봉사자나 이미 파견된 지원팀과의 협동 방법, 그리고 안전상의 몇 가지 지침 등을 교육받았다.

　범준의 첫 배정지는 소수민족이 모여 있는 고산지대의 난민 캠프였다. 자치를 원했던 소수민족이 독립운동을 하자 독재자는 군대로 제압했다. 하지만 사실상 일방적인 학살이었다. 소수민족은 살아남기 위해 산으로 도망쳤다. 그들이 산그늘 사이를 떠도는 동안 독재자의 군대만큼이나 무서운 굶주림과 질병이 그들의 뒤를 쫓았다.

　1년 전, 유엔은 그들을 난민으로 지정했고, 때마침 미국과 독재자와의 관계가 싸늘하게 변했다. 국제사회에 그들의 가슴

아픈 소식이 전해지며 각종 NGO 단체에서 대규모 긴급 구호를 시작했다. 밤낮으로 수송기들이 난민들이 숨어든 산과 난민 캠프 주변으로 물자들을 낙하했다.

하지만 이미 1년 전의 이야기였다. 난민 캠프는 여전했지만 대부분 사람들 기억 속에서 그들의 존재는 잊혔다. 소수민족을 둘러싼 상황 중 근본적으로 해결된 것은 아무것도 없었지만, 이미 한 번쯤 들어본 이야기였으므로 사람들의 관심을 끌지 못했다. 여론이 바람 빠진 풍선처럼 쪼그라들자 지원 역시 눈에 띄게 줄어들었다. 결국, 캠프에서 봉사활동을 하는 팀원들도 파견 기간이 만료되면서 하나둘 떠나기 시작했고, 범준은 그들의 빈자리를 채울 교체 요원으로 파견된 것이었다.

캠프에 가려면 사람 하나가 간신히 지나갈 만한 절벽 옆 소로를 따라 국경에서 이틀이나 나귀를 타고 가야 했다. 모두 입국 비자를 받지 못했기에, 야음을 틈타 밀입국했다. 팀원들을 안내하는 길잡이는 농담처럼 이렇게 말했다.

"그래도 여기가 미국이나 유럽에 밀입국하는 것보다 쉬울 겁니다. 야시 장비도 없고 헬기도 안 뜨니까요."

여자건 남자건 가리지 않고 모두 검은 부르카로 위장했다. 외국인이라는 것이 들키면 추방은 차라리 다행이었다. 파견 직전 교육에서 들은 바로는 스파이 혐의를 뒤집어쓰고 형을 살거나 사형당할 수도 있었다.

비포장의 산길은 꼬불꼬불 위태로웠다. 의약품을 실은 나귀들이 열 지어 소로를 따라갔고 그 흙먼지를 고스란히 들이마셔야 했다. 달도 뜨지 않은 하늘에는 짙은 구름까지 끼어 별조차 보이지 않았다. 너무나 깜깜해서 숨이 막힐 지경이었다. 마치 거대한 검은 방에 홀로 버려져 있는 것만 같았다. 흔들리는 나귀의 몸과 푸르륵거리는 숨소리, 그리고 열을 지어 어둠 너머에서 들려오는 발굽 소리가 없었다면 범준은 미쳐버렸을 것이다. 나귀의 등에서 졸다 깨면 문득 안전 교육 중 들었던 불운한 자원봉사자들의 사고 사례가 주마등처럼 스쳐 지났다. 흙먼지 때문인지, 어둠 때문인지, 가슴이 답답했다. 어쩌면 자신이 도착할 그곳이 상상과는 전혀 다른 곳일지도 모른다는 불길한 예감이 가슴을 더욱 답답하게 짓눌렀다.

밤이면 때때로 식은땀을 흘리며 화들짝 놀라 깨어나곤 했다. 그렇게 앉아 자신의 손가락들을 바라보면 쇄골하동맥을 겸자로 죄던 순간의 감촉이 아직도 손끝에 남아 있는 것만 같았다. 시간을 돌이키고 싶었다. 다시 돌아가 사내의 가슴을 연다면 살릴 자신이 있었다. 하지만 그것은 불가능했다.

고통스러웠지만 약해질 수도 없었다. 사내의 딸이 울던 날을 생각하면 그것마저 죄악이었다. 범준은 그날 병실 문 앞에서서 맹세했다. 자신의 잘못을 바로잡기 위해서 인생 전체를 걸 각오가 되어 있었다. 그것을 누군가는 치기라고, 오만이라고 할 터였지만 그래도 상관없었다.

애초에 의사로서의 삶이 그의 기대와 일치했던 것은 아니었다. 인술로 헌신하는 존경받는 의사라는 소박한 환상은 대학병원에 인턴으로 발을 들여놓는 순간부터 산산이 깨졌다. 그곳에선 수가와 특진료로 계산되는 숫자 속의 환자들과 하나의 기능인, 혹은 전문직으로서의 의사만이 존재했다. 물론 어떤 인간애가 꽃피는 아름다운 순간들도 있었다. 하지만 그 보람조차 밀려오는 환자들과 피곤 앞에서 서서히 빛이 바랬고 어느새 감흥 없는 일상으로 변했다. 이 모든 것이 그가 처음 기대했던 고결함이나 소명과는 거리가 멀었다. 어쩌면 이게 맞는 거라고, 애초에 그가 원했던 의사로서의 삶이란 환상에 지나지 않는 것이라 생각할 무렵, 한 사내의 목숨을 앗아가는 어처구니없는 실수까지 저지른 것이다. 그날 이후 병원의 모든 것은 나락 그 자체였다.

그렇게 절망 속에서 기계처럼 레지던트 생활을 반복하고 있을 때 병원 휴게실에 꽂혀 있는 한 시사 주간지에서 국제적인 자원봉사를 하는 한 의사회에 대한 기사를 접했다. 어떤 국가나 기업, 정치 단체에도 영향을 받지 않으며 오직 인술만을 펼치는 단체. 범준은 그 속에서 한 가닥의 빛을 보았다. 이 시스템 속에서는 속죄도 답도 없었다. 가족과 친구들 모두 그의 선택에 반대했지만, 상관없었다.

"자네는 뭐 때문에 여기까지 도망쳐 왔나?"

자신을 프로젝트 팀장이라고 소개한 중년의 사내는 진흙이 말라붙은 신발을 탕탕 털며 이렇게 물었다.

"예?"

"한국이라면 나름 살 만한 나라지? 거길 버리고 여기까지 도망쳐 온 이유가 뭐냐고?"

늘어진 굽은 코에 푹 팬 눈의 팀장은 길게 자란 금발 머리를 말총처럼 묶고 있었다.

"글쎄요."

당황한 범준은 뭐라 답해야 할지 알 수 없었다. 팀장은 눈을 가늘게 뜨고 범준을 응시했다. 눈가를 따라 잔주름이 일제히 일어났다.

"여기 오는 부류는 딱 두 가지지. 도망쳐 오는 놈과 약탈하러 오는 놈들. 자네는 어느 쪽인가 궁금해서."

자신을 캐나다인이라 소개한 팀장은 특유의 냉소적인 말투를 자랑했다. 사십대? 오십대? 범준은 좀처럼 팀장의 나이를 가늠할 수 없었다.

"둘 다 아닌데요."

"사실 세 번째 부류가 있긴 있어."

그는 두리번거리며 범준의 머리 뒤쪽에 마치 무언가 있는 것처럼 둘러보았다.

"하지만 둥그런 후광이 없는 걸 보니 자넨 성자는 아니군."

구원

그는 자신의 농담이 재미있다는 듯 킥킥거리며 침을 뱉어 말라붙은 진흙이 떨어지지 않는 구두코를 옷소매로 닦았다.

"하긴 아직 자신이 어느 쪽인지 알긴 이르지. 작정하고 오지 않은 이상."

범준은 자신도 모르게 인상을 찌푸렸다. 거창한 환영 행사를 기대한 것은 아니었다. 하지만 교육받으며 상상했던 후덕하고 자애로운 팀장과는 거리가 멀었다.

"일단 숙소부터 보자고."

그는 귀 뒤에서 담배 하나를 빼어 물고 앞장섰다. 숙소는 쓰러져가는 진흙으로 지어진 반쯤 기운 움막이었다. 창틀에는 나무판이 덧대어 있어 집 안은 한밤중처럼 어두웠다.

"이건 떼지 말라고. 폭탄이 쾅 하고 터지면 파편이 여기로 들어오니까."

그는 담배를 쥔 손으로 창틀에 덧댄 나무를 쿵 하고 내리쳤다. 범준은 더플백에 든 자신의 짐을 내려놓았다. 다른 의약품과 의료용품은 이곳의 자원봉사자가 먼저 병원으로 가져간 터였다.

"전기는 안 들어오니까 일은 병원에서 하고 여기선 잠만 자. 그럼 병원에 가볼까."

그는 범준이 눕게 될 침대 옆에 담배를 버리고서 신발로 비벼 껐다.

창고를 개수했다는 병원에서는 소똥 냄새가 났다. 그래도 범준의 숙소보다는 제법 건물 꼴을 갖추고 있었다. 병원이라고 하기엔 위생이 형편없어 보였지만 팀장은 이곳 건물 중 지붕이 가장 멀쩡하다며 자랑 아닌 자랑을 했다.

"아, 여긴 전구가 있지만 발전기가 고장이야. 자네랑 같이 들어온 독일 친구가 부품을 가져왔으니까 저녁이면 고칠 수 있을 거야. 수술 등이 들어오면 그래도 여긴 대낮같이 밝지."

범준은 고갤 들어 밝다는 수술 등을 바라보았다. 60와트 전구 하나가 천장에 매달려 있었다. 역시나 창가에 나무를 덧대었으므로 병원 안은 어두웠다. 범준은 제발 전기가 들어오기 전까지 아무도 오지 않기를 바랐다. 이 안은 너무나 캄캄해서 소독약 하나 제대로 발라주지 못할 판이었다.

그 기대에 부응이라도 하듯 첫 환자가 실려 왔다. 열 살 남짓의 사내아이였는데, 통역 말로는 정부군이 살포해놓은 대인지뢰를 밟았다고 했다. 발목은 이미 너덜너덜한 고깃덩어리로 변해 절단 외에는 방법이 없었다. 한국에서라면 한창 축구를 하며 뛰어다닐 아이의 다리를 잘라야 한다는 게 마음 편하지 않았지만, 진짜 문제는 다른 데 있었다. 아이의 배가 부풀어 오르고 있었다. 어딘가 파편이 박혀 출혈이 일어나고 있음이 틀림없었다. 하지만 이 컴컴한 병원에서 수술은 고사하고 제대로 된 절개조차 불가능했다.

범준은 팀장에게 사정을 설명했다. 발전기가 있는 본부 건

구원

물 뒤편으로 달려가보았지만, 발전기를 반쯤 뜯어놓은 엔지니어는 고개를 절레절레 흔들었다. 입안이 바짝바짝 타들어갔다. 상황의 심각성을 아는지 모르는지 팀장은 옆에 있는 현지인과 낄낄거리며 농담을 하고 있었다. 그 모습에 범준은 화가 치밀었다. 성격이 더러운 건 용서할 수 있었다. 하지만 사람 생명에 무관심한 그의 태도는 도저히 용납할 수 없었다. 팀장은 호탕하게 웃은 후 현지인의 집 안으로 들어갔다. 홀로 남은 범준이 한국어로 욕을 하고 병원으로 돌아가려 돌아섰다. 그때 팀장이 범준을 불렀다. 그는 자신의 키만큼이나 커다란 전신 거울을 들고 있었다.

"뭐 해, 들어!"

팀장의 지시를 받은 자원봉사자 하나가 이미 병원 창틀을 뜯어놓고 있었다. 팀장이 거울을 내밀자 봉사자는 의자를 하나 가지고 와 창틀 앞에 거울을 세웠다. 수술대 위로 햇살이 비치기 시작했다. 범준은 비로소 팀장이 무슨 생각을 하는지 깨달았다. 범준은 손을 소독하고 마취제와 외과용 응급수술 키트를 꺼냈다.

아이의 뱃속에서는 10여 개의 파편들이 나왔다. 운 좋게도 파편은 주요 장기를 피해 있었다. 절단 수술까지 끝마치자 산등성이 너머로 해가 뉘엿뉘엿 지고 있었다. 뒤늦게 여자아이 하나가 달려와 발전기를 고쳤다는 소식을 전해주었다. 우선

펌프부터 작동해 물을 끌어와야 하므로 전기가 필요하면 말을 해달라고 이야기를 전한 아이는 다시 쪼르르 돌아갔다. 어두운 병원에서 그가 할 일은 없었다.

범준은 간호사에게 소년을 맡기고 숙소로 돌아와 짐을 풀었다. 등유로 태우는 등이 있는 벽에는 검은 그을음이 남아 있었다. 등유 타는 냄새에 소독약과 희미한 피비린내가 뒤섞였다. 이틀이나 나귀를 탔던 탓에 허벅지 안쪽이 쓰라렸다. 눈을 뜨고 있기도 어려울 정도로 피곤했지만, 심장이 두근거리는 탓에 잘 수 없을 것 같았다. 그의 공식적인 자원봉사 첫날이 그렇게 끝나가고 있었다. 보람과 소명 의식 같은 것은 어디 처박혀 있는지 보이지도 않았다.

"첫 수술 느낌은 어때?"

문을 열고 팀장이 빠끔히 고개를 내밀었다.

"상상했던 것보다 훨씬 열악하네요."

팀장은 그럴 줄 알았다는 듯, 고개를 끄떡이며 혀를 끌끌댔다.

"잘했어, 상이야."

그는 미니 사이즈의 위스키병을 던져주었다. 얼마나 오래 간직하고 있었는지 라벨을 따라 검은 때가 꼬질꼬질하게 끼어 있었다.

"전 근무자가 떠나고 불발탄과 지뢰에 아이 둘을 잃었지. 환영하네."

"맘에 드네요."

"푹 자라고, 내일부터 바빠질 테니."

술병을 땄다. 위스키가 이토록 단 술이라는 걸 처음 깨달았다. 목을 넘기는 짜릿함조차 감미로울 지경이었다. 범준은 침대에 누워 이곳에 오는 일이 그토록 원하던 일이었는지 자신에게 되물었다. 하지만 채 답을 떠올릴 새도 없이 술병은 비어버렸고, 범준 역시 잠들어버렸다.

다음 날부터 인근 난민 캠프의 환자들이 병원에 몰려왔다. 외과의가 도착했다는 소식이 인근 캠프에 전해졌기 때문이었다. 외과의는 이곳에서 천연기념물 같은 존재였고, 그는 인근 난민 캠프의 일종의 최종 진료 기관이었다. 좀 더 오지의 캠프에는 제대로 된 건물조차 없었다. 그곳에 파견된 내과의들이 수술이 필요하다고 판단하면 범준이 있는 캠프로 보냈다. 온갖 환자들이 나귀에 실려 백열전구 하나와 수술대라 이름 붙은 나무 테이블뿐인 이 병원으로 몰려왔다. 구비된 장비라고 해봐야 간단한 응급수술용 외과 도구 키트와 청진기가 전부였지만 국경 사이에서 잊힌 이들에게는 이마저 최상의 의료 서비스였다.

복막염이 되기 직전의 맹장 환자를 시작으로 기흉 환자와 절벽에서 떨어졌다는 복합골절 환자 수술이 이어졌다. 정형외과 수술이라고는 인턴 시절 순환 근무로 6개월 경험해본 것이 전부였지만 그런 것을 따질 겨를조차 없었다.

탈장 수술을 끝으로 아침 7시 반부터 시작했던 열한 시간의 수술 릴레이가 끝났다. 밖에서는 아직도 환자들이 줄을 서서 기다리고 있었지만, 눈이 침침해서 더는 수술할 수 없었다. 밖은 어느새 어두워졌다. 온통 산뿐인 이곳에서는 해가 일찍 넘어갔다. 병원 앞에는 어느새 지원팀이 세운 텐트가 서 있었다. 밀려오는 환자들을 위한 입원실이었다. 범준은 그곳에서 일하는 팀장을 발견했다.

"오늘도 수고가 많구먼."

범준은 말할 기운도 없었다. 바짝 마른 입안에 마른침을 넘긴 후 가까스로 입을 뗐다.

"외과의가 한 명 더 필요해요. 마취의까지는 바라지도 않습니다. 간호사 말고도 수술을 보조할 의사가 필요합니다."

"알고 있어. 애초에 자네가 올 때 두 명이 같이 오기로 되어 있었네. 하지만 지원하는 외과의가 워낙 없는 데다가, 1년 전이라면 각종 신문의 앞면을 장식하던 시절이라 어떻게든 해보겠지만 지금은 어려워."

"그냥 하는 엄살이 아니에요. 저도 인간이라고요. 이렇게 수술하다가는 제가 실수할 수도 있다고요."

팀장은 연극배우처럼 과장된 표정으로 울 듯한 얼굴을 했다.

"나도 위에 계속 말하고 있으니까 일주일만 기다려보자고. 그래도 지금 당장 정부군이 공습하는 건 아니지 않나."

실수해도 아무도 도와줄 수 없다는 막막한 긴장감과 이미

할 만큼 하고 있다는 한계에 달한 피로감이 팽팽하게 줄다리기를 하는 사이 한 주가 지나갔다. 너무나 힘들어서 레지던트 1년 차가 그리울 지경이었다. 범준은 폭발하기 직전의 상태로 새로운 주가 시작되기만을 별렀다. 새로운 주에도 의사가 오지 않으면 팀장을 찾아가 멱살을 잡고 흔들 생각이었다.

그러나 주가 바뀌자 거짓말처럼 환자들이 줄어들었다. 외과의가 없는 동안 받지 못해 미뤘던 수술들이 한차례 끝나버린 것이었다. 범준은 팀장이 일주일만 기다려달라고 말했던 건 일종의 속임수였음을 깨달았다. 팀장은 이미 이렇게 될 줄 알고 있었던 것이다. 화를 내고 싶었지만 이미 한 주가 지났으므로 새삼 화내기에도 어정쩡해져버렸다.

시간이 지나는 동안 범준은 이곳이 자신의 상상과는 다르다는 걸 절감했다. 교육받으며 믿었던 인술을 베푼다는 생각은 착각에 지나지 않았다. 레지던트 시절 대학병원에서 그는 심장이식의 스페셜리스트였다. 하지만 지난 4년간 갈고닦았던 심장이식의 기술들은 이곳에서 아무짝에도 쓸모가 없었다. 오히려 인턴 시절 순환 근무를 하며 배웠던 것들에 의지해 가져온 의학 서적을 뒤적이며 각종 수술을 해야 했다.

한국에서 중점적으로 배우던 위절제술이니, 혈관 우회술, 당뇨, 고혈압, 암이니 하는 것과 관련된 것들은 모두 쓸모없었다. 오히려 한국에서 접한 적 없는 말라리아, 이질, 뎅기열, 영양실조 같은 질병들이 이곳에서는 치명적이었다. 또한, 맹장염처럼 수술로 취급받지도 못하는 수술이 이곳에서는 목숨을 건 응급 수술이 되곤 했다. 환자가 나귀에 실려 하루나 이틀 만에 이곳에 도착하면 십중팔구는 복막염 직전의 상태가 되곤 했기 때문이었다. 그리고 복막염이 되면 상황은 급속도로 어려워졌다. 한국에서는 절대 죽지 않아도 될 사소한 병들이 그토록 치명적이라는 사실 때문에, 자신이 아는 전문적인 지식과 기술들이 아무 소용 없으며 그의 실력은 이곳에서 인턴과 하등 다를 바 없다는 현실에, 그의 자존심은 바닥으로 추락했다.

여행기 따위에서 읽었던 선량하고 도움이 필요한 순진무구한 현지인의 모습도 한낱 착각에 지나지 않았다. 이곳 사람들은 틈만 있으면 그에게 무언가 얻어내려 했다. 그리고 그 얻음에는 허락과 동의라는 지극히 상식적인 과정이 생략되어 있었다. 일주일 만에 라이터와 볼펜, 시계와 장갑, 심지어 신발 한 켤레와 양말 두 족까지 도난당했다. 모슬렘은 도둑질하지 않는다든가, 현지인들은 순박해서 나쁜 사람들에게 이용만 당한다든가 하는 것들은 이곳에 절대 오지 않을 사람들이 시간을 때우기 위해 읽는 여행기에서나 나오는 듣기 좋은 환상일 뿐이었다. 팀장은 범준의 그런 불평에 대해 한마디로 매듭지었다.

"순박함, 좋지. 자네라면 내일 당장 굶어 죽게 생겼는데 도둑질을 하겠나? 아니면 순박하게 굶어 죽겠나?"

그들이 훔쳐 간 물건은 범준에게 대단치 않은 것들이었고,

구원

약간 실망하고 조금 불편했지만 그뿐이었다. 하지만 모든 자원봉사자들이 그랬던 건 아니었다. 그 괴리를 견디지 못해 떠나는 사람들도 있었다. 이곳 사람들이 가난한 이유가 배은망덕하고 게으르며 죄에 찌든 악당이기 때문이라는 새로운 편견을 가슴에 품은 채로. 하지만 그것 역시 또 다른 착각이었다. 치료해줘서 고맙다고 사례할 것이 없다며 구호소에서 배급받은 그날 치 식량을 가져오는 아이도 있었고, 너덜너덜한 천 조각을 기워 식탁보를 보답으로 만들어 온 아주머니, 아마도 전 재산일 염소를 그의 집 앞에 묶어놓고 간 사람도 있었다. 결국 범준이 내린 결론은 다음과 같았다.

'어느 곳에든 좋은 사람과 나쁜 사람이 있게 마련이다. 그럼에도 도움이 필요하다면 도와야 한다.'

그것이 이 캠프에서 그가 세운 원칙이었다.

한 달쯤 지나서 각자 일들이 어느 정도 자리를 잡자 이곳에 온 자원봉사자들이 모여 조촐한 파티를 했다. 세 명의 의사와 다섯 명의 행정 전문가가 모였다. 의사회라는 명칭에도 불구하고 실제로 구성원 대다수는 엔지니어나 행정 요원 같은 지원팀이었다. 물론 지원팀들은 전문적인 기술이 필요하지 않은 한 현지 인력으로 충당되었기에 자원봉사자들은 거의 팀장급의 역할을 했다.

모슬렘 국가라 술이 없었지만, 엔지니어 하나가 보일러를

개조해 증류장치를 만들어냈다. 그가 만든 밀주가 몇 잔 돌자 다들 기분 좋게 풀어졌다. 흥이 오르자 누가 묻지도 않았는데 다들 자신의 사정을 떠들어대기 시작했다.

"정말 끔찍하죠. 여긴 쓰레기 같은 곳이에요."

미국 중부에서 건너왔다는 스무 살짜리 여자아이는 범준에게 다가와 이렇게 말했다. 알코올과 뒤섞여 튀어나오는 험한 욕들에 범준은 당황했다. 그녀는 친절하고 헌신적인 것으로 자원봉사자들 사이에서 평판이 높았다. 일주일 전 한 아이가 감염으로 다리에 고름이 차 실려 왔을 때 그녀는 입으로 고름을 빨아내어 캠프의 마더 테레사로 칭송받았다. 그 욕이 마더 테레사 입에서 나올 소리는 아니었지만 이해할 수는 있었다. 이곳은 감수성이 예민한 사람이 감당하기에는 너무 많은 일이 벌어지고 있었던 것이다.

"많이 힘드시면 좀 더 쉬운 곳에 가도 될 텐데요."

"안 돼요. 이 개똥 같은 곳에서 경력을 쌓아야 해요. 두 번만 더 이런 쓰레기통에서 버티면 관리자 자격으로 다른 똥통에 갈 수 있고, 그렇게 몇 년 고생하면 유엔에 갈 수 있다고요. 이십대에 바짝 고생하면 서른엔 유엔 깃발 아래 맨해튼 입성이죠."

그녀는 상상 속의 자유의 여신상을 바라보며 범준과 건배했다. 범준은 자신의 스무 살을 돌이켜보았다. 그 역시 꿈을 위해 매진하던 나이였다. 다만 입으로 고름을 빨아내던 그녀의 행동이 또래답지 않게 목표를 위해 계산된 영리함이란 사실에 소름이 끼쳤다. 꼬질꼬질한 얼굴에 퀴퀴한 냄새를 풍기는 아이들에게 지어 보이는 그녀의 미소가 아이들 뒤편의 뉴욕을 향한 것이라는 사실을 깨닫자 그녀가 두려웠다. 아니, 진짜 두려움은 다른 것이었다. 자신이 성자가 아니라는 건 이미 알고 있었다. 자신의 바닥에 있는 진짜 모습이 그녀와 하나도 다를 바 없을지 모른다는 두려움에, 범준은 더욱더 그녀의 얼굴을 마주할 수 없었다. 팀장의 첫 질문이 얼마나 적확한 것이었는지 범준은 새삼 깨달았다.

몇 번 더 파티가 있었지만 다른 자원봉사자들과 좀처럼 친해질 수 없었다. 범준은 그들을 알아가는 것이 두려웠다. 그들을 알아갈수록 거울을 통해 추한 자신을 바라보는 기분이었다. 그것 외에는 딱히 감흥 없는 일상이 계속되었다. 몇 가지 걱정들로 가끔은 심각하게 고민하곤 했지만 돌이켜보면 한없이 사소한 것들이었다. 첫 번째 포탄이 산 아래 떨어지자 심각하다 믿었던 모든 것은 포연 속에 사라져버렸다.

짧은 평화의 시간 동안 산 아래로 내려가 있던 사람들은 갑작스러운 정부군의 공세에 꼼짝없이 당했다. 소수의 운 좋은 사람들만이 상처를 입은 채 범준이 거주하는 캠프로 도망쳐 왔다. 의학 교재에서나 보던 창상, 총상, 열상을 입은 환자들이 몰려왔다. 이번엔 본부도 기민하게 대응했다. 두 명의 외과의가 급파되었다.

서로 이름을 소개할 틈도 없이 세 명의 의사는 산비탈의 창고에 처박혀 밤낮으로 수술했다. 두 사람이 짝을 지어 집도의와 보조의로 수술하면 한 명이 병원 구석에서 잤고, 깨어나면 다른 사람이 그 침대로 자러 갔다. 그렇게 밤새워 일해도 환자들은 줄어들기는커녕 늘어만 갔다. 늘어선 환자들 사이를 오가며 범준은 치료할 수 없는 환자들을 골라냈다. 고개를 저으면 간호사들과 자원봉사자들이 그들을 어디론가 옮겼고 다시 볼 수 없었다. 누군가의 생명이 그의 고갯짓 하나에 달려 있었지만, 그 선택에 대해 생각할 겨를도 없었다. 한 사람, 한 사람의 생명이 소중하다고 믿었던 범준에게는 너무나 가혹한 일이었다. 그러나 그런 상황에서 일일이 고민한다면 어떤 사람도 구할 수 없을 터였다. 약품 재고와 생존 가능성이 판단의 유일한 척도였다.

수술에 묻혀 밤낮없이 지내는 사이, 정부군은 캠프 쪽으로 밀고 들어오고 있었다. 밖에 있던 발전기가 유탄을 맞아 멈추는 일을 막고자 대기실 안으로 발전기를 옮겼기에 병원 안에서는 항상 요란한 엔진 소리와 경유 타는 냄새가 났다. 무언가 말을 하려면 소리를 질러야 했다. 그렇게라도 수술 등을 밝힐 수 있는 것이 다행이었다. 마취제가 떨어지고, 항생제가 떨어지고, 붕대가 떨어져 천막 천을 자르고, 급기야 소독약까지 떨어지자 답이 없었다. 범준은 팀장을 찾아갔다. 소독약이 없으면 수술을 해도 2차 감염으로 환자들을 살릴 수 없었다.

덥수룩한 수염에 눈이 충혈된 팀장의 몰골은 마치 시체를 무덤에서 끄집어내 깨워놓은 것 같았다. 소독약의 필요성을 역설하는 범준을 팀장은 마치 외계인이라도 보는 표정으로 응시하고 있었다. 범준이 말을 멈추자 팀장은 수염을 쓸어내렸다.

"어떤 NGO 단체도 단독으로 필요한 물자를 유통할 수 없네. 그러려면 수십 대의 트럭이 필요할 테니까. 자네도 알다시피 이곳엔 나귀뿐 아닌가. 이곳에서 단독으로 모든 물자를 보급할 만한 단체는 지구상에서 미 공군 정도일 거야."

범준은 이해할 수 없었다. 나귀뿐인 건 사실이었지만 정부군이 오기 전엔 그런대로 잘 돌아가고 있었고, 아직 보급로가 막힌 것도 아니었다.

"전엔 나귀로도 다 했었잖아요?"

"우리와 물자를 교환하던 다른 단체들이 다 떠났네."

"예? 지금 이 난리에 사람들이 죽어가고 있는데 다 떠났다고요?"

"여기 일은 작년에 크게 이슈가 된 적 있지. 그래서 엄청난, 필요 이상의 지원이 쏟아졌어. 그리고 1년이 지난 거야. 이제 여기선 무슨 일이 일어나도 사람들의 조그만 관심조차 받지 못해. 히틀러가 재림해 돌아온다 해도 신문 하단에 토막 기사나 나올까? 이곳의 이미지는 모두 소비돼버렸으니까. 일반인들이 무심해지면 정치인들도 흥미를 잃어. 더구나 이번엔 선거가 코앞이라 미국도 이 문제가 조용하길 바라거든. 좋든 싫든 대부분의 단체들은 경제적으로든 정치적으로든 미국의 눈치를 볼 수밖에 없고."

"그게 철수랑 무슨 상관이에요?"

"괜히 이곳에 남아 국제사회가 악을 방치하네 어쩌네 떠들다가 미국의 눈에 거슬려 다른 지역의 지원까지 끊길 순 없다는 거지. 그래서 다른 모든 단체들은 안전을 이유로 국경 밖으로 철수했어. 살고 싶으면 국경을 넘으라는 거야."

범준은 자신도 모르게 이를 악물었다. 이곳의 노약자들이 식량도 없이 산을 타고 걸어서 국경을 넘는다는 건 상상조차 할 수 없었다. 더구나 이들은 옆 나라에서 환영받지도 못했다. 빠르든 늦든 국경 봉쇄가 시작되면 이들은 아무 지원 없이 중간에 갇혀버릴 터였다. 유엔이 쓸모없는 행정 절차를 밟아가며 시간을 끄는 사이 난민 지위를 부여받지 못한 이들은 국경 앞에서 죽어갈 것이었다.

"무슨 일이 일어날지 다들 알잖아요. 그런데 이들을 버리는 겁니까?"

"우리는 버틸 수 있을 때까지 버틸 거야. 다행인지 불행인지 우리는 미국의 지원금을 안 받거든. 하지만 다른 단체에까지 그런 걸 바랄 수는 없네. 우리로서는 손가락을 빠는 수밖에 없지. 그게 밀가루부터 소독약까지 필요한 물품이 하나도 없는 이유고."

충혈된 눈을 깜빡이던 그가 고개를 들어 천장을 보고 한숨을 쉬었다. 하루에도 수십 번, 그는 이곳을 철수하라는 상부의

128

구원

압력을 받고 있을 게 분명했다. 당장 먹을 식량도 없는 판에 소독약 따위는 정말이지 사소한 문제이리라. 문득 범준은 예과 시절 의사학 교수를 떠올렸다. 목소리만으로도 졸음이 절로 오던 늙은 노교수는 그가 수업에 세 번 빠졌다는 이유로 C 학점을 줬다. 하지만 지금 그 노교수를 찾아가 키스라도 하고 싶었다. 나른한 오후 졸음을 참아가며 그에게 들었던 외과 수술의 역사에 대한 내용 중에는 소독약도 마취제도 없던 시절 외과 수술 방법에 대한 것도 있었다. 수술 도구는 끓는 물에 삶아서 사용하면 됐고, 소독약은 밀주를 만들던 엔지니어에게 알코올 증류를 부탁하면 될 터였다. 범준은 팀장에게 자신이 알아서 하겠다고 말한 뒤 돌아섰다. 문밖을 나서려는 순간 이해할 수 없는 일이 하나 떠올랐다.

"식량이 떨어졌다면서 저는 왜 그걸 몰랐죠? 병원에서는 여전히 식량이······?"

"이곳 사람들은 우리들, 특히나 자네 의사들이 떠날지 모른다고 걱정하고 있어. 그래서 의사들에게 주라며 식량을 모아 왔더군. 이곳 사람들은 인간에게 무엇이 제일 무서운지 알고 있거든. 1년 전에 이미 경험해봤으니까."

"공습? 포격? 우리가 그런 것 때문에 도망갈 거라 생각한 건가요?"

팀장은 피식 웃었다. 눈가의 주름을 따라 피로가 꽃처럼 피어났다.

"아니, 굶주림."

팀장은 눈을 비빈 후 졸음을 쫓아내겠다는 듯이 고개를 흔들었다.

"배가 고픈 건 말이야, 그 자체로도 고통이지만 일정 수준이 넘으면 사람의 바닥을 드러나게 하지. 그리고 그 바닥은 다 같아. 짐승이지."

그는 고개를 돌려 창가를 바라보았다. 범준은 팀장의 시선이 멈추는 곳을 보았다. 창문엔 나무판이 덧대어 있었으므로 풍경이 보일 턱이 없었다. 그의 시선은 창가에 놓여 있는 이미 오래전에 비어버린 인스턴트커피병을 향해 있었다.

"그러니까 식량을 준 건 일종의 제스처 같은 거야. 무섭지 않게 할 테니 당신들의 본성을 내보이지 말라는."

"자신들이 먹을 음식을 내어준 건데 꼭 그렇게 말해야겠어요?"

"기억해둬. 우리가 한다는 위대한 선행 역시 별다를 거 없다는 거야. 인간의 선의란 고작 상황과 본능에 휘둘리는 금박일 뿐이라는 거지. 물론 금박도 금이긴 하지만."

이곳의 식량 사정은 뻔했다. 예전에 나눠준 구호물자를 겨울을 대비해 집 마당 한구석에 묻어둔 정도이리라. 그런데도 식량을 모아온 것이다. 다름 아닌 배고픔을 가장 두려워하는 바로 그 사람들이. 범준은 감동해야 하는 건지 모욕감을 느껴야 하는 건지 종잡을 수 없었다. 복잡한 두 마음을 품은 채 팀장의 방을 나섰다. 생각과 말로 할 수 있는 건 아무것도 없었다. 붕대가 필요해 잘라버린 천막 탓에 앞마당에 그냥 누워 있는 환자들이 그를 기다리고 있었으니까.

그리고 시간과의 싸움이 시작되었다. 국경 봉쇄가 시작되었으므로 난민들은 가족 단위로 흩어져 국경을 넘기 위해 떠났다. 정부군은 산 밑까지 밀려왔고 밤낮을 가리지 않고 포를 쏴댔다. 가족들이 달아날 시간을 벌고자 남자들은 얼어붙은 산비탈에 호를 팠다. 그나마 겨울이라 정부군이 적극적으로 공격하지 않는 것이 거의 유일한 행운이었다. 때때로 병원 인근까지 포탄이 떨어져 모두 긴장을 하곤 했다. 산 너머에서 메아리처럼 들리던 포성이 점점 다가와 산 밑에서 들리는 느낌은 마치 일주일간 천천히 목을 죄어가는 교수대에 매달려 있는 기분이었다. 처음엔 공포에 사로잡혀 모두 얼어붙었지만, 날이 지날수록 죽음의 공포조차도 일상으로 변했다. 포탄 소리는 좀 시끄러운 삶의 배경음이었다. 포성이 들리면 범준과 동료 의사들은 수술대를 정리했고, 간호사들은 새로운 환자들을 눕힐 장소를 마련했다. 너무나 착착 맞아 들어가 말이 필요 없을 지경이었다. 때때로 포성이 서울의 병원에서 항상 그를 긴장시키던 응급 호출의 다른 형태인 것처럼 느껴지곤 했다. 하지만 공포가 무뎌진다 해서 위협이 환상이 되는 것은 아니었다. 그것은 놀이용 축포도 응급 호출도 아닌, 소리의 속도로 날아오는 강철의 몸통을 가진 죽음이었다. 그리고 어느 날 범준은 그 얼굴을 정면으로 응시했다.

　그날 범준은 폭발로 손이 뭉개져버린 사내의 팔을 절단하고 있었다. 호로 들어온 수류탄을 쥐어 던지려다 손안에서 터졌다고 들었는데 기적처럼 손만 뭉개져버렸다. 형체도 알아볼 수 없을 정도로 너덜너덜해진 살덩어리를 자르는 동안 범준은 항생제 없이 그가 필연적으로 일어날 감염을 버틸 수 있을까 하는 걱정이 머릿속을 떠나지 않았다.

　그때 요란한 폭발음과 함께 눈앞이 번쩍하고 빛났다. 너무나 환해서 마치 빛 속에 있는 것 같았다. 그리고 그 하얀 빛은 모든 걸 감싸더니 이내 사라져 어둠 속에 잠겼다. 그때 누군가 그를 일으켜 세웠다. 눈을 뜨자 흙먼지 속에서 백열등이 흔들리는 수술실 모습이 보였다. 마치 휘저어놓은 계란 흰자 너머로 보는 것처럼, 모든 것이 흐물거리며 떨리고 있었다. 범준은 고개를 돌렸다. 옆방에서 달려온 간호사가 그를 부축하고 있었다. 그리고 부축한 어깨 너머로 자신의 손이 경련을 일으키고 있음을 깨달았다. 범준은 자신보다 환자의 상태가 걱정이었다. 다행히 먼지투성이였지만 환자는 다치지 않은 것 같았다. 절단면의 감염이 걱정이었고, 출혈이 심해지기 전에 서둘러 봉합해야 했다. 수술 도구들은 폭발로 모두 바닥에 쏟아진 탓에 쓸 수 없었다. 범준은 수술 도구를 가져다 달라고 자신을 부축하고 있는 간호사에게 말했다. 하지만 간호사는 그를 바라보며 입만 뻐끔거릴 뿐이었다. 범준은 더 크게 소릴 질렀다. 같이 수술을 하던 의사가 그의 귀를 가리키며 뭐라고 소릴 질렀다. 간호사는 범준의 손을 잡아다 귀밑을 닦았다. 손바닥을 펼치자 피가 묻어 있었다. 그제야 범준은 윙 하는 귀울음 소리 외에는 아무것도 들리지 않는다는 걸 깨달았다. 당황한 그에게 간호사가 거즈를 쥐여줬다. 범준은 거즈를 댄 채 간호사의 부축을 받으며 수술실 밖으로 나왔다. 그렇게 어두컴컴한 수술실 앞 의자에 멍하니 앉아 있는 사이 간호사는 새로운 수술 도구를 가지고 수술실로 돌아갔다.

아무 소리도 들리지 않았지만 마음은 평안했다. 이곳에 도착한 이후 처음으로 찾아온 평온이었다. 귀울음 속에서 소똥과 경유 냄새가 뒤섞여 나는 어두운 병원 복도에 앉아 있는 일은 너무나도 비현실적이었다. 어린 시절, 어린이집에서 낮잠 시간이 끝난 후 복도에 앉아 간식을 기다리던 순간이 떠올랐다. 모든 것이 너무나 아련했다. 어쩌면 정말 이 모든 것이 꿈일지도 모른다고 범준은 생각했다.

귀울음이 잦아들며 사물은 실체감을 띠어가기 시작했다. 요란한 발전기 소음이 먼저 비현실적인 평온을 현실로 끌어내렸다. 하지만 그것은 좋은 의미이기도 했다. 다행히 청력을 잃지 않았다는 뜻이었으니까. 그럼에도 무언가 석연치 않은 구석이 있었다. 그래서 본능적으로 자리에서 일어났다. 복도 끝 낡은 나무 문틈 아래로 빛이 들어오고 있었다. 그 빛만이 어떤 희망인 것 같았고 이 꿈에서 그를 깨어나게 할 수 있을 것 같았다. 범준은 한 손으로 귀를 막은 채 비틀거리며 앞마당으로 향하는 문을 열었다.

햇빛 찬란한 날이었다. 눈이 부셔 잠시 아무것도 보이지 않았다. 따뜻한 햇볕이 온몸을 감싸자 범준은 자신도 모르게 눈을 감았다. 심호흡을 했다. 무거운 화약 냄새가 폐를 가득 채웠다. 그래도 좋았다. 사방이 너무나 고요해서 서러울 정도로 평화로웠던 것이다. 너무나 평화로워서 마치 죽음과도 같았다.
순간 불안해졌다.
항상 환자들로 북적이는 앞마당이 조용할 리 없었던 것이다. 범준은 눈을 떴다.
시리도록 밝은 빛이 다시 인상을 찌푸리게 하였다. 손 그늘을 만들었지만 아무것도 보이지 않았다. 잠시 후 눈이 빛에 적응하자 앞마당의 모습이 한눈에 들어왔다. 푸른 하늘 아래 환자들로 북적이던 앞마당에는 커다란 포탄 구멍만이 남아 있었다. 누군가의 팔이 나무 위에 걸려 있었다. 주인을 알 수 없는 다리가 나무를 덧대놓은 창틀에 붙어 있었다. 나머지 사람들은 그마저도 남지 않았다. 벽에 남아 있는 검붉은 그을음, 문 앞에 버려져 있는 반쯤 타다 남은 신발이 전부였다. 포탄의 직격에 모든 것이 말 그대로 증발해버린 것이다. 숨바꼭질에서 혼자 남은 아이처럼 범준의 입술이 떨렸다. 모두가 그를 남겨두고 어딘가 숨어버린 것만 같았다. 그는 목젖이 보일 정도로 아주 크게 입을 벌렸다. 그것은 마치 음소거를 한 텔레비전 화면과도 같았다. 범준은 비명을 지르고 있었다. 하지만 아무도 듣지 못했다. 하나의 정지 화면처럼, 버려진 밀랍 인형처럼, 혹은 겁에 질린 다섯 살 여자아이처럼, 그는 그렇게 숨도 쉬지 않고 계속, 계속 들리지 않는 비명을 지르고 있었다.

향연

처음 6개월로 계획되었던 프로젝트는 5개월 만에 중단됐다. 그날 포격으로 앞마당에서 환자를 돌보고 있던 간호사 두 명이 죽었다. 보호자도 없이 꾸역꾸역 몰려들었던 환자들 중 사망자의 수는 집계할 수조차 없었다. 범준은 사람의 목숨에도 등급이 있다는 걸 배웠다. 수만 명의 소수민족이 죽어도 꿈쩍 않던 지도부는 두 명의 간호사들이 죽자 당장 철수를 결정했다.

떠나는 그들을 사람들은 마을 입구에 두 열로 늘어서 배웅했다. 그 무렵 마을에 남아 있는 사람들이라고는 주름 깊은 노인들과 수염조차 나지 않은 소년들뿐이었다. 건강한 젊은이들은 전선으로 떠나 돌아오지 않았다. 다들 떠나는 범준의 팀에 감사의 인사를 아끼지 않았다. 그래서 더더욱 고개를 들 수 없었다. 그들의 시선을 피하기 위해 먼 산을 바라보았다. 도저히 눈을 마주칠 수 없었다. 이 지옥 같은 곳에서 달아날 수 없음을 절망하는 눈빛이 범준의 가슴에 비수처럼 박혔다.

　다섯 달 만에 돌아온 고국은 다른 별의 풍경처럼 낯설었다. 사람들로 북적이는 강철과 유리로 된 공항의 구조물은 별세계의 풍경 그 자체였다. 마중 나온 가족들의 너무나 말끔한 모습에 송구스러울 지경이었다. 난민들에 대한 공격, 아니 일방적인 학살이 있었다는 기사는 뉴스조차 되지 못했으므로 아무도 그가 일찍 돌아온 이유를 알지 못했다. 부모님은 예정보다 이른 귀환의 이유를 범준이 견디다 못해 도망친 것으로 생각하는 것 같았다. 너무 상심하지 말라는 그들의 말에 범준은 대꾸조차 할 수 없었다. 그 오해가 사실과 크게 다르지 않았으니까.

　가족들과 식탁에 앉아 밥을 먹었다. 5개월 만에 진수성찬이었다. 어머니는 솜씨를 다해 음식을 준비했고, 테이블에는 접시를 내려놓을 자리가 없을 지경이었다. 식량을 모아 팀장을 찾아왔던 마을 사람들이 떠올랐다. 이제는 의사 하나, 간호사 하나 없이 추위와 포격에 쫓기며 굶주림과 싸우고 있을 터였다. 그래서 음식을 넘길 때마다 목이 메었다. 그때 그 음식들을 받지 않았다면 차라리 편했을까? 본성을 좀먹는 굶주림의 고통을 자신은 끝까지 겪어보지 못했다는 사실에 한없이 죄스러워졌다. 침묵하는 범준을 보며 아버지는 그곳에서 무슨 일이 있었는지 물었다. 메는 목을 가다듬고 범준은 가족들에게 그곳에서 겪은 일을 천천히 이야기했다. 가족들은 말없이 그

가 풀어놓은 끔찍한 참상에 귀를 기울였다. 그리고 굶주림에
쫓길 난민의 운명에 대한 이야기를 끝마쳤을 때 언제나 온화
하고 사려 깊은 어머니는 애처로운 표정으로 고개를 끄덕이며
이렇게 물었다.

"정말 끔찍한 이야기구나. 그런데 거기 있는 갈비는 새로 산
광파 오븐으로 요리한 건데 맛은 어떠니?"

그를 보기 위해 찾아온, 결혼한 누나는 고개를 갸웃하며 답
했다.

"고기는 부드러운데 좀 짜게 된 것 같아, 나도 광파 오븐 하
나 살까?"

"너무 오래 재운 모양이네. 당신은 너무 많이 먹지 마세요.
혈압 생각해서."

어머니는 갈비가 담긴 접시를 범준 쪽으로 밀어놓으며 누
나를 바라보았다.

"요새 나오는 건 스팀 기능도 있다던데 잘 알아보렴."

범준은 자리에서 일어났다. 그리고 화장실로 갔다. 도저히
그 자리에 앉아 있을 수 없었다. 남겨진 이들의 운명은 이곳에
서 광파 오븐 정도의 일이었다. 가족들의 잘못은 아니었다. 범
준이 겪은 일은 누구도 이해할 수 없는 종류의 일이었으니까.
하지만 도저히 견딜 수 없었다. 그뿐이었다.

가족들을 증오하지 않기 위해선 밖으로 나돌아야 했다. 집

구원

에 있는 시간을 줄이기 위해 병원 아르바이트를 시작했다. 대형 병원에서 일손이 부족한 시간에 근무나 당직을 대신 서주는 일이었다. 밤낮이 뒤바뀐 탓에 가족들과 마주치지 않을 수 있었다.

하루는 응급실에서 당직 근무를 서고 있는데 큰 소동이 일어났다. 칼에 손가락을 베인 중년의 여자였는데 자신을 먼저 봉합해주지 않는다고 간호사에게 욕을 하고 있었다. 훨씬 응급한 환자들이 많은 탓에 조금 기다려달라고 했지만 막무가내였다. 이런 환자 하나가 소동을 벌이면 다른 환자들도 진료할 수 없기에 먼저 처리해야 했다. 범준은 응급실에서 그녀의 손을 꿰매주었다. 봉합용 바늘로 상처를 꿰매자 그녀는 범준의 뺨을 때렸다. 왜 마취를 하지 않냐는 것이었다. 가슴속에 쌓여 있던 것이 쩍 하고 금이 가는 소리가 들렸다. 범준 역시 그녀의 뺨을 때렸다.

아침이 될 때까지 경찰서에 잡혀 있었다. 병원 사람들의 증언도 있었고 경찰이 편을 들어준 덕에 별문제 없이 끝났지만 아르바이트의 일당조차 받지 못했다. 그리고 의사로서의 태도에 대해 늙은 경찰의 긴 훈시를 들어야 했다. 목구멍까지 넘어오는 당신이 뭘 아냐는 말을 범준은 애써 삼켰다.

쏟아지는 아침 햇살을 맞으며 주차장으로 걸어 나오는데 속이 쓰라렸다. 음식은 먹어도 속에서 받지 않을 것 같았다. 우유라도 마셔야 할까 생각하고 있을 때 멀리 대형 마트가 보였다.

자동문 안으로 들어서자 입구부터 버터 향 가득한 갓 구운 빵 냄새가 허파를 가득 채웠다. 그 공기만으로도 입안에 침이 고일 지경이었다. 사람 키보다 높은 진열대를 따라 물건들이 가득 나열되어 있었고 그 위로 창백한 형광등 불빛이 쏟아지고 있었다. 난민 캠프에서는 상상할 수 없었던 엄청난 물건들이 시야가 닿는 모든 곳에 있었다. 그 엄청난 양에 범준은 숨을 쉴 수 없었다. 그는 말 그대로 압도당했다. 현기증으로 비틀거리며 우유를 찾기 위해 냉장고로 걸어가는 일은 쇼핑이 아니라 하나의 모험이자 탐사 같았다. 반년 만에 들른 할인점은 문화적 충격을 넘어서 양적인 공포였다. 범준은 공산품의 정글에서 길을 잃었다. 알 수 없는 태그와 바코드, 할인 포스터 사이에서 길을 잃고 맴돌았다. 통로 끝으로 약국이 보였고 그곳에선 캠프에서 그토록 애타게 찾던 소독약, 진통제, 소염제들이 진열대마다 가득 차 있었다.

향연이었다.

과잉의 향연이었다.

넘치도록 많은 식량과 물품과 약품들의 대향연이었다.

범준은 우유 냉장고 앞에 섰다. 50미터 길이의 진열대 냉장고에는 수십 종의 우유들이 있었다. 그가 원했던 건 그저 우유 하나였지만 너무 많은, 너무나 많은 우유가 있었다. 무엇을 골라야 할지 알 수 없었다. 어지러웠다. 어쩌자고 이쪽 세상에선 우유가 수십 종이나 필요한 걸까. 범준은 눈을 감았다. 캠프를

구원

떠나오며 자신을 바라보던 굶주려 비쩍 마른 겁에 질린 소년의 얼굴이 떠올랐다. 분유 한 통이라도 주고 올 수 있었다면 이렇게 마음 아프지 않았을 텐데. 그 소년을 시작으로 그 캠프에서 그가 봐야 했던 얼굴들과 얼굴들이 겹쳐졌다. 그리고 그 포격의 장소가, 두고 온 병원이, 죽어버린 이들이, 그가 죽음을 선고했던 사람들이 차례로 겹쳐졌다. 그리고 그의 주위를 어지럽게 맴돌았다. 범준은 자리에 주저앉았다. 그리고 우유들을 앞에 두고 오열하기 시작했다. 사람들이 모여들었다. 누군가가 물었다.

"괜찮으세요?"

괜찮았다. 정말 아무렇지 않았다. 이곳에는 감당할 수 없을 정도로 너무나 많은 우유가 있었고 고를 수 없었다. 그뿐이었다. 단지 그뿐이었다.

＊

범준은 이를 악물었다.

"아직도 그 산 속에서는 무고한 이들이 홀로 남겨진 채 죽음과 싸우고 있겠죠. 누구의 관심도 받지 못하며, 배고픔과 싸우면서. 왜요? 그들이 회교도라 고난을 받는 거라고 말하고 싶습니까? 아니요. 신이 존재한다면 자신을 믿지 않는다 해도 그래선 안 됩니다. 그 위대한 사랑이라는 것이 약자의 죽음 앞에서 침묵한다는 게 말이 됩니까?"

"제가 그 고통을 알 턱도 없고 이해할 수도 없겠지요. 어떤 위로의 말이 무슨 소용 있을까요. 저는 사제라 이렇게밖에 말할 수 없습니다. 우리가 그분의 섭리를 이해하지 못한다고 그분을 비난할 순 없는 일입니다. 다만 그 짐을 주님께 맡기시는 걸 도와드릴 수 있고, 함께 지고 가자고 말할 수 있을 뿐입니다."

"역시 신부님이시네요. 참 듣기 좋은 소립니다. 하지만 신부님은 아직 진짜 고통이 뭔지 모르시는 것 같네요. 저는…… 아니, 저도 아직 모르고 있겠지요. 잘 도망쳐 왔으니까. 다만 하나는 확실히 알고 있습니다. 정말 신이 존재한다면 그는 무책임하거나, 악하거나 무기력한 존재라는 겁니다. 저는 진짜 고통의 모습을 봤습니다. 그것은 존재 자체를 뒤흔들죠. 그런 일은, 결코…… 허용될 수 있는 일이 아닙니다. 심지어 신이라 해도 말이죠. 그가 어떤 이유에서도 침묵한다면 결국 사람이 나서야 하는 겁니다. 신이 아니라 인간이 직접 자신의 행동과 세계에 책임을 져야 합니다. 배우고, 가르치고, 부조리한 것을 바로잡고, 이성의 힘에 의지해서 헤쳐 나가야 하는 겁니다. 그게 제가 이곳에 있는 이유죠. 그것만이 이 미친 세상을 바로잡을 수 있습니다. 지난 인류사 내내 침묵한 당신네 신이 아니라 사람이 나설 때입니다."

범준은 단호한 표정으로 말했다.

"글쎄요, 말씀하신 대로 저는 미숙하고 진짜 고통을 알지 못할지도 모릅니다. 그렇기에 더욱 좁고 곧은 길에 대해 확신하고 있는 건지도 모르죠. 그 길에 대한 믿음이, 말씀하신 존재를 뒤흔드는 고통이 눈앞에 있을 때 오히려 방향을 잡고 지탱하는 힘이 돼주지 않을까요?"

범준은 눈을 감았다. 속눈썹 끝이 파르르 떨렸다. 같은 벽이었다. 광파 오븐, 대형 마트, 그리고 십자가의 후광을 등에 업은 신부. 결코 이해할 수 없는 이에게 이해를 강요하는 건 부질없는 짓이었다. 범준은 한참 만에 입을 열었다.

"그 믿음을 지켜가시기 바랍니다."

범준은 잠든 팀장을 업었다. 술이 깨기 시작하자 자신의 과거를 주저리주저리 늘어놓은 것이 수치스럽게 느껴졌다.

"깨어나시면 그분께 언제든지 찾아와 고해성사해도 좋다고 말해주시겠습니까?"

팀장은 생각보다 가벼웠다. 범준은 그래서 조금 슬펐다. 이 사람이 지고 가는 것의 무게를 생각하면 팀장은 좀 더 무겁고 강해야 했다.

"정말 아무것도 모르시는군요. 팀장은 술이 깨면 결코 고해성사를 하지 않을 겁니다."

"그게 무슨 소리죠?"

"여기에 온 건 거창한 의무감이나 신성한 이타심, 위대한 사랑 나부랭이가 있어서 온 게 아닙니다. 그곳에서 도망쳤다는 사실이 절 놔주지 않았죠. 아마 팀장님도 마찬가지였을 겁니다. 그래서 연락을 받았을 때 전 두 번 고민도 하지 않았습니다. 용서받고 싶은 게 아닙니다. 힘이 닿는 한 제가 바로잡을 수 있는 것을 바로잡고 싶을 뿐입니다. 그것을 위해, 다시 같은 실수를 저지르지 않기 위해, 방향 추로 죄의 무게가 필요하다면, 심지어 그것마저 기꺼이 지고 갈 겁니다. 이 바보 같은 사내는 말이죠."

범준은 고개를 숙였다. 등에서는 팀장이 낮게 코를 골고 있었다.

구원

감금

거대한 쇠 추가 머리를 짓누르고 있는 것 같았다. 침대에서 상체를 일으킨 후, 묵직한 두통 속에서 눈을 제대로 뜨지 못한 채 협탁에 놓여 있는 주전자에서 물을 따라 마셨다. 맥박이 뛸 때마다 머리를 죄는 듯한 욱신거림과 함께 속이 울렁거렸다. 비틀거리며 침대에서 일어나 벽을 짚은 채 화장실에 갔다. 소변을 보고 다시 돌아와 침대에 눕는 동안 뼈마디가 덜컥거리며 현기증이 계속되었다. 숙취로 몸을 제대로 가눌 수 없을 지경이었다.

얼마를 잠들었을까? 다시 눈을 떴을 때 두통은 여전했다. 하지만 최소한 이제는 뭔가 생각이란 걸 할 수 있을 것 같았다. 초점이 맞지 않는 시선으로 천장을 바라보자 낯선 모습이 눈에 들어왔다. 미색의 페인트가 칠해진 천장과 창백한 형광등.

'여기가 어디지?'

'난 여기서 뭘 하고 있는 거지?'

생각에 집중하기 위해 관자놀이를 눌렀다. 박현석. 자신의 이름은 박현석 베드로 신부였다. 박 신부는 놀라서 후다닥 자리에서 일어났다. 처음 보는 시트, 처음 보는 옷을 입고 병원 침대에 누워 있었다. 시선의 초점이 잘 잡히지 않아 눈을 몇 번 깜빡이고서야 사물의 상들이 하나로 합쳐지기 시작했다. 감각이 돌아오면서 구역질이 덮치듯 찾아왔다. 박 신부는 침을 삼키고 눈을 감은 채 찾아온 오심이 지나가길 기다렸다. 다시 눈을 뜨고 나서야 자신이 있는 곳이 병원의 병실이라는 것을 깨달았다. 일반 병원과 다른 것이라면 창에 짙은 선팅이 된 유리와 함께 블라인드가 내려져 있었고, 그 앞으로 철망이 쳐져 있다는 것뿐이었다. 그리고 10년은 늙어 보이는 표정의 자신이 침대에 누워 있는 모습을 볼 수 있었다. 침대 앞에는 커다란 벽면 전신 거울이 붙어 있었다. 박 신부는 고개를 돌려 병실의 입구를 확인했다. 입구에는 검은 양복을 입은 덩치 큰 사내가 앉아 있었다.

"일어나셨군요."

그는 박 신부와 시선을 마주치자 그는 읽고 있던 신문을 내려놓고 무심한 톤으로 이렇게 말했다.

"여긴…… 어디죠?"

박 신부는 침대에서 내려오며 물었다. 바닥이 일렁거렸다. 박 신부는 균형을 잡기 위해 침대 손잡이를 움켜잡았다.

"병원입니다."

"무슨?"

"어제 제 발로 찾아오지 않으셨습니까?"

속은 여전히 메스꺼웠다.

"불편하시면 물을 많이 드시라더군요. 한동안 숙취 같은 느낌이 계속될 겁니다."

"어떻게 된 일이죠."

"설명은 실장님께서 하실 겁니다. 저는 선생님이 수술을 하는 동안 자리를 지키려고 왔습니다."

"선생님이요? 수술이라니요?"

검은 양복은 팔목에 찬 시계를 확인했다.

"어제 여기에 오시기 전에 한 여자분이 수술을 받으러 오셨습니다. 아, 이제 수술을 마치고 수확하고 계시겠군요."

박 신부는 미간을 찌푸렸다. 온통 알 수 없는 이야기였다. 수술이라니? 수확이라니?

순간 자신이 이곳에 찾아온 이유를 기억해냈다. 그랬다. 사라진 여자를 찾으러 왔었다. 수술을 받는 건 그녀일까? 하지만 그녀가 수술을 받아야 한다는 이야기는 금시초문이었다. 박 신부는 벽을 짚고 비틀거리며 병실 문을 향했다. 검은 양복이 일어나 막아섰다. 박 신부도 제법 덩치가 컸지만 검은 양복은 그런 박 신부를 마치 산처럼 압도하고 있었다.

"비켜요. 이게 무슨 말도 안 되는……."

채 말을 마칠 새도 없이 천장과 바닥이 뒤집어졌다. 숨을 쉴 수 없었다. 병원 바닥에 말 그대로 메다꽂힌 박 신부는 탄식과 같은 기침을 했다.

"가만히 누워 계시죠. 어차피 안에서 문은 열리지 않습니다."

그는 쓰러진 박 신부의 뒤춤을 잡아 질질 끌었다. 90킬로그램이 넘는 자신의 몸을 검은 양복은 별로 힘들이지 않고 침대 머리로 끌고 갔다.

"당신…… 뭐야……."

기침을 하며 허우적대는 박 신부를 검은 양복은 침대에 던져놓다시피 했다.

"깨어나면 얌전히 기다리고 계시도록 도우라는 명령을 받았습니다. 제 일을 도와주시면 저도 신부님을 돕겠습니다."

납치, 수술, 수확, 감금……. 자신이 처한 이 알 수 없는 상황을 이해하기 위해 노력해보았다. 그러나 도무지 어떻게 된 일인지 종잡을 수 없었다. 욱신거리는 두통과 통증만이 선명할 뿐이었다. 검은 양복은 의자로 돌아가 처음과 같은 자세로 앉아 있었다. 그는 사람이라기보다는 마치 하나의 벽 같았다.

"무슨 짓을 하고 있는 겁니까?"

실장은 쓰고 있던 은테 안경을 코끝에서 밀어 올렸다. 그리고 문 앞의 검정 양복에게 나가 있으라는 시늉을 했다.

"가장 궁금한 게 그건가요?"

실장은 미소 지었다. 아니, 그것은 미소라기보다는 기계적

구원

인 반작용처럼 보였다. 검은 양복은 자리에서 일어나 문밖으로 나갔다. 문을 닫자 문 너머에서 잠금쇠가 철컥하고 걸리는 소리가 들렸다. 실장은 검은 양복이 앉았던 의자에 앉았다.

"당신들 정체가 뭔지 모르겠지만, 지금 이렇게 날 가둬두는 건 범죄야!"

박 신부는 언성을 높였다. 하지만 실장은 심드렁한 표정으로 손목에 차고 있는 시계로 힐끗 시간을 확인한 후 손바닥을 문질렀다.

"그 점은 굳이 설명하지 않으셔도 잘 알고 있습니다. 지금 본인이 계신 곳이, 그리고 이 상황이, 우발적으로 일어난 것이라 생각하시는 겁니까?"

입꼬리에 조소를 머금은 채로 실장은 이렇게 말했다. 철창, 검은 양복, 그리고 어젯밤에 있었던 일. 저들의 정체를 알 수 없었지 만이 모든 것이 결코 우연히 일어난 일일 리 없었다. 박 신부는 이곳에 오게 된 원인을 떠올렸다.

"그녀는 어떻게 된 거지? 당신들 뭐 하는 거야?"

"이 문을 나가면 복도 끝 수술방에 찾으시는 아가씨의 수술이 끝났을 겁니다. 그분 덕분에 네 명이 목숨을 건졌지요."

"무슨 소리야?"

실장은 흥미롭다는 표정으로 고개를 갸웃했다.

"모르는 척하시는 겁니까, 정말 모르는 겁니까? 어제 차 안에서 제가 충분히 설명했다고 생각했는데."

박 신부는 어제 그가 했던 말을 떠올렸다. 응급실에 찾아오는 습관적인 자살 미수자들이 사라지고 있고, 그들의 신체 조직이 유통되고 있다고 했었다. 실장은 박 신부의 표정을 보며 한마디 거들었다.

"그녀는 죽었습니다."

박 신부는 스프링처럼 침대에서 튀어나왔다. 주먹을 꽉 쥔 채 달려드는 박 신부를 향해 실장은 눈 하나 깜짝하지 않고 주머니에서 가스총을 꺼냈다.

"어리석은 짓은 하지 마세요."

어찌 보면 천진한 듯하고 어찌 보면 조소와 같은 미소를 머금은 채 실장은 박 신부를 겨눴다. 박 신부는 그 자리에 멈춰섰다. 고작 가스총이었다. 진짜 총이 아니야. 마음속으로 중얼거리며 이를 악물고 달려들려 했다. 하지만 꼼짝할 수 없었다. 박 신부의 몸을 붙잡은 것은 눈앞의 총이 아닌 과거의 기억이었다.

"도대체 왜!"

박 신부가 찢어지는 목소리로 외쳤다.

"그녀가 그걸 원했으니까요."

"거짓말!"

"그녀가 얼마나 죽고 싶어 했는지 신부님이 더 잘 아실 텐데요. 몇 번이나 그녀가 입원한 응급실에 찾아가 고해성사를 받아주지 않았습니까."

구원

"아니야! 그럴 리 없어!"

"세 번째 자살 시도 후 첫 면담을 했습니다. 네 번째 자살 시도 후에는 저희 회사를 직접 찾아오기까지 했었죠. 뚜렷하게 죽어야 할 이유가 있는 게 아니라서 전 일단 살아볼 걸 권했습니다. 저희가 택하는 분들은 현실이 너무나 암담해 어떤 인생의 돌파구도 보이지 않는 사람들입니다. 그들을 돕는 의미에서 수술을 해드리는 거니까요."

실장은 마치 은행 직원이나 보험 설계사가 금융 상품을 권하는 듯한 목소리로 이렇게 말했다.

"그럼, 납치한 게 아니라······."

"회사는 거래할 뿐입니다. 자발적 동의가 거래의 핵심이죠."

손이 떨렸다. 그녀가 얼마나 죽고 싶어 했는지 박 신부도 잘 알고 있었다. 이번에도 구하지 못했다는 절망감이 박 신부의 어깨를 내리눌렀다. 하지만 그것이 사실이라 해도 용납할 수 없는 일이었다.

"이건 말도 안 되는 짓이야! 이건 죄악이라고!"

"말이 되고 되지 않고는 중요하지 않습니다. 중요한 건 누군가 살기 위해서 이 일이 필요하다는 거고 누군가는 죽고 싶어 한다는 거죠. 거래는 두 당사자의 이해관계가 일치할 때 성립하는 것이고요. 우린 거래를 중계하고 그에 걸맞은 서비스를 제공하는 겁니다."

실장의 목소리에는 어떤 자부심이 담겨 있었다.

151

"아십니까? 자살하는 사람들의 10분의 1만 장기 기증을 해도 심장이식을 기다리며 죽어가는 수만 명이 살 수 있다는 걸. 사회적으로 얼마나 훌륭한 일입니까."

실장에게서 민병대 장교의 얼굴이 겹쳐졌다. 꽉 쥔 오른손에 있는 죄의 낙인이 불타올랐다. 같은 실수를 반복하지 않기 위해 박 신부는 다시금 이를 악물었다.

"아니! 불법이야! 범죄라고!"

실장은 짐짓 심각하단 표정으로 입을 오므린 채 고개를 끄덕였다.

"예, 유감스럽게 현행법 위반이죠. 그래서 이 일은 이를테면 우리끼리만 알고 있는 비밀인 겁니다."

실장의 눈가를 따라 주름이 잡혔다. 그는 마치 하회탈처럼 웃었다.

"여기서 나가면 내가 당장……."

순간 박 신부는 자신이 무슨 통보를 받은 것인지 분명하게 깨달았다. 저들에게 이 비밀의 무게는 박 신부의 생명보다 무거울 터였다. 실장은 마치 당신이 무슨 생각을 하고 있는지 꿰뚫어 보고 있다는 듯한 얼굴로 고개를 끄덕였다. 등을 따라 소름이 돋았다. 박 신부의 목소리가 떨렸다.

"왜, 왜! 날…… 내가…… 여기에……."

"짐작하는 그 이유 때문에 이곳에 모신 겁니다."

"당신들…… 큰 실수 하는 거야. 내가 없어진 걸 사람들이……

알면…… 당장 경찰이……."

실장은 터져 나오려는 웃음을 참으며 자신의 옆머리를 손가락으로 톡톡 두드렸다.

"생각보다 머리가 좋지 못하시네요. 어제 본인이 교구장님을 찾아가서 뭐라고 말했었는지 잊으셨습니까? 제가 어제 전화한 게 우연이라고 생각하세요? 아니, 좀 더 거슬러 올라가볼까요? 자신이 돌에 맞은 게 정말 우발적인 사건이라고 생각하십니까?"

잊고 있던 감각이 돌아왔다. 공포와 아드레날린이 뒤섞인 묘한 흥분감이 박 신부를 휘감았다.

"당신 뭐야? 당신들 정체가 뭐냐고? 도대체 뭔데 내게 이러는 거야!"

"명함은 드렸지 않습니까. 명함에 적힌 그대로 컨설팅 회사의 실장일 뿐입니다."

실장은 어깨를 으쓱한 뒤 이렇게 말했다. 그리고 돌아서서 등 뒤의 문을 노크했다.

"도대체…… 도대체 내게 왜 이러는 거야! 왜 이러는 거냐고!"

박 신부는 절규했다. 하지만 실장은 미소를 지은 후 어깨를 으쓱할 뿐이었다. 문이 열렸다. 실장은 등을 돌리고 있었다. 박 신부는 주먹을 불끈 쥐었다. 어쩌면 유일하게 달아날 수 있는 기회인지도 몰랐다. 그에게 달려들기 위해 한 발 내디뎠을 때,

막 문밖으로 나가려던 실장은 등을 돌린 채로 멈춰 서서 이렇게 물었다.

"이유진이란 이름을 기억하십니까?"

쥐고 있던 주먹이 풀렸다. 박 신부는 자신도 모르게 한 걸음 뒤로 물러섰다. 실장은 고개를 돌려 박 신부를 바라보며 말했다.

"잊을 리 없겠죠. 기억보다 흉터는 오래 남는 법이니까."

그리고 손가락으로 머리카락이 덮고 있는 박 신부의 이마를 가리켰다. 마치 보이지 않는 무언가가 그의 손가락 끝에서 쏘아져 나가 박 신부의 몸을 꿰뚫고 지나간 것 같았다. 박 신부는 쓰러지지 않기 위해 벽에 기댔다.

"유진 씨의 부모님이 안부를 전해달라고 하더군요."

실장은 작별 인사를 하듯 손을 흔들었다. 박 신부는 힘없이 주저앉았다.

문이 닫히고, 자물쇠가 잠겼다. 홀로 남은 방은 무서울 정도로 깊은 정적에 잠겼다. 박 신부는 유진의 이름을 되새겼다. 이 감당할 수 없는 이상한 일을 이해하기 위해 생각하고 또 생각해 기억을 돌이켰다. 자리에서 일어났다. 그리고 문으로 다가섰다. 실장의 체온이 아직 남아 있는 의자를 움켜쥐고 머리 위로 치켜들었다. 의자를 문에 내리쳤다. 의자는 부서졌다. 하지만 문에는 조그만 흠집도 남지 않았다. 박 신부는 머리를 문에 기댄 채 소리를 질렀다. 그 소리는 이내 울먹임으로 바뀌었다. 하지만 그 울부짖음조차 닫힌 문에 부딪혀 그에게 돌아올 뿐이었다.

구원

무심한 아름다움

유리창 너머로 박 신부의 뒷모습이 보였다. 그는 바닥에 무릎을 꿇은 채 울부짖고 있었다. 범준은 아랫입술을 깨물었다. 틀림없었다. 그 신부였다. 범준은 유리창으로 팔을 뻗었다. 차가운 유리에 손바닥이 닿았다. 저 방에서는 이 유리가 거울로 보일 터였다.

이 방을 만든 이유는 간단했다. 죽음을 택한 사람들이 자신의 장기와 맞는 이식자가 나타나길 기다리는 동안 그 선택이 자발적인 것이며, 온전한 정신하에 판단한 것인가를 확인하기 위해 만든 방이었다. 약물중독이나 알코올의존증, 우울증 같은 것으로 자살을 택한 사람을 수술 대상으로 삼고 싶지 않았다. 철저하게 맑은 정신으로 자발적인 판단하에 죽음을 택할 것. 그것은 그가 만든 일종의 원칙 같은 것이었다. 그러므로 지금 유리 너머의 신부가 보이고 있는 모습은 심각한 원칙 위반이었다.

2주 전 한 뇌사 환자가 장기 기증을 결정했었다. 그리고 그녀의 아버지는 장기이식의 조건으로 자신의 딸을 이렇게 만든 사람에게 복수해달라고 했다. 그는 범준에게 울부짖으며 말했다. 그녀를 이렇게 만든 짐승 같은 놈이 있다고, 하지만 그녀가 자살을 하려 했기에 법적으로는 처벌할 수 없다고 했다. 그는 복수를 위해서는 무엇이든 주겠다고 했다. 그래서 거래를 했던 것이다. 뇌사 상태의 유진의 몸으로 네 명의 목숨을 살릴 수 있었다. 그 대가로 회사는 신부의 죽음을 결정했다. 범준 역시 반대할 이유가 없었다. 신부의 장기까지 사용한다면 여덟 명을 살릴 수 있었으니까. 자신의 지위를 이용해 여고생을 유린하고 임신시킨 후, 자살하게 만들다니. 죽어 마땅한 인간이었다.

하지만 막상 눈앞에서 박 신부의 모습을 보자 마음이 떨렸다. 단순히 안면이 있는 사람이기 때문만은 아니었다. 유리창 너머의 저 신부는 어쩌면 이 나라에서 유일하게 그곳의 기억을 공감하고 이해할 만한 인물이었다. 그도 15년 전 그곳에 남았을 터였다. 그리고 자신처럼 그 지옥을 어떻게든 겪어 나왔으리라. 그는 무엇을 보았던 걸까? 그리고 그 이후에 삶을 어떻게 견뎠을까? 그 기억이 그를 괴물로 만들었던 것일까? 마치 자신처럼.

*

여느 날과 다를 바 없는 아침이었다. 하늘은 화창했고, 햇살은 따가웠다. 집 앞은 놀랄 만큼 조용했고, 정원엔 이름 모를 새가 맑은 소리로 울고 있었다. 범준은 병원에 가기 위해 차를 몰고 집을 나섰다. 병원으로 가는 길목에서 두 사람의 싸움이 하나의 패싸움으로 번지는 광경을 목격한 일이 좀 특이하다면 특이한 일이었다. 범준은 차를 세우고 그들을 말리려 했지만 경찰이 먼저 도착했다. 깨진 이마를 티셔츠로 지혈하고 있는 사내의 피가 유난히 선연했다.

병원으로 다가갈수록 께름칙한 기분은 더해갔다. 경찰차들은 일제히 어디론가 달려가고 있었고, 어느 골목에선 성난 군중이 주차된 차를 뒤집고 있었다. 하지만 이미 출근 시간보다 늦었기에 범준은 발길을 서둘렀다.

병원 문으로 들어섰을 때 범준은 그 자리에 잠시 멈춰 섰다. 항상 크레졸 향과 함께 범준을 반기던 왁자한 사람들의 소음이 들려 오지 않았기 때문이었다. 밖에서 무슨 일이 벌어지건 간에 이곳은 하나의 요새처럼 굳건하리라는 자신의 믿음이 틀렸다는 걸 순간적으로 깨달았다. 들려오는 것은 오직 텔레비전 속 아나운서의 목소리뿐이었다. 사람들은 병원 로비의 브라운관 텔레비전 앞에 모여 있었다. 알아들을 수 없었지만 텔레비전에서는 추락한 채 불타오르는 비행기를 보여주고 있었다. 범준은 불안한 마음을 감출 수 없었다. 무언가 심상치 않은 일이 벌어지고 있었다. 늘 미어터지던 외래환자 대기실도 휑하니 비어 있었고 스태프들 사이에서도 아무런 대화가 없었다. 그래도 사람들의 소음이 들려오는 곳은 있었다. 범준은 복도를 가로질러 그 소리를 따라갔다. 응급실이었다. 응급실은 연신 들어오는 환자들로 발 디딜 틈이 없었다. 외래 진료가 잡혀 있던 선생님들을 모두 응급실로 돌려야 할 판이었다.

하지만 범준에게는 세미나가 더 중요했다. 이곳 의사들에게 꼭 필요한 의료 지식을 전해주는 세미나는 그들 프로젝트의 허리 역할을 담당하고 있었다. 오늘은 이곳의 한정된 의료 장비를 가지고 어떻게 기흉 환자를 처치할 것인가에 대한 세미나를 하기로 되어 있었다. 문을 열고 세미나실에 들어갔을 때 그 안에는 고작 두 명의 의사와 한 명의 간호사만이 기다리고 있었다.

"어떻게 된 일입니까?"

"선거를 앞두고 우리 측 후보가 탄 비행기가 추락했습니다."

범준은 그의 얼굴을 기억해냈다. 죽어가는 환자들의 침상을 지키던 바로 그 레지던트였다. 그는 다수민족 출신이었다. 그에 대한 기억이 워낙 인상적이었기에 현지인 얼굴을 잘 구분하지 못하는 범준도 한눈에 알아볼 수 있었다.

"조사 결과 암살일 가능성이 높다더군요."

범준은 한숨을 쉬었다. 그가 정말 암살이라면 이 나라 정국이 어떻게 될지 상상하고 싶지 않았다.

"그게 세미나에 참석하지 않는 거랑 무슨 상관이죠?"

"소문이 돌고 있습니다."

"무슨 소문이요?"

"지방 민병대가 폭동을 일으켜 사람들을 죽이고 약탈하며 수도로 진격하고 있다는 소문이요."

옆에 있던 간호사가 걱정스러운 표정으로 손을 들었다.

"그것 때문에 그런데, 저는 오늘 일찍 퇴근하면 안 될까요?"

"예?"

"아이들 때문에요. 소문일 뿐이겠지만 아무래도 불안해서 요."

범준이 팀장의 방으로 달려 올라갔을 때 팀장은 책상에 앉아 라디오를 듣고 있었다. 라디오에선 한 사내가 흥분한 채 불어로 무언가 떠들고 있었다.

"미쳤군, 미쳤어."

범준이 가쁜 숨을 헐떡이며 물었다.

"어떻게 된 거죠?"

"총리가 연설하고 있어. 소수민족이 자신들을 약탈했던 역사를 잊지 말라고. 죽은 대통령 후보 이름을 언급하며 그 벌레들에게 피의 복수를 하자고."

최악의 상황은 아직 시작조차 되지 않았을지도 모른다는

사실에 범준은 마른침을 꿀꺽 삼켰다.

"소문 들으셨어요?"

"소문?"

"폭동이 일어났다는."

팀장은 책상에서 일어나 라디오를 껐다.

"소문은 틀렸어."

눈을 감고 안도의 한숨을 쉬려 할 때 팀장은 말을 이었다.

"호텔에 있는 외신 기자에게 전화가 왔네. 폭동이 아니라 학살이라고 정정해주더군."

팀장은 옷걸이에 걸려 있는 외투를 걸치고 금고 앞으로 갔다.

"어떻게 하죠?"

"어떻게 하긴 도망쳐야지. 맞서 싸울 순 없잖나. 자네도 어서 철수 준비를 하게."

팀장은 쪼그려 앉아 금고 번호를 맞췄다. 그는 문을 열고 그 안에 들어 있는 달러 뭉치를 자신의 주머니에 넣기 시작했다.

"여기 사람들을 버리고 도망간다고요?"

"아니. 같이 도망쳐야지, 가까운 국경으로."

팀장은 곧장 방송실로 올라가 마이크를 잡았다. 소수민족 출신 스태프들은 가족들을 데리고 저녁 5시까지 병원 앞 주차장으로 모이되 짐은 일인당 손가방 하나씩이라고 말했다. 방송이 끝나기가 무섭게 병원 밖으로 달려 나가는 스태프들의 모습이 보였다.

구원

이미 업무는 마비 상태였다. 범준은 남은 사람들을 모아 그나마 응급실이라도 제대로 돌리기 위해 최선을 다했다. 응급실에는 폭행을 당해 들어오는 환자들이 기하급수적으로 늘어났다. 자상, 창상, 총상들이 범준에게 첫 번째 프로젝트의 기억을 떠올리게 했다. 그때의 악몽이 점점 현실로 다가오고 있었다. 응급실에 들어가기 위해 대기하는 사람들의 줄이 병원 주차장까지 이어졌다. 팀장은 금고에서 꺼낸 돈을 행정 보급 담당 팀원들에게 내밀었다.

명령은 하나였다. 무슨 수를 써서라도 가능한 큰 차를 구해오라. 팀원들은 말이 떨어지기 무섭게 차를 타고 흩어졌다. 그의 기민한 지시에도 불구하고 도시 여기저기에서는 벌써 불길한 검은 연기가 올라오고 있었다.

오후 무렵 지방으로 파견 나가 있던 몇몇 내과의들과 관정을 파던 엔지니어들이 속속 병원으로 돌아왔다. 그들은 하나같이 끔찍한 소식을 전해주었다. 한 지역에서는 소수민족을 잡다 목을 자르고 마을 어귀 도로에 일렬로 죽창에 꽂아두었다고 했다. 어떤 마을에서는 민병대가 소수민족을 구덩이에 생매장했다고 했다. 팀장의 말대로 더 이상 폭동의 수준이 아니었다. 민병대와 폭도들이 마을과 마을을 휩쓸고 다니며 소수민족을 죽이는 동안 누구도 그들을 막을 수 없었다. 아니, 심지어 그들 중에는 경찰과 군인들도 섞여 있었다.

더 나쁜 소식이 저녁 무렵 기자들을 통해서 들려왔다. 도로와 도로 사이에 검문소가 들어서고 있었던 것이다. 그들은 길을 막고 도망치는 소수민족을 색출해 죽이고 있었다. 길을 따라 늘어서 있는 푸른색 방수포에 대한 이야기들은 등골을 오싹하게 했다. 길가에 셀 수 없이 많은 발들이 삐죽 내보이게 덮고 있는 푸른색 방수포들.

각 나라의 대사관에서는 외국인 거주 구역이나 대사관 영내로 대피하라는 연락이 왔다. 누군가 유엔 평화유지군은 뭘하냐며 절규했다. 그러자 기자는 한 장의 사진을 보여주었다. 죽창을 들고 행군하는 일군의 폭도들 앞에는 유엔 마크가 선명한 피 묻은 방탄복이 만장처럼 걸려 있었다. 평화유지군은 자신의 평화조차 지키지 못하고 있었다.

한계는 없었다. 강간, 강도, 살해가 마치 키메라처럼 세 개의 머리를 흔들며 지옥문을 열고 뛰쳐나왔고, 방송조차 정의의 이름으로 학살을 독려했다. 분노에 찬 고함과 알 수 없는 선동 구호들이 확성기에 증폭되어 도시 위에 메아리쳤다.

오후 늦게 차를 구하러 갔던 팀원들은 트럭 두 대와 지프 한대를 구해 왔다. 병원 버스까지 포함하면 어떻게든 주차장에 모인 50여 명의 스태프와 가족들을 피신시킬 수 있을 것 같았다. 팀장은 환자들도 데리고 떠나고 싶어 했지만 자리도 없었고, 트럭으로 하는 여행을 환자들이 감당할 수 있을 리 없었다. 30여 년의 현장 경험이 있는 팀장은 남겨진 자들에게 무슨 일

구원

이 일어날지 알고 있었다. 이성이란 이름의 금박이 벗겨진 인간이란 결코 만족을 모르는 가장 영악하고 잔인한 야수일 뿐이니까. 이제는 늘 해왔던 분류를 해야 할 시간이었다. 살 수 있는 자와 죽을 자. 포기해야 할 자와 함께할 자. 선택하지 못하면 모두가 위험했다. 결정하는 팀장의 등을 보며 범준은 그가 박 신부에게 고해성사를 하기 위해 찾아갔던 밤이 떠올랐다. 결코 내려놓을 수 없는 십자가가 또 하나 늘어나는구나. 선택은 전적으로 팀장 몫이었지만 결국 선택의 여지는 없었다.

팀장은 자원봉사자들을 모아놓고 함께 국경을 넘을 사람이 있냐고 물었다. 수도에 남아 있으면 최악의 경우 대사관으로 도망칠 수 있었다. 지방에서 들리는 흉흉한 소문을 돌이켜볼 때, 국경을 넘기 위해 이들과 함께하는 도중 민병대에 잡힌다면 어떤 일을 당할지 장담할 수 없었다. 다들 서로의 눈치를 봤다. 범준은 깊이 심호흡을 하고 손을 들었다. 모두 범준을 바라보자 그는 뒷머리를 긁적였다.

"여긴 한국 대사관이 없어서요."

누군가 어색하게 웃었다. 몇 명의 팀원들이 뒤따라 손을 들었지만 대부분은 남기 원했다. 자원봉사를 위해서 온 것이지 목숨을 걸러 온 것은 아니었던 것이다. 결국 가기로 한 사람들 몇이 자리에서 일어났다. 범준 옆에 남아 있던 호주 출신 여성 소아과의는 속삭였다.

"미안해요."

163

II

무언가 폭발하는 소리와 함께 서쪽 하늘이 노랗게 밝아졌다. 지체할 시간이 없었다. 부족한 팀원들의 자리는 함께 교육받던 다수민족 스태프들로 대신하기로 했다. 최악의 순간, 어떻게든 그들이 같은 민족을 설득하기를 바라면서 말이다.

범준은 혼돈에 빠진 병원 복도를 오가며 혹시 빠진 스태프가 있지 않은지 마지막으로 체크했다. 산부인과 병동 앞에서 반사적으로 멈춰 섰다. 그들이 돈을 모아 산 인큐베이터 안에서 아직도 눈을 뜨지 못한 아기들이 강보에 쌓인 채 잠들어 있었다. 그들의 모습은 민족과 인종, 혈통과는 상관없이 하나같이 눈이 시리도록 사랑스럽고 아름다웠다. 다만 자리가 없었다. 그들도 버리고 가야 했다.

"천사 같은 아이들이죠."

범준은 뒤를 돌아보았다. 수간호사였다. 신생아실 안쪽에서 나온 수간호사는 막 아기를 씻기고 있었던 것인지 손에서 모락모락 김이 나고 있었다. 범준은 고개를 끄덕였다.

"이야긴 들었어요. 어서 떠나세요. 늦겠어요."

그녀의 손가락을 따라 뜨거운 물이 바닥으로 뚝뚝 떨어졌다. 범준은 발걸음을 돌렸다. 하지만 발이 떨어지지 않았다. 지금은 저 아이들의 운명을 생각할 때가 아니야. 그러나 울컥하고 코끝이 찡해졌다. 민족, 정치, 혈통, 정의, 이념, 철학, 삶과 죽음. 어느 것 하나 모르는 백지 같은 젖먹이들이었다. 지금 병원을 향해 몰려오는 폭도들은 과연 이 아름다운 아기들을 위

구원

해 어떤 인간애를 발휘할 수 있을까? 참으려 했지만 뜨거운 눈물이 나왔다. 범준은 밖을 향해 달려가며 서둘러 눈물을 닦았다. 우느라 낭비하는 시간도 지금은 범죄였다.

주차장으로 나서자 가까운 곳에서 함성이 들려왔다. 그 함성에는 유리창이 깨지는 소리와 비명도 섞여 있었다. 범준은 튀어 오르듯 버스에 올라탔다. 문이 닫히기 무섭게 버스를 선두로 자동차들이 출발했다. 모퉁이를 돌자 병원 정문으로 쏟아져 들어오는 폭도들의 모습이 보였다. 기사는 능숙하게 속도를 더해 정문을 빠른 속도로 지나쳐 다시 건물 뒤쪽으로 돌아왔다. 다행히 후문에는 아직 아무도 없었다. 닫힌 철문을 부수고 버스는 병원을 빠져나왔다. 사이드미러에선 병원 건물에 개미떼처럼 달라붙어 유리창을 깨고 있는 폭도들의 모습이 보였다.

거리로 나섰지만 차창 밖에는 한 편의 지옥도가 펼쳐지고 있었다. 어느 저택에서는 한 가족이 끌려 나와 무릎을 꿇고 담장 앞에 앉아 있었다. 비쩍 마른 사내 하나가 정글칼로 할아버지부터 다섯 살 난 손자까지 차례로 목을 자르고 있었다. 목이 떨어질 때마다 구경하던 폭도들은 환호성을 질렀다. 배수구를 따라 잘린 목들이 축구공처럼 굴러다녔다. 맞은편 차선으로 달리는 오토바이에는 한 청년이 발가벗겨진 채 매달려 질질 끌려가고 있었고, 한 2층 건물 발코니에서는 사십대 아주머니

165

가 세 명의 사내들에게 강간당하고 있었다.

야구방망이와 돌로 무장한 한 무리의 젊은이들이 오토바이와 낡은 토요타 트럭을 탄 채 버스를 쫓아왔다. 버스의 좌우로 나란히 달리며 그들은 알 수 없는 고함을 질러대고 있었다. 오토바이 한 대가 쇠 파이프로 트럭의 조수석 유리를 깨버렸다. 조수석에 앉아 있던 여자 팀원이 비명을 질렀다. 차를 세우라고 손짓하고 있었지만 멈추면 죽는다는 걸 모두가 알고 있었다. 오토바이가 끈질기게 버스를 세우려 했지만 운전대를 잡고 있는 쪽도 목숨이 걸려 있었다. 버스에 타고 있는 사람들 모두 자신의 생명이 달린 추격전을 말없이 바라보고 있었다. 누군가 하느님을 찾는 목소리가 들렸다. 박 신부의 말이 떠올랐다. 타인을 향한 사랑이야말로 하느님의 본질이라 했던가. 그렇다면 몽둥이를 든 저들의 구애는 무엇이라고 불러야 할까? 버스는 도시의 경계를 넘어섰다. 도시를 벗어나자 차선이 줄어들었고 토요타 트럭은 이내 뒤처져버렸다. 오토바이가 끈질기게 앞에서 얼쩡거렸지만 무시하고 속력을 높이자 더 이상 따라오지 않았다.

"포기한 모양이네요."

버스 뒤까지 가서 오토바이가 따라오지 않는다는 걸 확인한 범준이 이렇게 말하자 팀장은 눈썹 끝을 긁적였다.

"아직 도시 안엔 손쉬운 먹잇감들이 가득하거든."

불타오르는 도시를 뒤로하고 달아나는 길에는 가로등조차

구원

없었다. 눈앞에는 한 치 앞도 볼 수 없는 완벽한 어둠이 펼쳐져 있었다. 범준은 한숨을 쉬었다. 무슨 일이 일어날지 알 수 없었지만 밤의 어둠에 이토록 안도감을 느낀 것은 처음이었다.

날이 밝자 일행은 자동차를 숲의 공터에 숨겼다. 국경까지는 이제 직선거리로 80킬로미터 남짓 남아 있었다. 길이 좋지 않다고 해도 평소라면 세 시간 남짓 차를 타면 갈 수 있는 거리였다. 하지만 국경까지 도로에는 인종 청소를 위한 악명 높은 검문소들이 서 있었다. 팀원들은 모여 잠시 대안 없는 회의를 했다.

결론은 하나였다. 팀장은 낮에 미리 지프를 타고 나가 인근의 검문소 위치들을 직접 확인하기로 했다. 다른 팀원이 무모한 짓이라고 말리는 사이 따라왔던 다수민족 출신 레지던트가 자원했다. 범준은 그를 한눈에 알아볼 수 있었다. 죽어가는 이들의 머리맡을 지키는 그라면 믿을 수 있을 것 같았다. 이를테면 그는 범준이 생각하는 의사의 이상형에 가장 근접한 사내였다. 어차피 통역이 필요했고, 늘 환자에게 헌신적이며 인간적이었던 그의 모습을 돌이켜볼 때 팀장과 동행하는 것은 좋은 생각 같았다. 범준은 그를 추천했다. 팀장의 정찰을 반대하던 다른 사람들도 더 이상 할 말이 없었다. 두 사람은 지프를 타고 흙먼지를 일으키며 사라졌다.

남겨진 사람들은 숲의 공터에 조용히 숨을 죽였다. 우기의 끝자락답게 검고 어두운 적란운이 몰려왔다. 습한 공기가 질식할 듯 무겁게 사람들을 짓눌렀다. 그리고 이내 번개가 쳤다. 장막같이 굵은 빗줄기가 버스의 천장을 두드려대기 시작했다. 놀란 아기들이 울기 시작했지만 누구도 손쓸 수 없었다. 아기의 울음소리는 범준에게 인큐베이터에 남겨둔 아기들을 떠올리게 했다.

남겨진 아기들은 어떻게 됐을까. 범준은 이해할 수 없었다. 같은 사람이었다. 하지만 그들은 어째서 서로를 이토록 증오하는 것일까. 다른 사람을 아무렇지 않게 죽일 수 있는 인간들은 어떤 사람일까? 그들에게 양심이나 이성은 존재하지 않는 것일까? 이성이 혼란에 빠진 틈을 타 악마 같은 괴물들이 이들을 선동한 것이 틀림없었다. 그렇지 않고서는 인간으로서 이런 일을 저지를 수 없었다. 눈앞에서 벌어진 일들을 범준은 아직도 실감할 수 없었다.

아침 나절 팀장과 이야기할 때만 해도 그것은 너무나 피상적인 걱정에 불과했다. 오후에 학살 소식을 듣는 동안에도 그것은 잔혹한 뉴스나 영화를 보고 있는 느낌이었다. 정작 지난밤 그 끔찍한 사건들이 눈앞에서 펼쳐졌을 때 그것은 너무나 생생해서 믿을 수 없었다. 너무나 잔혹하고, 너무나 처참해서 하룻밤의 악몽 같았다. 아무것도 하지 못했다는 자괴감이 뼈저리게 다가왔다. 조금만 더, 무언가 했다면 이 파국을 막을 수 있지 않았을까? 왜 병원 밖의 일들이 자신과 무관하다고 믿었던 걸까? 무언가 이 비극을 막기 위해 할 수 있는 일이 있지 않았을까? 하지만 당장 울고 있는 아기조차 달랠 수 없었다. 닥쳐오는 재난에 대한 경고처럼 아기는 그치지 않고 계속 울어대고 있었다.

오후 3시경이 되자 비는 잦아들었다. 우는 것마저 지친 아이들은 하나둘 잠들었고, 버스 안은 다시 조용해졌다. 울음소리가 사라지자 침묵이 얼마나 두려운 것인지 사람들은 새삼 깨달았다. 누구도 잔기침조차 하지 못했다. 희미하게 들리는 젖은 아스팔트 위를 지나가는 자동차 소리에도 일행은 귀를 쫑긋 세운 채 마른침을 삼켰다.

이 파국이 닥쳐오는 동안 자신이 이룩했다고 믿었던 그 모든 것은 마치 바닷가의 모래성처럼 불과 하루 만에 무너져버렸다. 그토록 중요하게 생각했던 각종 수술법과 소생술은 보잘것없는 잡기에 지나지 않았다. 이성과 합리로 증오를 사라지게 하리라는 믿음은 한낮 몽상일 뿐이었다. 거대한 힘 앞에서 선의 따위는 깃대에 매달아놓은 걸레짝과 다를 바 없었다. 울고 싶었지만 아직 울 수 없었다. 버스 안은 너무나 조용해서 눈을 깜빡이는 소리마저 들릴 지경이었고 겁에 질린 눈동자들은 모두 그를 바라보고 있었다. 첫 프로젝트에 남겨두고 왔던 마을 사람들과 같은 눈빛이었다. 그때는 도망쳐 왔지만 이번엔 아니었다. 범준은 마음을 다잡았다. 이들을 살리는 거야. 우는 건 그 뒤에 해도 늦지 않아. 우기의 하늘은 잔뜩 구름을 머금은 채 일찌감치 어두워지고 있었다. 구름 속 어디에선가 낮게 천둥이 우르릉거리는 소리가 들렸다.

두꺼운 구름이 덮인 정글에 밤그림자가 드리워질 무렵 팀장이 돌아왔다. 국경으로 나가는 길은 이미 모두 봉쇄되어 있었다. 지도를 펼쳐놓고 팀원들은 격렬한 논쟁을 벌였다. 버스 안에 얼굴들이 그들의 눈치만 살피고 있었다. 어디에도 안전한 길 따위는 없었다. 그나마 다행이라면 민병대가 제멋대로 설치한 검문소이기에 어떻게든 돌아갈 틈이 있었다. 하지만 그것도 국경 근처까지였다. 국경 밖으로 향하는 도로에는 검문소가 없는 곳이 없었다. 설상가상으로 세관원들과 국경 경비대 역시 여권과 비자가 없으면 통과시켜주지 않는다고 했다. 국제기구에서 난민으로 인정해주지 않는 한, 그들이 거부하면 그걸로 끝이었다. 그들이 퇴근하고 나면 민병대가 덮치리라는 것은 불을 보듯 뻔했다. 포기하고 돌아가자는 쪽과 어떻게든 위험을 감수하고 가야 한다는 쪽이 팽팽하게 맞섰다. 그러나 답은 이미 정해져 있었다. 적어도 이 나라 어디에도 돌아갈 곳은 없었다. 이제 물도, 먹을 것도 없었다. 살기 위해서는 어떻게든 국경 근처까지 차를 타고 가서 도보로 국경을 넘는 수밖에 없었다.

먹구름 사이로 보름달이 떴다. 자동차들은 헤드라이트를 끄고 천천히 달렸다. 혹시라도 멀리서 검문소 불빛이 보이면 차를 돌려야 했기 때문이었다. 버스에 같이 탄 팀장은 넋이 나가 있었다. 낮 시간 동안 지옥의 한가운데를 가로지르며 그는 무엇을 봐야 했을까? 그늘진 옆얼굴은 말이 없었다. 만약 프로젝트를 연장하자고 하지 않았더라면……? 하지만 지금 와선 소용없는 후회일 뿐이었다. 범준은 자꾸 떠오르는 딴생각을 지우기 위해 머리를 흔들었다. 그리고 칠흑 같은 어둠 속으로 곧게 뻗어 있는 도로의 끝을 응시했다. 혹시라도 나타날지 모르는 검문소의 불빛을 감시하는 일이 지금 그가 해야 할 일이었으니까.

포장도로와 비포장도로를 번갈아가며 구불구불 검문소를 피해 다녔기에 시속 20킬로미터도 채 나지 않았다. 비포장도로는 낮에 내린 비로 진흙탕이었기에 그때마다 내려서 밀고, 끌고 가야 했다. 몇 번이나 지도에도 나오지 않는 도시 근처의 임도로 달린 적이 있었다. 도시의 밤하늘은 누군가 지른 불로 불타올랐다. 버스에 탄 사람들 얼굴 위로 그 빛이 일렁거렸다. 잠에서 깨어나 옹알이를 하는 아기를 제외하고는 누구도 입을 열지 않았다. 다들 각자의 불안과 공포를 봇짐처럼 진 채 이 위태한 여정이 무사히 끝나기를 기도하고 있었다.

국경 근처에서 차를 버렸을 때 시간은 이미 새벽 2시를 넘어가고 있었다. 달은 다시 구름 속에 몸을 감춰 사방은 어두웠다. 동트기 전 국경을 넘으려면 서둘러야 했다. 누군가 팀장에게 하루쯤 이곳에 남는 건 어떠냐고 제안했지만 팀장은 단호

171

했다. 이미 민병대들이 순찰대를 꾸려 국경 주변을 감시하고 있었다.

모두 길도 없는 수풀 속으로 묵묵히 걸어 들어갔다. 잔가지들이 얼굴을 때리고 바닥은 미끄러웠다. 어디에선가 캥캥거리는 짐승의 울음소리가 들렸다. 범준은 고개를 들었다. 하늘엔 별조차 보이지 않았다. 습한 공기에 숨을 쉬기 힘들었다. 어둠이 목을 조르고 있는 것만 같았다. 일행 중 누군가 숨죽여 울고 있었다. 소리를 내는 건 위험했지만 아무도 나무라지 않았다. 범준은 아직 울 수 있는 그가 부러웠다.

먼 하늘이 푸르스름하게 빛날 무렵 멀리서 강물 흐르는 소리가 들렸다. 하늘에선 먹구름이 걷히고 있었다. 국경에 도착한 것이다. 이제 강 건너는 이웃 나라였다. 조금만 더 가면 죽음과 광기의 땅에서 벗어날 수 있었다. 범준은 그래도 자신들이 남기로 한 결정이 잘한 일이었다고 생각했다. 최소한 팀원들이 남지 않았다면 이들을 살릴 수 없었으리라. 언젠가 이들이 살아서 고국으로 돌아가면 의사가 될 것이고 다시 희망을 꿈꿀 수 있을 거야. 차가운 새벽 공기를 가슴 깊이 들이마시며 너덜너덜해진 자부심을 애써 긁어보았다. 국경을 넘기 위해 용기를 내려면 한 줌 자부심마저 긁어모아야 했다.

하늘이 밝아지고 있었다. 일행은 강둑 앞에 멈춰 섰다. 건너기 전 우기로 불어난 강물의 양을 확인해야 했다. 범준은 팀장의 어깨를 친 후 강둑 위를 가리키고 자신의 가슴을 두 번 두드리는 시늉을 했다. 팀장은 고개를 끄덕였다. 범준은 바닥에 배를 붙인 채 낮은 보폭으로 강둑을 기어올랐다. 군의관이 되기 전에 받았던 9주의 기초 군사훈련이 이렇게 쓰인다는 사실에 심경이 복잡했다. 웃자란 억센 풀들이 얼굴에 크고 작은 생채기를 냈다.

범준은 배를 바닥에 바짝 붙인 채 수풀 사이로 고개를 내밀었다. 둑 아래 강은 아직 너무 어두웠다. 범준은 잠시 눈이 어둠에 익숙해지기를 기다렸다. 어디선가 희미하게 자동차의 엔진 소리가 들렸다. 멀지 않은 곳에 도로가 있는 모양이었다. 범준은 미간을 찌푸렸다. 어둠 속에서 강바닥이 희미하게 형체를 드러냈다. 우기의 끝물이었지만 강물은 생각보다 깊지 않아 보였다. 들어가보기 전에 확신할 순 없었지만 건기엔 물이 없는 건천이었기에 수심은 고작 무릎 정도 같았다. 노인과 아이가 섞인 일행도 어렵지 않게 건널 수 있으리라. 범준은 입 밖으로 튀어나올 것 같은 환호성을 꿀꺽 삼키고 몸을 틀어 강둑을 내려갔다. 비탈을 내려오는 동안 몇 번이나 미끄러져 엉덩방아를 찧었지만 아픔을 느낄 새도 없었다.

범준이 얼굴 가득 환희의 미소를 머금은 채 내려왔음에도 사람들은 그에게 관심조차 없었다. 모두 일제히 한곳을 바라보고 있었다. 범준도 자연스럽게 그들이 보는 곳을 향해 시선을 돌렸다. 순간 사방에서 환한 빛이 쏟아졌다. 긴 밤 내내 일행을 뒤따랐던 어둠이 단숨에 사라지고 주위는 온통 환한 빛으로 가득 찼다. 헤드라이트 앞에 선 노루처럼 범준과 일행 모두는 말 그대로 얼어붙었다. 동시에 빛 너머에서 철컥철컥하고 자동소총의 장전음이 연이어 들렸다. 범준은 잠시 자신이 처한 상황을 이해할 수 없었다. 그는 자신도 모르게 나지막이 중얼거렸다.

"저렇게 불을 켜면 안 되는데."

빛 너머에서 하나둘 사람들의 그림자가 나타났다. 범준은 비로소 깨달았다. 상상할 수 있는 최악의 상황이 눈앞에서 펼쳐지고 있음을.

생각해.

생각해!

머리를 굴려.

모두를 살릴 순 없었다. 하지만 강 쪽으로 모두 달아나면 최소한 몇 명은 살 수 있을지도 몰랐다. 범준이 자신의 생각을 외치려는 순간, 그의 머릿속을 읽고 있기라도 한 듯이 강둑 위를 따라 자동소총을 든 사내들의 실루엣이 하나둘 모습을 드러냈다. 어디에도 빠져나갈 곳은 없었다. 범준은 눈앞에 닥친 상황을 용납할 수 없었다.

여기까지, 여기까지 와서.

뚝. 머릿속에서 회로가 끊어지는 소리가 들렸다. 움켜쥔 주먹은 하얗게 변했다. 그동안 참았던 모든 것이 작열하며 폭발

구원

했다. 머릿속에 뜨거운 열기가 범준의 이성을 날려버렸다. 그는 자동차 헤드라이트 불빛을 향해 한 마리의 나방처럼 무모하게 달려들었다. 자신도 모르는 사이 알 수 없는 괴성을 지르며 빛 속으로 뛰어들었다. 강렬한 후광 속에서 담배꽁초를 물고 있던 그림자 하나가 태연하게 담배를 던져버리고 자동소총을 고쳐 잡았다. 범준은 속도를 더해 달렸다. 빛이 너무도 환하고 찬란해 서러웠다. 사내는 달려드는 범준의 턱을 개머리판으로 후려갈겼다. 번쩍, 소리가 사라지며 찬란한 어둠이 내려왔다.

눈을 떴을 때 팀원들은 모두 한구석으로 몰려 소수민족 출신의 스태프들과 분리되어 있었다. 민병대는 소수민족 사이에서 젊은 여자들을 따로 추려 트럭 뒤로 끌고 갔다. 머리가 깨질 듯이 아팠다. 그러나 그대로 볼 수 없었다. 범준은 제대로 움직이지 않는 팔다리를 휘적거리며 자리에서 일어나려 했다.

"가만히 계세요. 그러다 죽습니다."

범준을 부축하고 있던 손이 그가 일어나지 못하게 막았다. 범준은 자신을 부축하고 있는 사내의 얼굴을 확인했다. 팀장과 정찰을 갔던 그 레지던트였다. 범준은 그의 말을 무시하고 다시 일어섰다. 사내는 범준의 어깨를 움켜잡았다.

"괜한 영웅 흉내 내다가는 정말 죽는다니까요."

범준은 입술을 깨물었다.

"그러면 사람이 죽는 걸 그냥 보고만 있으라고?"

175

레지던트는 한숨을 쉬었다.

"모르겠어요? 저들은 사람이 아니라고요. 버러지, 기생충들이에요. 모두 박멸해야 합니다."

갑자기 싸늘한 기운이 척추를 따라 아래부터 치받아 올라왔다. 운이 나빠 잡혔던 게 아니었다. 그가 처음 병원에서 따라나서겠다고 자원한 순간부터 이 모든 것은 계획되어 있었다. 어떻게 모를 수 있었을까? 그는 병원에서 가장 인간적인 의사였다. 그리고 증오야말로 가장 인간적인 감정이었다. 범준은 돌아서서 그의 멱살을 움켜쥐었다. 팀원들을 향하던 총구가 일제히 범준을 향했지만 상관없었다. 그 순간 그를 죽이고 자신도 죽을 수 있다면 아무래도 좋을 것만 같았다. 누군가 범준을 뜯어말렸다. 팀장이었다.

"참아. 아직 할 일이 있으니까 가만히 있어."

민병대 하나가 범준의 가슴팍에 총구를 들이댔다. 다른 팀원들도 팀장을 도와 범준을 떼어냈다. 범준의 손에는 그의 셔츠의 단추 하나만 남았다. 악문 이 사이로 어쩌지 못할 울음소리가 터져 나왔다.

여기까지 온 이유가 무엇 때문인데. 왜 그 고생을 하며 여기까지 왔는데.

눈물이 양 뺨을 타고 뜨겁게 흘러내렸다. 레지던트는 뒷걸음을 치며 멀어져갔다. 그는 등을 돌려 민병대 속으로 몸을 숨겼다. 맞은편에는 팔이 묶인 소수민족 출신 스태프들과 가족

구원

들이 고개를 숙인 채 일렬로 서 있었다. 범준의 울음소리에 아침 공기가 파르르 떠는 사이, 민병대장은 팔을 치켜들었다. 총구가 일제히 일어섰다. 팔을 내렸다. 자동소총의 연사음이 새벽의 정적을 찢었다. 화약 냄새가 허공으로 퍼졌다. 수많은 목숨을 살리리라 믿었던 희망의 씨앗들이 가슴팍에 붉은 꽃을 피우며 일제히 땅바닥으로 처박혔다. 그 광경을 바라보는 레지던트의 입가엔 미소가 달려 있었다. 범준은 고통을 느꼈다. 차라리 자신이 총에 맞았다면. 그는 가슴을 움켜잡았다. 그렇게 그가 믿었던 희망이 대지를 붉게 적시는 동안 범준의 안에서도 무언가 죽어가고 있었다.

　팀원들은 강 건너 국경으로 추방되었다. 청명했던 새벽의 공기가 피비린내와 화약 냄새에 뒤섞여 비릿하게 울렁거렸다. 강을 건너는 그들 뒤로 젊은 여자들의 울음소리와 비명이 들렸다. 범준은 뒤를 돌아보았다. 강둑에 서서 팀원들을 향해 총을 겨누고 있는 사내들 틈으로 한 사내가 올라섰다. 그는 실실거리며 바지 지퍼를 올렸다. 그리고 다른 사내에게서 총을 넘겨받았다. 총을 넘겨준 사내는 바지 벨트를 풀며 강둑 아래로 내려갔다. 범준은 그 자리에 멈춰 섰다. 팀장은 그런 범준의 어깨를 잡고 계속 가라며 재촉했다. 결코 인간의 언어로 형상화할 수 없는 고통이 단단한 돌처럼 가슴속에 굳어갔다. 주먹을 폈다. 그의 손에는 흰 단추가 남아 있었다. 눈물을 참기 위해 고개를 들었다. 막 동이 트는 하늘은 우기가 끝난 아름다운 보랏빛이었다. 범준은 깨달았다. 견딜 수 없는 비참한 순간이 만들어내는 찬란한 아름다움을. 그들을 제외한 세상의 모든 것이 아름다웠다. 그 무심한 아름다움에 자꾸만 눈시울이 뜨거워졌다.

구원

학살의 끝

스태프들의 죽음을 목격한 팀원들은 그냥 돌아갈 수 없었다. 팀원들은 캠프를 만들었다. 국경 밖으로 학살을 피해 도망쳐 오는 소수민족을 구하기 위한 캠프였다. 팀장이 범준에게 말했던 아직 해야 할 일의 정체가 바로 이것이었다. 병원에 남았다가 이웃 나라로 추방당한 팀원들도 소식을 듣고 속속 캠프에 합류했다.

그들의 입을 통해 들은 남은 환자들의 운명 역시 끔찍하긴 마찬가지였다. 그날 저녁 들이닥친 폭도들은 3층 창가에 남아 있던 환자들을 목매달았다. 팀원들이 공항으로 가는 순간까지 시신은 바람에 따라 병원 3층 창가에 매달린 채 흔들거렸다.

하지만 가장 충격을 준 소식은 산부인과 수간호사에 관한 것이었다. 마지막에 신생아실에 그가 들렀을 때 천사 같은 아이들이라 말했던 그녀는 범준이 떠나자 소수민족 출신 아기들을 욕조에 차례로 익사시켰다. 범준은 그녀의 팔에서 모락모락 나던 김과 뚝뚝 떨어지던 물방울을 기억했다. 천사 같은 아이들이라고 말하던 바로 그 순간 신생아실 안쪽에서 아기들을 죽일 준비를 하고 있었던 것이다. 아무리 기억을 돌이켜보아도 어서 가라고 말하던 그녀의 표정에서는 어떤 살인의 징후나 증오의 표정도 읽을 수가 없었다. 그래서 이야기를 듣고도 도저히 믿어지지 않았다. 인큐베이터에 남아 있던 그 아기들의 작은 팔다리가 떠올라 범준은 울음을 터뜨릴 뻔했다. 자신의 이름을 딴 신생아실에서 그 무고한 열두 명의 천사들을 욕조에 집어넣고 죽기를 기다리는 동안 그녀는 과연 무슨 생각을 하고 있었을까? 어떻게 인간이 다른 인간에게 그럴 수 있을까? 범준은 박 신부에게 했던 말을 떠올랐다. 배우고 가르치고 이성의 힘으로 부조리한 걸 바로잡을 수 있다 했었나. 웃음이 나왔다. 범준의 안에 남아 있던 티끌과도 같았던 인간에 대한 희망의 불씨는 완전히 꺼져버렸다.

그럼에도 범준은 난민 캠프에서 일했다. 희망이 없음에도 누군가 해야 했다. 매일 밤마다 국경을 넘는 사람들이 있었다. 하나, 둘, 수가 늘어 일주일 후에는 밤마다 수십 명씩 도강했다. 소문이 입을 타고 전해지자 목숨을 건 도강이 꼬리에 꼬리를 물었다. 팀원들은 바빠졌다. 죽음의 강을 건너온 이들을 굶어 죽게 할 수는 없었다. 본부에서 식량을 지원했지만 기하급수적으로 늘어나는 난민 앞에선 턱없이 부족했다. 그나마도 의약품이나 텐트 같은 기본적인 생필품에 비하면 식량은 사정

구원

이 나은 편이었다.

첫 프로젝트의 비극이 고스란히 재현되었다. 범준은 맨땅에 헤딩하는 기분으로 쓸 수 있는 모든 걸 가져다가 환자들을 치료해야 했다. 집단 강간을 당한 여자들과 팔다리가 부러진 아이들, 그리고 찢기고 부서진 육신들의 행렬이 끊이지 않았다. 한국에서라면, 아니 예전 병원이었다면 살릴 수 있는 목숨이건만 포기할 수밖에 없을 때마다 범준의 마음속에 남아 있던 희망의 파편들도 같이 죽어갔다. 이곳의 희망은 무기력한 희망이었다. 팀원들은 모두 알고 있었다. 학살이 멈추지 않는 한 이 모든 노력은 밑 빠진 독에 물 붓기나 다름없다는 것을.

그래서 팀장은 미국으로 날아갔다. 잘 알던 기자들과 인터뷰를 하고 자신이 본 것을 유엔에 증언하기 위해서였다. 현지에 있던 기자들도 자신이 취재한 자료들을 본국에 보냈고, 인종 청소 소식은 국제사회에 하나의 충격으로 전해졌다.

하지만 그 충격은 너무나 느렸다. 몇 차례 행정적인 절차를 거치는 동안 시간은 무의미하게 흘러갔다. 뉴욕 최고급 호텔에서 최고급 서비스를 받으며, 최고급 방에서 자고, 최고급의 요리를 먹는, 선진국 대표라는 사람들이 자신들의 자존심을 내세우기 위해 무의미한 말싸움을 하는 동안 굶주린 난민들은 학살과 기아에 산산이 찢겼다. 결정과 협의, 협의에 대한 동의와 동의에 대한 동의, 또 그것에 대한 동의를 얻는 동안 땅에 뿌려진 피는 작은 강을 이룰 정도였다. 그렇게 우여곡절 끝에 정의의 실현을 위해 선진국의 군대가 날아왔다. 그리고 그 압도적인 군사력 앞에 100일간 벌어졌던 학살은 일단 멈췄다. 기쁜 소식이었지만 팀원들은 아무도 웃지 않았다. 단 하루만 일찍 개입했어도 수만 명을 살릴 수 있었을 테니까. 하지만 누구도 그 사실을 입 밖에 낼 수 없었다. 세상이 그들 마음 같지 않다는 걸 이미 뼈에 사무치도록 느끼고 있었으니까.

평화유지군이 도착한 지 일주일 후, 팀장은 유엔 깃발을 단 한 무리의 트럭과 함께 나타났다. 난민들을 집에 돌려보낼 시간이었다. 트럭마다 사람이 가득 찼고, 흙먼지를 일으키며 떠나는 트럭들의 행렬이 끊이지 않았다. 자부심과 보람을 느낄 만한 장관이었지만 오히려 가슴이 아팠다. 산 사람들이 죽은 이의 자리를 채워줄 순 없는 노릇이었다. 식량 조달을 담당하던 행정팀 봉사자 하나는 마지막 트럭이 떠나자 길가에 주저앉아 대성통곡을 했다. 누구도 그녀를 일으켜 세워주지 않았다. 달랜다고 달래질 수 있는 고통이 아니었다. 이제 각자의 가슴에 상처를 품고 고향으로 돌아갈 시간이었다.

그러나 그것은 착각이었다. 채 캠프를 정리하기도 전에 새로운 난민들이 몰려왔다. 팀원들은 당황했다. 떠나려는 순간 난민들이 밀어닥쳤기 때문만은 아니었다. 새로 찾아온 난민들의 정체는 다름 아닌 얼마 전 학살을 했던 다수민족이었기 때문이다. 선진국의 군대가 도착하자 소수민족이 수도를 회복했고, 자신들의 군대를 재정비했다. 그 소식을 전해 들은 다수민

구원

족은 복수를 피해 가지고 있던 모든 걸 버리고 국경 너머로 도망쳐 왔던 것이다.

　그날 밤 캠프에서는 설전이 벌어졌다. 살인자들을 캠프에 받을 수 없다는 측과 애초에 인도주의에는 적도 아군도 범죄자도 없다는 쪽으로 나뉘어 뜨거운 논쟁을 했다. 학살에 참여하지 않은 사람이 훨씬 더 많다는 주장도 있었고, 어찌 됐건 인도적인 입장을 지켜야 한다는 주장도 있었지만 살인자들을 받을 수 없다는 쪽의 태도는 완강했다. 학살이 벌어지는 동안 침묵했던 자들이야말로 공범과 다를 바 없다는 것이었다. 팀장은 말이 없었고, 서로의 목소리는 점점 높아져 금방이라도 주먹다짐을 할 것만 같았다.

　범준은 곰곰이 생각했다. 그도 감정적으로 생각했을 때 도저히 그들을 받아들일 수 없었다. 그 지옥 같은 이틀간 그가 봐야 했던 것들과 받았던 상처, 죽어버린 이들을 생각하면 용서란 단어를 꺼내는 것조차 불경스러운 일이었다. 눈을 감으면 당장 피비린내가 진동하던 국경의 새벽을 떠올릴 수 있었다. 그것은 인간으로서 도저히 용납할 수 있는 광경이 아니었다. 범준은 천천히 자리에서 일어났다.

　"다들 여기에 누군가를 도와주기 위해, 남을 돕는 일이 미치도록 좋아서 여기 온 사람은 없을 겁니다. 물론 그런 분도 있겠지요. 하지만 우리끼리 솔직히 말해봅시다. 그건 그저 부차적인 이유일 뿐이잖아요. 다들 진짜 이유는 따로 있을 겁니다."

그의 말에 논쟁하던 양측은 잠시 조용해졌다.

"우리가 속한 이 단체는 여러분의 동기가 순수하지 못하다고 해서 쫓아내지 않았습니다. 이곳에 와서 누군가를 도울 능력이 있고, 그 행위가 애초 우리 단체의 목표에 부합할 거라 판단되면 여기선 진짜 이유 따윈 묻지 않고 그냥 받아줬습니다."

범준은 자신을 바라보는 눈동자들을 보았다. 자신의 눈빛도 저들과 같은지 범준은 궁금했다.

"저도 너무나, 너무나 그들을 죽여버리고 싶습니다. 여러분과 마찬가지죠."

목소리가 자꾸 메어왔다. 범준은 마른침을 꿀꺽 삼키고 다시 말을 이었다.

"하지만 전 의삽니다. 의사는 눈앞의 생명을 살려야 한다고 배웠습니다. 개인적 이유 때문에 이곳에 찾아왔던 절 여러분이 받아줬던 것처럼, 제 개인적인 감정을 접어두고 그들을 환자로 받아들이겠습니다. 고결이니 선이니 하는 것들에 대해 이야기하자는 게 아닙니다. 최소한, 최소한 우리가 그들과 다르다는 걸 증명하고 싶습니다."

범준은 터져 나올 듯한 울음을 삼키기 위해 목소리를 높였다.

"결코 받아들일 수 없는 분들도 있을 겁니다. 떠나세요. 하지만 전 남겠습니다."

텐트 안이 조용해졌다. 범준이 자리에 앉았다. 누군가 일어섰다. 프랑스에서 온 내과의였다.

구원

"감동적이네요. 정말 옳은 말씀만 하십니다. 너무 감동적이어서 기억나는 게 있네요. 지난번 저희 프로젝트 기한을 연장할 때도 그런 감동적인 연설을 하신 적 있지 않나요? 그 듣기 좋은 말의 결과가 지금 이 꼴이지요."

범준은 말문이 막혔다. 머릿속이 하얗게 되고 얼굴은 빨개졌다. 누군가 도움이 될 한마디쯤 변명해주기 바랐지만 돌아오는 것은 싸늘한 시선뿐이었다. 아무도 입을 열지 않았다. 하지만 눈빛은 말하고 있었다.

'이 모든 게 너 때문이야.'

달아나고 싶었다. 서 있던 그 자리에서 땅속으로 꺼져버리고 싶었다. 하지만 그럴 수 없었다. 그저 이를 악물고 버틸 수밖에 없었다. 팀장이 그런 그의 어깨를 두드린 후 앞으로 나섰다.

"결국 가장 확실한 방법이 나왔네요. 도저히 그들을 받아들일 수 없는 분은 내일 떠나시면 됩니다. 떠나시는 분들에 대해서 저나 남는 분들 모두는 이해할 수 있습니다. 그 학살의 현장에서 죽은 게 사람뿐만은 아니니까요. 그러니 편하게 떠나세요. 남는 분들은 내일 아침 운영 회의에 참석해주시기 바랍니다. 빠지는 분들의 업무를 분배해야 하니까요. 그럼 오늘 회의는 이만 마치도록 하겠습니다."

범준은 텐트를 빠져나와 하늘을 올려다보았다. 묵직한 무언가가 가슴을 짓눌렀다. 차라리 태어나지 않았더라면 얼마나 좋았을까.

185

사분의 일은 결국 떠나는 쪽을 택했다. 후에도 일주일간 하나둘 떠나는 사람들이 늘어 결국은 반 조금 넘는 사람들이 남았다. 누구도 떠난 이를 비난하거나 원망하지 않았다. 떠나는 사람들과는 반대로 넘어오는 난민의 수는 하루가 다르게 늘어났다. 캠프는 이미 예전에 그들이 수용하던 난민의 수를 훌쩍 넘어 있었다. 학살을 피해 도망친 사람보다 학살에 참여했던, 혹은 학살을 방관했던 이들이 더 많이 도망쳐 왔다는 사실은 어쩐지 씁쓸했다.

학살의 순간 모든 인간애가 사라진 것은 아니었다. 민병대가 한 여학교에 쳐들어와서 소수민족들을 골라내려 했을 때 여학생들은 누가 소수민족인지 말하지 않았다.

"우리는 자매들입니다."

하지만 이 아름다운 이야기는 민병대가 그들 가운데 수류탄을 던져넣는 것으로 끝난다.

대부분의 사람은 학살이 일어나는 동안 침묵했고, 때로는 협조하기도 했으며, 누군가는 앞장섰다. 범준은 그들 모두를 똑같이 증오했다.

캠프는 몰려오는 사람들로 수용 한계를 넘어섰지만, 이번에는 문제 될 게 없었다. 그사이 국제사회에 인종 청소를 피해 도망친 난민들의 가슴 아픈 소식이 전해졌고, 그들을 돕자는 운동이 들불처럼 일어나 세계 각지의 NGO 단체들이 구호의 손길을 내밀었던 것이다. 자고 일어나면 인근 공터에는 각국에서 건너온 온갖 단체의 새로운 난민 캠프들이 생겼다. 물론 그들도 자신이 받고 있는 난민들의 정체를 알고 있었다. 하지만 그들에게는 눈앞에 난민이 있으며 그들을 받는다는 사실 자체가 중요했을 뿐, 그들이 누구냐는 중요한 문제가 아니었다. 긴급 구호 프로그램은 호응이 좋을 뿐만 아니라, 창고 안에 쌓아둔 응급 구호 물품 재고를 털고 새로운 물건들로 채워 넣을 기회였다. 이런 실적은 나중에 정부의 각종 지원금을 탈 때 큰 영향을 미칠 수 있었다. 누구도 이들이 누구이며, 왜 이런 일이 일어났는지 중요하게 생각하지 않았다. 그저 미개한 아프리카에서 일어난 어떤 끔찍한 일에 대해 도와줄 수 있다는 것만으로 족했다. 그 우월감이 이 동정심의 실체였으니까.

그렇게 오랫동안 시달렸던 물자 부족에서 벗어났다. 일주일에 몇 번씩 각종 미디어에서 취재차 찾아왔고, 멀지 않은 곳에 임시 활주로도 생겼다. 그러자 각국의 외교관들이나 장관들이 비행기나 헬기를 타고 찾아와 사진 한 장을 남기고 떠났다.

팀장과 보급 담당 팀원, 그리고 범준이 몇몇 필요한 장비를 수령하기 위해 활주로에 간 적이 있었다. 다들 철조망에 달라붙어 초등학생들처럼 비행기를 구경했다. 커다란 미군 수송기가 도착해 끊임없이 옥수수와 밀가루를 내리고 있었다. 인근 활주로 주변엔 이미 그런 식량 포대들이 끝도 없이 쌓여 있었다.

"쟤들은 왜 저렇게 식량을 잔뜩 가져오는 거죠? 이제 둘 곳도 없는데.”

“재고 떨이하는 거지. 한번 구호 식량을 먹기 시작하면, 공짜 식량이 시장에 쏟아지면서 이 근처 농부들은 다 망하거든. 그럼 나중에도 계속 식량을 사다 먹어야 하니까.”

팀장은 구경하는 게 지겨웠는지 철조망에 기댄 채 쭈그려 앉아 담배를 피우기 시작했다.

“저거예요. 저 헬기 파일럿이 우리 담당이에요.”

범준이 활주로 끝을 가리켰다. 그곳에는 주황색 헬리콥터 한 대가 앉아 있었다.

“응급 환자 후송용이라나?”

“흥, 정작 필요할 때 저거 한 대만 있었어도 아무도 죽지 않았을 텐데.”

범준은 아무 말도 할 수 없었다. 그래도 헬기 조종사를 만나 매주 맥주 열 팩씩을 보급받기로 하는 약속을 잊지 않았다. 물자가 넘치면 남는 시간이 생겼고, 시간이 남으면 생각하지 않기 위해 무언가가 필요했다. 생각을 하는 일은 범준에게 너무나 고통스러웠으니까.

하루는 자정이 넘은 시간에 헬기로 응급 환자 하나가 실려왔다. 국경 경비대가 강변에서 발견했을 때 이미 심각한 부상을 입고 있었다는 환자는 출혈이 심해 응급수술이 필요한 상태였다. 호출을 받고 범준이 수술 텐트에 들어섰을 때는 벌써 다른 외과의가 가슴을 열어놓고 있었다. 그는 누워 있는 환자의 출혈부를 찾아 찢어진 정맥을 봉합했다. 유엔의 마크가 찍혀 실려 왔던 컨테이너에서 찾은 인공 혈관이 없었다면 불가능했을 수술이었다. 일단 혈관을 봉합하고 나자 한 기독교 산하 단체에서 기증한 제세동기로 쇼크 상태에 빠진 심장을 살린 후 미군이 주고 간 수혈팩으로 부족한 피를 보충했다. 한 인간을 살리기 위한 국제적 공조에 범준은 감탄 아닌 감탄을 하며 손놀림을 빠르게 했다. 고작 2주 전만 해도 이런 것들이 없어서 죽었을 목숨이었다. 마지막으로 몸에 박힌 총알을 뽑아내고 나자 범준은 자신이 수술하고 있는 행운아의 얼굴이 궁금해졌다. 그는 슬쩍 방포 뒤의 얼굴을 확인했다.

그곳에 그가 누워 있었다.

마지막으로 그를 보았을 때 그는 미소 짓고 있었다. 총탄에 쓰러지는 자신의 동료들을 바라보면서. 그때 그 얼굴 그대로 평온하게 누워 있었다. 갑자기 범준의 손이 떨리기 시작했다. 머릿속에 뜨거운 불기둥이 치솟아 온몸을 불타오르게 했다. 가슴 깊이 맺혀 있던 돌덩이가 파닥거리기 시작했다. 수술을 돕던 간호사가 그의 이름을 부르지 않았더라면 범준은 자신이 숨도 쉬지 않은 채 환자의 얼굴을 응시하고 있다는 사실조차 모르고 있었으리라.

이제 봉합만 하면 끝났다. 심장과 혈관에 능숙한 그가 아니었다면 살리지 못했을 터였다. 서울의 종합병원에서 똑같은 수술을 받았더라도 이보다 잘 받지는 못했으리라. 하지만 봉합을 하다가 아주 사소한 실수를 할 수도 있었다. 그리고 제대로 된 의료 장비가 없는 이곳에서 사소한 실수 하나는 때로 치명적일 수 있었다. 누구도 그의 실수를 책망하거나 알아차리지 못할 터였다. 실패한 수술의 책임을 물을 윤리위원회나 감시 기구도 없었다. 설사 고의로 수술을 실패하더라도 그를 비난할 사람은 없었다. 수십 명의 스태프들과 그 가족들의 죽음의 원흉이 그의 손끝에 달려 있었다. 고작 1센티미터였다. 그 작은 어긋난 손놀림만으로도 그들의 복수를 할 수 있었다. 맥박이 뛸 때마다 복수의 열망이 혈관을 따라 온몸을 휘돌았다. 아주, 잠깐, 사소한 실수로 모두의 울분을 풀어줄 수 있었다. 그 것은 누구도 이견을 달지 못할 정의의 실현이었다.

　하지만 범준은 끝내 실수하지 못했다. 죽이고 싶었다. 미치도록 죽이고 싶었다. 그럼에도 그는 의사였다. 누군가 죽이기에는 사람을 살리는 일이 얼마나 힘든지 너무나 잘 알고 있었다.

　수술 텐트에서 비틀거리며 걸어 나와 마스크와 장갑을 바닥에 내동댕이쳤다. 의사인 자신을 용서할 수 없었다. 밤하늘에는 별이 빛나고 있었다. 선선한 밤공기 아래 일렁이는 물결같은 별빛이 그를 향해 쏟아지고 있었다. 별빛들은 죽은 동료들의 목소리가 되어 그를 책망하고 있는 것만 같았다. 이마를 바닥에 댄 채 그는 웅크려 울음인지 신음인지 알 수 없는 소리를 냈다. 그리고 이를 갈며 의사인, 의사일 수밖에 없는 자신을

구원

저주했다.

수술 이후 범준은 환자들이 있는 텐트를 피해 다녔다. 가능하면 모든 수술을 자처했고, 숙소와 수술 텐트만을 마치 시계추처럼 왕복했다. 밤이면 악몽을 꿨다. 꿈은 늘 두 가지였다. 하나는 학살을 무기력하게 바라볼 수밖에 없던 순간의 반복이었고, 또 하나는 수술 순간의 반복이었다.

팀원들은 그를 바라보았다. 누구도 범준 앞에서 직접 그를 비난하지는 않았다. 단지 그가 나타나는 것만으로도 침묵이 찾아올 뿐이었다. 그것은 조용한 비난이었고 날이 무딘 비수였다. 커다란 고통은 없었다. 그저 매일 조금씩 깊숙이 파고들어 더욱더 깊은 상처를 만들어낼 뿐이었다. 범준은 천천히 무너져가고 있었다.

매일 밤 팀장의 텐트에 찾아갔다. 두 사람은 술을 마셨다. 주로 팀장이 이야기를 했고, 범준은 들었다. 지난 30년간 각종 분쟁과 재난 지역을 찾아다닌 그의 이야기는 끝이 없었다. 팀장의 이야기는 늘 이런 짓을 하기엔 너무 늙었다는 신세 한탄으로 마무리되었다. 하긴 그 또래들은 더 이상 현장에 오지 않았다. 그 연배라면 단체의 장으로 지역 본부 사무실을 지킬 터였다. 범준은 현장에 나오는 이유를 물었다.

"나 역시 도망치는 거지. 책상은 질색이거든."

그리고 말끝이 흐려졌다.

"하지만 늦었어. 이젠 책상머리에 앉아 있으려고. 너무 오래 밖으로 돌았어."

"쉬실 때도 됐죠."

팀장은 땅이 꺼져라 한숨을 쉬었다.

"하나만 고백할게."

"저에 대한 사랑 고백만 아니면 돼요."

팀장은 웃었다. 웃음의 끝은 이상할 정도로 쓸쓸한 울림을 남겼다.

"나도 떠나고 싶어. 직책만 아니면 떠났을 거야. 난민들만 쳐다봐도 살의가 치솟아. 믿어져. 한때는 그들을 돕는 게 내 삶의 존재 이유였는데……."

범준은 고개를 주억거렸다.

"난 자네가 원망스럽네."

팀장은 범준을 노려보았다. 그 눈빛은 너무나 공허했다.

"예, 상관없어요. 저도 저 자신을 원망하고 있는 중이니까요."

팀장이 고마웠다. 그가 진심으로 자신을 원망하고 있다는 건 진작 알고 있었다. 팀원 모두가 그랬으니까. 단지 범준의 면전에서 그걸 말하는 건 금기였다. 범준에게 말해서도 안 됐고, 서로 밝혀서도 안 됐다. 그것이 현명한 선진국 출신들의 인도적 배려였다. 그리고 다름 아닌 그 배려가 범준의 목을 조르고 있었다. 팀장이 처음으로 그 금기를 깼다. 고마웠다. 두 사람은 서로의 원망을 위해 건배했다.

구원

그 좋은 술을 밤에만 마실 이유는 없었다. 비번인 일요일 오후에도 그들은 숙소 앞에 비치 의자를 나란히 놓고 일광욕을 즐기며 맥주를 마셨다. 헬기 조종사에게 구해온 맥주를 양동이 가득 채워 놓은 얼음 속에 꽂아놓고 해가 저물 때까지 마셔댔다. 보기 좋은 광경은 아니었지만 그들을 책망하는 사람은 없었다. 범준에게는 책망조차 금기였던 것이다. 오히려 그러다 알코올중독이 되는 건 아니냐고 걱정하는 사람이 있을 정도였다. 모든 것이 하나의 소극이었다. 이것이 연극이라면 범준은 자신의 역할에 충실할 생각이었다. 자신은 모든 비극의 원흉이자, 재난의 시발점이었다. 술에 취해 있을 때만이 범준은 자신의 배역에 충실할 수 있었다. 그리고 비로소 의사란 이름의 천직이자 천형에서 해방될 수 있었다.

그러나 그 짧은 소극도 범준의 기대만큼 길진 않았다. 어느 날 그가 누워 있는 비치 의자 위로 긴 그림자가 드리워졌다.

"감사하다는 인사를 하러 왔습니다."

자신을 저주하게 만든 운명이 목발을 짚고 그의 앞에 서 있었다.

"제 목숨을 구해주셨다고요?"

범준은 들고 있던 맥주 캔을 구겼다. 그리고 주먹을 쥐었다.

'나는 의사가 아니야. 나는 의사가 아니야.'

자리에 일어났다. 그의 얼굴이 시야에 가득 찼다. 범준은 주먹이 닿을 수 있는 거리까지 천천히 걸어갔다. 얼굴에 피가 튀도록 흠씬 두들겨 팰 생각이었다. 하지만 범준이 일어나 채 그의 먹살을 움켜쥐기도 전에 팀장이 먼저 달려들었다. 목발을 짚고 있던 그는 힘없이 쓰러졌다. 팀장은 쓰러진 그를 사정없이 발길질했다. 범준은 멍하니 서서 그 모습을 바라보았다. 꼭지까지 차올랐던 분노가 싸늘하게 가라앉았다. 어느샌가 팀원들이 달려와 팀장을 뜯어말렸다. 멀리 난민 캠프에서 기자들과 난민들이 그들의 모습을 지켜보고 있었다. 팀장을 말리기 위해 서너 명이 더 달라붙어야 했다. 흥분한 팀장이 텐트로 끌려 들어가는 사이 철조망 너머에선 난민들이 술렁였다. 범준은 쓰러져 있는 그를 일으켜 세웠다. 얼굴이 엉망이었다. 술이 깼다. 그리고 범준은 다시 의사로 돌아와 있었다.

범준은 진료 텐트에서 그를 치료해주었다. 소독약으로 그의 상처를 닦는 동안 그가 물었다.

"제가 그렇게 증오스럽습니까?"

범준은 답하지 않았다. 아니, 답할 가치조차 느끼지 못했다.

"잘사는 나라에서 온 당신들의 눈엔 그 벌레들이 사람으로 보였을 겁니다."

범준은 그의 말이 듣기 싫어 상처를 거칠게 소독했다. 하지만 그는 미간을 찌푸린 채 계속 이야기를 이어갔다.

"수십 년간 그들은 이 나라를 외국에 팔아먹었습니다. 그리고 제국주의의 앞잡이들이 우릴 노예처럼 부려먹었지요. 당신들이 그 고통을 압니까? 그 역사를 아냐고요? 우리 가족들이 동족들이 농장에서 마른 옥수수 조각을 주워 먹는 동안 그놈들은 기름 낀 배를 두드리고 있었습니다. 나라를 팔아먹은 대가로."

범준은 면봉을 들어 연고를 상처 위에 덧발랐다.

"당신들은 늘 그런 식이죠. 그들을 내세워 우릴 약탈해간 후, 간신히 당신들을 쫓아내고 나라를 팔아먹었던 쓰레기를 정리하면 다시 인도주의와 정의를 들먹이며 돌아오죠. 당신들이 언제 우리에게 정의로웠던 적이, 우리에게 인도적이었던 적이 있나요? 아! 있죠. 당신들 소유의 농장에서 돈 몇 푼에 목숨을 건 농노 노릇을 하는 동안 인도적이었죠. 그게 당신들이 말하는 정의인가요? 정의냐고요?"

"글쎄, 자네 역시 모르겠지만 우리도 식민지였어. 하지만 우린 누굴 학살한 적이 없어. 그게 너희들이 한 짓을 합리화할 순 없다고."

"그럼 당신도 이해할 거 아닙니까? 당신들 나라에도 나라를 팔아먹은 쥐새끼가 있을 거 아닙니까!"

범준은 그의 얼굴에 거즈를 붙인 후 반창고를 대고 세게 눌렀다.

"끝났어, 나가."

그는 자리에서 일어났다. 그리고 범준을 쏘아보았다.

"당신에겐 내가 도살자일 뿐이겠지요. 하긴 당신에게 이 모든 게 무슨 상관이겠습니까? 미개한 세계에서 일어난 잔혹한 사건과 야만일 뿐."

"어떤 말을 해도 당신들의 행위를 정당화할 순 없어. 죄 없는 신생아마저 익사시킨 사람들이 무슨 입으로 정의를 논할 수 있는 거지?"

사내는 흰 이를 드러내고 피식 웃었다.

"산부인과 수간호사 이야기군요. 그 소식은 저도 들었습니다."

그는 껄껄거리며 호탕하게 웃었다. 범준은 이를 악물었다.

"당신들은 정말 아무것도 모르는군요. 그녀가 무슨 생각으로 아이를 죽였다고 생각한 겁니까? 그녀는 사랑하는 아기들이 폭도들 손에 찢기는 걸 볼 수 없었던 겁니다. 만약 그런 일이 벌어졌다면 자신뿐만 아니라 자신이 속한 민족을, 인간이란 존재 자체를 용서할 수 없었을 테니까요. 그녀가 죽이지 않았다면 아기들은 어떤 결말을 맞이했을까요? 아마 시신조차 온전하지 못한 채로 고통 속에 산산이 찢겼을 겁니다. 그래서 자기 손으로 아이를 죽인 겁니다. 사랑했으니까요. 그걸 잘했다는 이야기는 아닙니다. 다만 누군가 해야 할 일을 했을 뿐이죠. 대신 십자가를 졌을 뿐이에요."

범준은 뒤통수를 망치로 맞은 것 같았다. 누군가를 죽이는 것이 선의의 발로라니. 사랑 때문에 죽일 수밖에 없었다니. 범준의 표정을 응시하던 그가 다시 입을 열었다.

"당신들은 늘 그런 식이죠. 당신들의 잣대에 우리를 구겨 넣고 그걸로 우리를 정의 내리죠. 한 가지만 물어봅시다. 혹시 제

이름, 알고 있나요?"

범준의 얼굴은 굳었다. 그와 8개월을 일했지만 범준이 그를 부르는 호칭은 늘 같았다. 닥터. 이름을 불러본 기억은 없었다.

"그렇죠. 당신들에게 우리 모두는, 이 나라는, 우리 민족과 심지어 우리에게 죽은 아기들조차 하나의 거대한 익명일 뿐입니다. 그들의 고통을 함께하는 척하지 마세요. 우리는 당신들의 우월함을 입증하기 위한 하나의 전형일 뿐이죠. 그래도 한 가지는 고맙습니다. 제가 왜 이런 선택을 한지 아십니까? 당신이 첫 세미나에서 이렇게 말했었죠. 의사의 사회 참여는 무엇보다 소중합니다. 자신이 옳다고 믿는 일을 위해 최선을 다하세요. 그 말이 절 여기까지 오게 만들었습니다."

사내는 텐트 밖으로 나갔다. 범준은 진료실에 홀로 남겨졌다. 손에서 익숙한 소독약 냄새가 났다. 아랫입술을 깨물었다. 많은 생각이 유령처럼 그의 곁을 맴돌았다. 범준에게 한없이 친절했던, 그가 한때 자신이 무언가 알려주고 있다고 믿었던, 이상적인 의사들이 될 거라 믿었던 스태프들의 얼굴도 떠올랐다. 가트와, 은슈 뮤무키자, 미라와, 무리간디……. 결코 입에 붙지 않던 수많은 이름들은 학살의 광기를 피하지 못했다. 그들의 죽음에 분노했지만 얼굴들은 벌써 희미해졌으며, 이름도 기억나지 않았다. 이곳에서 해왔던 그 모든 것은 과연 무엇이었을까. 희망을 만든다고 믿어왔었다. 하지만 그저 끔찍한 괴물을 창조하고 있을 뿐이었다. 이성으로 무엇을 이룰 수 있다

197

고 믿었었나? 그런 말을 했던가? 생각의 생각들이 꼬리에 꼬리를 무는 동안 터질 듯이 머리가 아팠지만 수많은 질문들 중, 단 하나의 답도 찾지 못했다.

그때 간호사 하나가 진료실로 들어왔다. 그녀는 달려 들어와 던지듯 한마디를 말하고 서둘러 나갔다.

"즉시 모이세요. 긴급회의가 소집됐습니다."

커다란 천막으로 이뤄진 본부동 텐트에 들어섰을 때 이미 회의는 시작되고 있었다. 팀원들은 모여 앉아 회의실 끝에 있는 텔레비전을 바라보고 있었다. 엔지니어는 막 낡은 텔레비전에 캠코더를 연결하고 있었다. 보급 행정관은 텔레비전 앞에서 서서 테이프 내용을 간략하게 설명했다.

"얼마 전부터 물품 창고에서 식량과 의약품이 없어지기 시작했습니다. 많은 양은 아니었지만 꾸준히 없어져서 이건 의도적이고 조직적인 도난이라고 판단했습니다. 그래서 창고와 창고 주변의 몇 군데에 캠코더를 몰래 달아뒀지요. 오늘 도둑들의 모습이 찍혔습니다. CCTV가 없어서 캠코더로 찍었던 건 다행이었습니다. 소리도 같이 녹음되었거든요. 한번 들어보시죠."

엔지니어는 그의 말이 끝나기가 무섭게 캠코더를 재생했다. 한 무리의 흑인들이 철조망을 넘어 창고 가운데 모이는 것으로 화면은 시작되었다. 그들은 창고 가운데 모여 무언가 진지하게 논의했다. 범준을 비롯한 현지어를 모르는 팀원 대부분은 그들이 무슨 말을 하는지 알아듣지 못했다. 하지만 현지어를 아는 사람들의 표정은 험악하게 변했다. 몇몇의 입에서는 나지막하게 욕설이 튀어나왔다. 범준은 마른침을 삼키며, 누군가 번역해주길 기다렸다. 회의실 끝에서 붉게 충혈된 눈으로 대화를 듣고 있던 팀장은 갑자기 일어나 앉아 있던 의자를 걷어찼다. 순식간에 사람들의 시선이 그에게 쏠렸다. 팀장은 부서진 의자를 내버려둔 채 욕설을 내뱉으며 텐트 밖으로 나갔다. 행정관이 헛기침을 했다.

"알아듣지 못하신 분들을 위해 간략하게 설명하자면 이렇습니다. 이들은 예전에 학살에 참여했던 민병대로 추정됩니다. 그리고 그들은 지금 빼돌린 물품들을 어떻게 전선까지 보낼 것인가 의논하고 있습니다. 각 난민 캠프에 숨어 들어가 재정비를 하고 있는 부대가 다시 반격을 하기 위해 돌아가기 전까지 보급고를 만들어두어야 한다면서요."

한 간호사가 손을 들었다. 그녀는 혼란스럽다는 표정으로 이렇게 물었다.

"그게 무슨 소리죠? 반격이라니요? 보급이라니요?"

"그러니까 학살을 했던 민병대가 난민에 섞여들어, 혹은 난민 전체가 민병대나 민병대를 돕는 사람들일 수도 있지만, 어쨌거나 평화유지군 탓에 잃었던 전력을 보급받기 위해서 이곳에 전술적으로 후퇴해 와 있는 겁니다. 그리고 우리가 지원

199

하는 물자로 반격을, 어쩌면 또 다른 학살을 준비하고 있는 겁니다."

"그럼, 그동안 실려 왔던 총상이나 부상 환자들도……."

"예, 그동안 여긴 그들의 야전병원 역할을 한 셈이죠."

믿을 수 없는 진실에 모두 할 말을 잃었다. 지금까지 난민들을 돕고 있는 것이 아니라 재반격을 준비하는 민병대를 돕고 있었던 것이다. 캠프의 철수를 반대했던 범준은 고개를 들 수 없었다. 회의실에 있는 1분 1초가 너무나 고통스러워 접싯물에 코라도 박고 죽고 싶었다. 인류애의 실현, 참 거창하고 듣기 좋은 단어였다. 하지만 좋은 날엔 선진국의 자기만족의 도구에 지나지 않았고, 나쁜 날엔 민병대의 학살에 이용될 뿐이었다.

회의실에서는 납처럼 무거운 침묵이 흘렀다. 누군가 말했다.

"떠납시다."

그렇게 범준의 팀은 난민 캠프에서 철수했다. 자신들이 발견한 정보를 다른 NGO 단체에 알렸지만 다른 단체들은 떠나지 않았다. 수많은 홍보와 후원금, 정치적인 입장과 상황, 그리고 국제 관계에 복잡한 알력들. 떠나기에는 너무나 많은 것들이 걸려 있었다. 뿐만 아니라 그 많은 난민들이 모두 민병대일 리도 없었다. 미국 쪽을 통해 민병대에 의해 억지로 끌려온 난민들이 있다는 첩보가 되돌아왔다. 하지만 그들이 찾아낸 진실은 침묵 속에 묻혔다. 밝혀지기에는 너무나 고통스러운 현실이었으니까. 고작 추가로 취해진 조치라고는 각 단체의 물품 창고에 무장 경비대가 생겨난 정도였다. 이것은 정말이지 거대한, 그리고 너무나 아프고 씁쓸한 코미디였다. 사정을 모르는 사람들은 범준이 속한 단체가 난민을 두고 떠난다고 비난했다. 때마침 한 기자가 팀장의 폭행 사진을 찍었고, 두 사건이 맞물려 그들이 속한 단체에 씻을 수 없는 오명으로 남았다. 팀장은 결국 단체로부터 징계를 받았다. 팀원들에게 남은 것은 무기력과 고통뿐이었다.

헤어지기 직전 공항에서 범준은 팀장과 악수를 했다. 악수를 하며 팀장은 범준에게 무언가를 건네주었다. 십자가 목걸이였다.

"이런 걸 주셔도 전 안 믿습니다."

"하하, 나도 안 믿어."

범준은 술에 취해 고해성사를 받으러 갔던 밤이 떠올랐다.

"처음 이곳에 왔을 땐 나도 꽤 독실했었지. 하지만 신을 미워하지 않기 위해 신을 버렸네."

범준은 아랫입술을 깨물었다.

"줄 게 아무것도 없어서 그런다네. 부적으로 생각하든 기념품으로 생각하든 자네가 가져."

"전 드릴 게 없는데요."

"귀국하는 노인네의 짐을 늘리는 몹쓸 짓 하지 말고 그냥 가."

두 사람은 웃었다. 범준은 이 상황에서도 자신을 챙기고 농담을 할 수 있는 팀장이 부러웠다.

그렇게 다시 한국으로 돌아왔다. 그러나 쉴 곳도 마음 붙일 곳도 찾을 수 없었다. 자신의 존재가 아프리카와 이 한국이란 땅 사이 어딘가에서 죽어버린 것만 같았다. 느리고, 평화롭고 고립된, 친근한 몰이해의 세계가 다시금 눈앞에 펼쳐졌다. 이번 엔 전보다 더 나빴다. 그날의 악몽이 매일 밤 그를 찾아왔다. 불면과 기면, 그리고 악몽 사이에서 범준은 길을 잃었다. 자신이 속한 땅과 세계, 현실과 잠이 모두 뒤섞여 하나의 거대한 끝나지 않을 악몽이 되었다. 그래서 팀장을 찾아가기로 했다. 30년 간 자원봉사를 했던 그라면 어떤 답을 알고 있을 것 같았다.

토론토에 도착했을 때 비가 내리고 있었다. 시내를 벗어나 자 울창한 침엽수들이 장승처럼 서 있었다. 주소 하나만을 들고 팀장의 집 앞에 도착했을 때 막 그의 가족들이 검은 정장을 차려입고 현관에서 나오고 있었다. 범준은 하와이안 셔츠에 청바지, 그리고 비닐 우비를 입은 채 그들을 따라나섰다.

묘지에 온 사람들은 고작 열댓 명 남짓이었다. 이혼한 전처와 범준의 또래인 딸 둘, 손자 하나, 오랜 친구라는 사내 하나와 그가 평생 몸담았던 단체에서 찾아온 동료 몇이 그의 장례식에 참석한 전부였다. 사람이 없던 탓에 양복도 입지 못한 범준이 그의 관을 들었다. 그의 딸이 하와이안 셔츠를 보며 어쩐지

202

구원

아빠와 잘 어울린다고 눈물 젖은 미소를 지었다. 비 오는 묘비 앞에서 범준은 그의 관 위에 한 줌 흙을 던졌다.

팀장의 사망 시각은 아무도 알지 못했다. 악취 때문에 이웃이 민원을 넣었고, 관리인이 문을 열었을 때 이미 그의 시신은 얼굴을 알아보지 못할 정도로 부패해 있었다. 그는 목을 매달았다.

장례식을 마치고 모텔 방에 돌아와 텔레비전을 켜자 떠날 수밖에 없었던 그 나라가 나왔다. 학살은 끝났습니다. 귀환하는 난민들을 비추며 기자는 말했다. 하지만 끝이 아니었다. 병원 3층에 매달렸던 마지막 시체가 이제 막 땅에 묻혔을 뿐이었으니까. 범준에게는 모든 것이 여전히 진행 중이었다. 그리고 실제로 그랬다. 다수민족의 난민들이 몰려나왔던 이웃 나라들은 이듬해부터 하나둘 내전에 휘말렸다. 그중에는 10여 년간 수백만의 사람들이 끊임없이 죽어 나갈 전쟁도 있었다.

30년의 자원봉사 경력도 이 문제에 아무런 답을 주지 못했다. 무엇을 더 할 수 있을까? 범준은 울 수 없었다. 울음은 눈물을 흘릴 수 있는 자들의 몫이다. 모든 것이 무너져 내렸으므로 이제는 울 이유조차 없었다.

III

성과 속

처음엔 자신에게 닥친 일을 믿을 수 없었다. 말도 안 되는 일이었다. 박 신부는 지금 자신이 겪고 있는 이 일이 기분 나쁜 농담이거나 악의에 찬 장난이리라 생각했다. 장기이식부터 회사 이야기까지 모두 말도 안 되는 이야기였다. 박 신부는 닫혀 있는 문을 두드렸다. 이제 그만하라고, 하나도 재미없다고, 장난치지 말라고 외치며 문을 두드리고 흔들었지만 문은 꼼짝하지 않았다. 박 신부는 유리창에 덧댄 쇠창살에 매달렸다. 그곳에 매달려 울부짖고 짐승처럼 외쳤지만 철창은 요지부동이었다. 언덕 위에 버려진 병원으로는 아무도 찾아오지 않았다.

하루가 가고 또 하루가 갔다. 그렇게 울부짖는 동안 밖에서 돌아온 반응이란 고작 덧문이 열리고 그 아래로 식판이 들어온 것뿐이었다. 음식을 짓이겼다. 유진은 자신이 죽인 것이 아니라고, 이건 모두 잘못된 거라고 외쳐보았지만 아무 소용 없었다. 문은 굳건했고, 침묵은 차가웠다. 바닥에 버려진 김치 냄새가 병실 안에 진동했다.

억울했다. 비밀을 지켰다는 이유로, 이런 일을 겪는다는 건 말도 안 되는 일이었다. 박 신부는 화가 났다. 그럴듯하게 그들이 뭐라고 떠들건 다 궤변이었다. 저 미치광이들은 사람들을 닥치는 대로 죽여 돈을 벌고 있을 뿐이었다. 증오가 풍선처럼 부풀어 올랐다. 증오만이 갇힌 방에서 생을 실감할 수 있게 하는 유일한 것이었다. 그 좁은 공간에서 증오만이 불끈거리며 그를 타오르게 했다. 적의가 예리하게 벼려지며 자신을 납치한 자들을 죽이고 달아나는 상상을 수없이 했다. 아니다. 그것으로는 부족했다. 유진의 죽음은 자신의 책임이 아니라는 걸 입증하고 이 사이코패스들에게 그 알량한 정의감이 얼마나 허울뿐인 것인지 증명하고 싶었다. 그래서 그들을 자신의 발아래 무릎을 꿇리고 사정하게 만들고 싶었다. 세 평짜리 병실에 갇혀 박 신부는 상처 입은 야수처럼 증오를 곱씹으며 서성였다. 그가 상상할 수 있는 가장 끔찍한 방식으로 저들을 죽이는 망상만이 이 감금을 버티게 하는 유일한 힘이었다.

문이 열린다면,

문이 열린다면,

저들을 죽이리라.

박 신부는 굳게 닫힌 문을 보며 몇 번이나 이렇게 상상했다. 문만 열린다면, 문만 열린다면.

그리고 거짓말처럼 문이 열렸다. 문 너머에서 자물쇠가 풀리는 소리가 들리고 문이 열렸다. 그리고 한 의사가 모습을 드러냈다. 흰 가운을 입은 그는 몇 개의 의료용품을 가지고 그를 찾아왔다. 실장이 아니었다. 하지만 상관없었다. 어차피 한 패거리들일 테니. 가슴속에 있던 무언가가 폭발했다. 박 신부의 몸이 반사적으로 움직였다. 그는 돌진하듯 의사에게 다가갔다. 그 모습에 막 방 안에 들어온 범준은 당황할 수밖에 없었다. 범준이 한 발 뒤로 물러남과 동시에 박 신부가 앞으로 엎어졌다.

"제발, 제발……."

박 신부는 무릎을 꿇은 채 범준의 발아래 머리를 조아렸다.

"제발 살려주세요."

범준이 문가에 서서 그를 내려다보았다. 박 신부는 웅얼거리듯 말했다.

"나는 그녀를 죽이지 않았다고요. 제발, 제발 살려주세요. 뭐든지 시키는 대로 다 할게요. 제발 살려주세요."

박 신부의 눈가는 눈물로 얼룩져 있었다. 범준은 무릎을 꿇어 박 신부를 일으키려 했다.

"이러지 마세요. 제게 말해봐야 소용없습니다."

"나는 정말 아니야! 소문은 다 거짓말이란 말이야."

박 신부의 목소리가 날카롭게 갈라졌다. 범준은 한숨을 쉬었다. 15년 만의 만남이었다. 15년 전 팀장을 똑바로 보며 술이 깨고 다시 찾아오라 말하던 당당한 모습이 떠올랐다. 슬펐다. 이 사내는 어떤 일을 겪은 것일까? 그는 어떤 광기에 휩쓸려 이렇게 변한 것일까?

"뭐든 다 할게요. 살려주시면 뭐든 다 할게요."

박 신부는 그렇게 울먹이며 범준의 발아래 머리를 조아렸다.

"비밀은 걱정하지 마세요. 절대 아무에게도 말하지 않겠습니다. 비밀을 지키는 게 제 일이니까요."

범준은 분노했다. 그의 비굴함이 옛 기억을 상기시켜 고스란히 자신에게 투영되었던 것이다.

"왜 신에게 기도하지 않는 거죠! 당신은 사제잖아요? 당신의 그 잘난 신에게 정의를 호소해보시죠. 유진이 뱃속에 아이를 품고 있는 동안 당신네 신에 대해서는 생각해본 적이 없는 겁니까!"

순간 박 신부는 스프링처럼 튀어 올라 범준의 멱살을 움켜쥐었다. 박 신부의 눈빛은 불꽃처럼 타오르고 있었다.

"신 따윈 알 게 뭐야! 너 같은 놈들이 이 세상에 돌아다니고 있는데."

박 신부는 초인적인 힘으로 범준의 목을 졸랐다. 범준은 멱살이 잡힌 채 허공에 매달렸다. 두 사람 모두의 관자놀이에 핏줄이 도드라졌다.

"짐승의 자식. 더러운 놈, 살인자, 악마!"

흥분한 박 신부가 외칠 때마다 침이 사방으로 튀었다. 이마에 잔뜩 주름이 잡힌 채 그는 울음인지 웃음인지 알 수 없는 표정으로 미친 듯이 떠들었다.

구원

"목숨을 살린다고? 자발적인 거래? 사탄의 자식들. 네놈들은 그저 그럴듯한 말로 자기 합리화를 하고 있을 뿐이야. 그게 그토록 정의롭다면 네놈 목숨부터 바치지 그래? 너희 그냥 알량한 말을 떠들며 살의를 충족시킬 뿐이야. 짐승, 적그리스도! 카인의 자식!"

범준의 안색이 붉게 변했다. 입술이 보랏빛으로 변했고, 공중에 뜬 발은 허공을 찼다. 치켜뜬 충혈된 눈은 금방이라도 튀어나올 것 같았다.

"죽어, 이 살인마! 죽으라고!"

범준의 눈은 뒤집어지고 있었다. 벌린 입에서는 신음이 토막처럼 잘린 채로 뚝뚝 끊어져 흘러나왔다.

"죽어! 죽어! 죽어!"

박 신부는 절규했다. 범준의 가느다란 숨소리가 마지막으로 파닥거리고 있었다. 광기로 불타오르는 박 신부의 모습이 범준의 시야에서 검게 흐려졌다. 순간 박 신부의 눈썹 끝이 치켜 올라갔다. 멱살을 잡은 손에 힘이 빠졌다. 자신의 앞에 있는 사내를 알아보았던 것이다. 말라리아에 걸려 신열에 들뜬 채 지샜던 밤이 마치 어제 일처럼 다가왔다.

고해성사를 해달라고 말하는 팀장을 보며 박 신부가 가장 먼저 느낀 감정은 동정심이었다. 고국으로 떠난 주임신부보다 분명 젊었을 팀장은 마치 폭삭 늙은 노인처럼 보였다. 같이 온 범준은 술에 취한 채 신에 대한 분노를 닥치는 대로 쏟아놓고 있었고, 자신의 몸조차 가누지 못했다. 박 신부는 두 사람이 그럴 수밖에 없는 이유가 하느님의 사랑이 없기 때문이라고 생각했다. 주임신부의 장백의를 입는 일을 토마스가 돕던 순간을 떠올리면 이 두 사람의 모습과 너무나 대비가 되었다. 믿음이 없는 삶에서는 선의조차 길을 잃고 있었다. 박 신부는 오롯이 이 영광을 하느님께 돌렸다. 그리고 자신도 주임신부처럼 아름다운 사제가 되리라 믿어 의심치 않았다. 다만 무엇이 그들을 이토록 피폐하게 만들었는지 궁금할 따름이었다. 그래서 박 신부는 이유를 물었다. 범준이 담담하게 자신의 이야기를 풀어놓는 동안 박 신부의 마음은 복잡했다. 그토록 강렬한 선의도, 고결한 마음도, 거대한 세상의 흐름 앞에선 어쩔 수 없었다. 그의 이야기를 들으며 한편으로 팀장에게 미안함을 느꼈고, 유감스러웠지만, 그들의 고통을 왜 십자가를 지고 계신 이에게 맡기지 않는 것인지 이해할 수 없었다. 세상 앞에 한 인간은 무기력할 수밖에 없었다. 그렇기에 우리는 신에게 의지하는 것이다. 팀장을 등에 업은 채 병실을 떠나는 범준의 뒷모습을 보면서 박 신부는 그들에게 측은함을 느꼈다. 아니, 적어도 그 순간엔 그렇게 믿었다.

그러나 많은 일들을 겪고, 박 신부도 고통에 눈을 떴을 때, 고국으로 돌아오는 비행기 안에서 그것이 어떤 종류의 부러움인지 깨달았다. 박 신부가 그곳에 간 이유는 그저 추기경이 되

구원

는 데 필요한 경력이 될지 모른다는 속된 꿈 때문이었다. 범준이 보았다던 유엔에 가고 싶어 하는 스무 살짜리 아가씨와 자신은 뭐가 다른 걸까. 너무나 수치스러워 고개를 들 수 없었다. 범준에게는 영생의 약속도, 복락의 미래도 없었다. 신의 사랑도, 조그만 현실적인 보답도 없을 그 외롭고 막막한 길을, 그는 묵묵히 자신의 회한을 짊어진 채 가고 있었던 것이다. 박 신부는 오른손을 펼쳐보았다. 희고 말간 손 어디에서도 죄의 흔적은 보이지 않았다. 그랬다. 그것은 눈에 보이는 흔적은 아니었다. 하지만 낙인은 너무나 선명하게 남아 있었다. 주먹을 쥐면 그것이 불타고 있음을 느낄 수 있었다. 박 신부는 고개를 숙이고 울음을 터뜨렸다. 3만 피트 아래 바다가 구름 사이로 일렁이고 있었다.

박 신부는 유령이라도 본 듯한 표정으로 들숨을 쉬며 범준의 멱살을 풀었다. 범준이 바닥에 쓰러졌다. 박 신부의 얼굴은 파랗게 질렸다. 그는 비틀거리며 뒷걸음질 쳤다. 쓰러진 범준은 숨이 넘어갈 듯 기침을 했다. 박 신부는 주저앉았다. 그리고 고개를 숙인 채 울음을 터뜨렸다. 범준은 거친 호흡을 가다듬으며 박 신부가 다시 다가올지 모른다는 두려움에 엉덩이를 바닥에 댄 채 뒤로 물러섰다. 잠시 기묘한 두 사람의 대치가 박 신부의 울음소리 속에서 계속되었다. 그리고 갑자기 박 신부가 고개를 들었다. 증오로 달아오른 붉은 눈이 범준을 응시하고 있었다. 박 신부는 다시 덮칠 듯이 그를 향해 다시 달려들었다. 범준은 오른팔을 들어 막았다. 하지만 그의 행동은 예상과 달랐다.

"제발! 제발 살려주세요. 제발!"

박 신부는 머리를 조아린 채 애원했다. 마치 자동 인형처럼 머리를 바닥에 찧으며 아이처럼 울고 있었다. 익숙하고 비릿한 무력감이 위로하듯 그를 감쌌다.

*

말라리아에서 나아 본당으로 돌아갔을 때, 그를 처음 반긴 것은 다시 일어난 강간 살해 사건이었다. 도시로 일하러 갔던 소수민족 출신의 아가씨 둘이 고향에 왔다가 시신으로 발견된 것이다. 멀지 않은 곳에 투표를 감시하기 위해 유엔 평화유지군 1개 중대가 파견을 나와 있었기에 그들에게 연락했다. 어차피 경찰이 민병대를 제대로 조사할 수 있을 리 없었다. 유엔 평화유지군 장교가 나와서 마을 원로와 박 신부에게 몇 가지 형식적인 질문을 했다.

"상부에 연락하겠습니다만, 큰 기대는 하지 않는 게 좋습니다."

"무슨 소리죠?"

"민감한 시기입니다. 이 일이 어떤 정치적인 빌미가 되어선

구원

안 된다는 소리죠."

"아니, 두 명의 여성이 강간당하고 죽었는데 어떻게 정치적인 문제라는 겁니까?"

"선거를 앞두고 반군이나 민병대가 무장해제를 할 수 있으리라는 낙관적인 기대는 이제 더 이상 할 수 없어요. 하지만 선거는 진행해야 하죠. 이 지역에 주둔하고 있는 민병대는 최소한 천 명에서 이천 명 사이로 추산하고 있습니다. 모두 정부 여당의 강경파 지지자들이고요. 하지만 우린 고작 백 명이 채 안됩니다. 산수를 할 줄 아신다면 이게 뭘 뜻하는지 아시겠죠?"

"아니 십 대 일이든 백 대 일이든 무고한 사람이 둘이나 죽었는데 이 일에 책임을 물을 수도 없고, 앞으로 일어나는 것도 막을 수 없다는 말입니까!"

"두 명의 죽음은 정말이지 유감입니다. 하지만 선거가 치러지지 않는다면 이 나라의 미래는 없습니다."

병원에 찾아왔던 범준과 팀장이 떠올랐다. 여기서 납득하면 이 장교와 다를 바 없었다. 세 달 사이 벌써 두 번째였다. 박신부는 자동차에 올라탔다.

그는 차를 몰고 민병대의 주둔지로 향했다. 기세 좋게 나섰지만 그들이 주둔하고 있는 산 입구에 있는 검문소조차 통과하지 못했다. 박 신부는 수단을 입고 왔다. 원래 외출할 땐 수단을 입지 않았지만 공식적인 항의 방문이라는 것을 표현하고 싶었던 것이다. 위병들에게 자신은 이곳 교구를 담당하는 사

215

III

제라며 책임자를 보고 싶다고 했다. 장교가 어디론가 전화를 했고, 꽤 오랫동안 이야기를 주고받았다. 주민의 절반이 믿는 종교였고, 그것은 민병대의 절반이 믿는다는 의미이기도 했다. 따라서 신부를 무시할 수는 없을 터였다. 전화를 끊은 초소 장교는 잠시 기다리라고 했다.

앉아서 기다리는 동안 박 신부는 범준과 팀장을 생각했다. 그들을 만나지 않았다면, 이곳에 항의 방문할 생각은 차마 하지 못했을 터였다. 그들에게 좁고 곧은 길에 대해 말했으므로 자신의 말을 입증해야 했다. 그들은 약자들을 위해 헌신했지만, 그럼에도 돌아온 것은 고통뿐이었다. 고통이 존재한다고 해서 신의 섭리를 부정할 수는 없었다. 분명 신은 더 크고 깊은 사랑을 가지고 그의 길을 예비하고 있을 터였다. 그러므로 박 신부는 그 사실을 몸소 입증하는 수밖에 없었다.

힐끔힐끔 그를 바라보던 검문소 병사들의 시선도 시들해질 무렵, 장교 하나가 낡은 트럭을 타고 내려왔다. 검문소를 지키고 있는 사람들이 일제히 경례하는 것으로 미루어 제법 직책이 높아 보였다. 박 신부 역시 자리에서 일어났다. 되돌아오는 싸늘한 눈빛을 보며 이야기가 쉽지 않으리라는 것을 직감할 수 있었다. 먼지를 뒤집어쓴 군복을 입은 그는 날카로운 인상에 비쩍 말라 있었지만, 꽤 능숙하게 불어를 구사했다. 제법 공부한 엘리트임에 틀림없었다. 간단하게 인사를 나눈 두 사람은 의자에 얼굴을 마주하고 앉았다.

구원

"저희 마을에 여성 두 명이 죽었습니다."

"유감이네요."

"저는 당신들 중 누군가가 저지른 짓이라고 믿고 있습니다."

"증거가 있습니까?"

"목격자가 있습니다."

"목격자란 사람은 분명히 소수민족 출신이겠지요?"

"그게 무슨 소리죠?"

"우리가 여기 있는 걸 싫어하는 사람들이 있다는 뜻이지요."

"아니요, 이런 일이 처음이라면 그 거짓말을 믿어드릴 수도 있겠지요. 작년은 그렇다 쳐도 올해만 벌써 두 번째입니다."

"글쎄요, 저희 부대원들은 민병대입니다. 아시다시피 통제가 쉽지 않죠. 그러므로 혹시 울분에 찬 누군가가 그런 일을 할 수도 있겠죠. 하지만 작년이라면 모를까 적어도 이번 주엔 우리 부대원 누구도 그쪽에 간 일이 없습니다."

"증명할 수 있습니까?"

"글쎄요. 제가 그래야 할 이유가 있나요? 그리고 저는 우리 병사들을 믿습니다."

"믿고 싶은 건 아니고요? 당신들이 왜 여기 있는지 이해가 안 가는군요. 당신들이 지지하는 대통령이 최소한 현재 집권 하고 있잖아요."

"북쪽 국경에선 벌레 같은 반군들이 꾸역꾸역 밀려오는데 정부군이랍시고 그들에게 동조하는 놈들도 있습니다. 그 꼴을 그냥 보고 있을 수 없죠. 그래서 우리들이 직접 총을 들고 일어선 겁니다. 사실 그들을 참여시켜 선거를 한다는 것 자체가 역겨운 발상이죠. 벌레들은 박멸의 대상이지 협상의 대상이 아니니까요."

"그래서 여자아이들을 강간하고 죽이는 겁니까? 이 조용하고 평화로운 마을의 순박하고 착한 사람들을 괴롭히는 겁니까?"

민병대 장교는 피식 웃었다. 입술 아래쪽이 이상한 모양으로 뒤틀렸다. 턱 밑에 가려 있던 흉터가 모습을 드러냈다.

"여기까지 찾아온 당신의 용기는 높이 평가합니다. 원래 여기는 늙은 백인 담당 아니었나요?"

"주임신부님은 안식년이라 고국에 돌아갔습니다. 내년에 돌아오시죠."

"그렇다면 임시인 모양이군요. 그래서 그런지 정말 아무것도 모르시네요. 우리의 이상은 큽니다. 그깟 벌레 몇 마리를 죽이려고 여기에 모여 있는 게 아니란 말입니다. 훨씬 큰일을 할 겁니다. 그러니 그런 사소한 일에 쓸데없는 억측만 가지고 이렇게 찾아오지 않았으면 좋겠군요."

박 신부는 말끝마다 소수민족을 벌레라 부르는 그의 말투가 마음에 들지 않았다. 자신도 모르게 박 신부의 언성이 높아졌다.

"억측이 아닙니다. 마을 사람들이 두려워하고 있습니다."

218
구원

장교는 웃음을 터뜨렸다.

"당신의 주장처럼 마을 사람들이 우릴 싫어한다면 우리가 이곳에 그토록 오래 주둔할 수 있었을까요? 저 산꼭대기에 그 많은 병사들이 밭도 갈지 않고 씨앗 하나도 심지 않고 어떻게 지낼 수 있다고 생각합니까? 월급도 없고, 명예도 없는데 저들이 어떻게 저렇게 많이 모였다고 생각합니까?"

박 신부는 뒤통수를 망치로 맞은 기분이었다. 민병대는 공식적으로 정부 여당의 지지를 표방하고 있었고, 반군의 남하를 막는 가장 큰 세력 중 하나였다. 하지만 그들이 어떻게 이곳에 주둔할 수 있었는지에 대해서는 한 번도 생각해본 적이 없었다. 막연히 정부에서 돈이 내려오리라 믿고 있었다.

"벌레들을 제외하고 인근 지역의 모든 사람은 저희가 여기 주둔하길 바라고 있다는 걸 제가 보증하죠. 그들에게 식량을 보급받고 있으니까요. 반군을 막아주는 대가로."

박 신부는 민병대 장교를 노려보았다. 미처 생각지 못한 말에 당황했지만, 그렇다고 그들이 저지른 짓을 용서할 수 있는 것은 아니었다.

"당신들이 어떻게 이곳에 머무는지는 제가 알 바도 아니고 알고 싶지도 않습니다. 제가 말하고자 하는 것은 저희 본당이 있는 마을에서 여자아이 둘이 죽었다는 것과 그 책임이 당신들에게 있다는 겁니다."

"우리에겐 훨씬 큰 과업이 있습니다. 저기 있는 병사 하나하나까지 온 힘을 다해 준비 중이죠."

그는 박 신부에게 얼굴을 바짝 들이밀었다. 목소리가 낮고 굵어졌다.

"비밀이라 당신에게 그 작전에 대해 말해줄 수 없는 게 안타 깝네요. 만약 우리 병사들 중 누군가 그 벌레들을 죽였다면 저 는 기뻐서 당신에게 자랑했을 겁니다. 하지만 지난주부터 우 리 부대원 중 누구도 이 지역을 떠난 적이 없습니다. 그러니 그 훌륭한 투사는 다른 곳에서 찾아보는 게 좋을 겁니다."

장교의 눈빛에는 어느새 살기가 감돌고 있었다. 박 신부는 마른침을 삼켰다. 수단을 입고 와서 다행이었다. 떨리는 무릎 을 감출 수 있으니까. 약한 모습을 보일 수 없었다. 자신이 떨면 그는 하느님을 우습게 여길 터였다. 이 자리에 있는 것은 하나 의 신부가 아니라 교회였던 것이다. 박 신부는 자리를 박차고 일어나 선언하듯 말했다.

"더 이상의 죽음은 용서할 수 없습니다. 결코 그냥 넘어가지 않을 겁니다."

"그럼 어떻게 하겠다는 겁니까?"

그는 웃었다. 무력감이 박 신부를 덮쳤다. 그가 옳았다. 박 신부가 할 수 있는 일이라고는 고작해야 이게 전부였다. 그에 게는 하느님이 있었지만, 성서와 십자가로 AK 소총을 막을 수 는 없었다. 많은 이들이 하느님을 믿었고 교회를 존중했지만, 동시에 지난 수십 년간 내전을 치러왔었다. 박 신부는 오랫동

구원

안 이곳의 다른 사제들이 마주 서야 했던 벽 앞에 있음을 깨달았다. 하느님의 품은 넓었다. 너무 넓어서 서로 증오하는 이들조차 서로를 죽이며 똑같이 하느님을 믿을 수 있었다. 그렇다면 하느님을 믿는 일은 무슨 의미가 있을까?

박 신부는 인사도 없이 돌아서서 위병소 밖으로 향하는 문으로 향했다. 장교가 물었다.

"도대체 황인종이 이곳에 뭐 하러 온 겁니까?"

박 신부는 멈춰 서서 생각했다. 예전 같으면 한국에 찾아왔던 사제들의 보답을 운운하는 답을 했을 것이다. 하지만 이제는 달랐다. 주임신부가, 토마스가, 마을 사람들이 그가 해야 할 일을 가르쳐주었으니까.

"주님의 사랑을 따르려 왔을 뿐입니다."

등 뒤로 장교의 웃음소리가 들렸다.

"사랑, 좋죠. 특히나 아무것도 모르는 숫총각들은 정말 쉽게 사랑에 빠지니까. 첫 키스를 하고 품에 파고들 때까지는 상대의 모든 게 아름다워 보이는 법이니까. 하지만 아침에 깨어나 당신이 사랑한다고 믿는 상대의 진짜 얼굴을 본 후에도 여전히 그럴 수 있을까요?"

돌아오는 길, 서쪽 하늘은 온통 황혼에 물들어 있었다. 구릉과 구릉을 넘어 멀리 성당이 보이는 분지로 들어서자 처음 이곳에 왔을 때 그를 반겼던, 다정하고 아름다운 풍경이 모습을 드러내었다. 사탕수수밭과 차밭은 온통 붉었다. 바람이 불 때마다 붉은 물결이 성당을 향해 일렁거리고 있었다. 너무나 아름다워서 가슴속 깊이 이 땅을 사랑하는 마음이 절로 샘솟았다. 성당의 아래쪽 마을에서는 저녁 짓는 연기가 피어오르고 있었고, 밭에서 일을 마치 돌아오는 농부들이 일렬로 늘어선 채 묵묵히 도로 위를 걷고 있었다. 계곡의 개울가에서 나온 아이들이 물고기가 든 양철통을 든 채 도로 옆 비탈을 올라왔다. 수단을 입은 채 운전을 하는 박 신부의 모습을 알아보고 아이들이 다정하게 손을 흔들었다. 박 신부 역시 그들을 향해 미소 지었다. 순간 민병대 장교가 마지막으로 했던 말이 떠올랐다. 박 신부는 점점 자신이 알고 있다고 믿는 것에 대해 자신이 없어졌다. 정말 자신이 잘해가고 있는 것일까? 민병대 장교가 말했던 계획이라는 것은 무엇일까? 민병대가 장교의 말처럼 지난주부터 그들의 주둔지를 떠나지 않았다면 과연 두 여자아이의 죽음은 어떻게 된 것일까? 기자들에게 들었던 낙관론은 이제 완전히 빛이 바래 희미할 지경이었다.

본당은 황혼을 받아 핏빛으로 붉게 물들어 있었다. 범준에게 들었던 이야기가 다시 떠올랐다. 그가 느꼈던 무력감이 이런 것이었을까? 자신 역시 이곳에서 무력감만을 얻어 돌아가게 되는 걸까? 낡은 엔진 소리가 들리는 운전석 안으로 서서히 절망감이 차올랐다. 그렇게 언덕길에 올랐을 때 토마스의 모습이 보였다. 아이는 빗자루를 든 채 성당 앞마당을 청소하고 있었다. 황혼을 고스란히 등진 채 아이는 웃고 있었다. 성당을 청소하는 저 귀찮은 일이 어떻게 저런 미소를 그에게 만들어 줄 수 있을까. 하느님의 사랑이 우릴 지켜주실 거야. 이제 고작 석 달째였다. 아직 많은 것을 모를 수 있었다. 하지만, 하나하나 노력하면 이곳의 많은 일을 이해하고 그들을 사랑할 수 있을 거라고, 박 신부는 그렇게 믿고 싶었다.

민병대 문제를 묻기 위해서 본당에서 마을 원로를 부른 것은 다음 날 저녁이었다. 그는 민병대를 지지하는 마을 사람이 있냐는 물음에 고개를 끄덕였다. 그렇다면 그들이 마을에서 어떤 세력을 형성하고 있냐는 물음에는 고개를 저었다.

"정치적 입장이야 다를 수 있지만, 농사를 짓는 데는 다른 사람이 필요하니까요. 우리는 농부고 농사 외에 다른 일은 부차적인 문제입니다. 마을 사람들끼리 패가 갈려 있다면 일하는 데 그만큼 손해죠. 이곳에서 돈이 되는 작물들은 하나같이 사람 손이 많이 가거든요. 아마 도회지로 나간 형제나 가족보다 이곳의 이웃들이 서로 더 가까울 겁니다."

박 신부는 고개를 끄덕였다. 정치적 견해가 다르다 해서 서로를 증오한다는 것은 말이 안 됐다. 원로의 말처럼 이들은 농부였고, 땅을 사랑하는 마음은 어디나 같은 거라고, 어제의 예감은 기우에 지나지 않는다고 믿고 싶었다. 하지만 그렇다면 두 여자아이의 죽음은 어떻게 설명해야 하는 걸까. 좀처럼 걱

223

III

정을 떨쳐버리지 못하고 있는 그의 모습을 보며 마을 원로는 화제를 돌렸다.

"그런데 아직도 여기 집무실에서 주무시고 계신 겁니까?"

그는 책상 뒤편에 모기장이 쳐진 간이침대를 보고 이렇게 물었다.

"예, 한동안 밀린 일들을 처리하느라고요."

"이제는 사제관에서 지내시지요. 몸을 돌보시지 않으면 또 아프실 겁니다."

"안 그래도 토마스에게 사제관의 신부님이 쓰던 방을 청소해두라고 했습니다."

"제가 젊은 시절, 지금 주임신부님이 오시기 전까지 10년간 이곳 성당이 텅 비었던 적이 있었습니다. 막 식민국에서 독립하고 뒤숭숭하던 시절이었지요. 반군과 정부군이 동쪽 봉우리와 서쪽 봉우리에서 서로 대치하며 하루에도 몇 번씩 박격포를 쏴댔죠. 학교도 없었고, 미사도, 성사도 아무것도 할 수 없었습니다. 다른 마을의 빈 성당들을 보시면 신부님도 상상할 수 있을 겁니다. 제가 살아 있는 동안 그런 참담한 광경을 다시 보고 싶지 않습니다. 자기 몸을 돌보는 게 교회를 지키는 거니까 제발 신경 쓰세요."

박 신부는 묘한 자긍심을 느꼈다. 로마에서 비행기를 탈 때만 해도 자신은 막 서품을 받은 풋내기 사제에 지나지 않았다. 하지만 이 순간 이곳에서 자신보다 두 배 이상이나 나이가 많은 원로가 자신을 진심으로 걱정하고 있었다. 어쩌면 어제 민병대를 찾아간 것도 그렇고, 스스로에게 너무 많은 것을 기대하고 있는 것인지도 몰랐다. 자신은 사제였다. 사제가 세상의 모든 문제를 해결할 수는 없었다. 범준의 이야기를 듣고 자극받은 탓에 너무나 많은 걸 바라고 있는 거라고 스스로를 타일렀다. 사제가 할 수 있는 것은 교회를 지키고 하느님의 뜻에 순명하는 것이지 세상을 바꿀 수 있다고 믿는 것은 일종의 오만함일 터였다.

원로가 돌아가자 간이침대 위에 달려 있는 모기장을 떼어냈다. 이곳 교구에서 일어나는 모든 일은 그의 책임이었다. 심지어 자신의 건강조차도. 박 신부는 교구를 맡는다는 말의 의미를 실감했다. 원로의 말처럼 이젠 정말 사제관에 들어갈 때였다.

성당과 같은 적벽돌로 지어진 사제관은 이곳과는 어울리지 않는 유럽풍이었다. 그렇다고 고급스럽다거나 화려하다는 의미는 아니었다. 유럽 구석 어느 시골에 있을 법한 소박한 농가 같았다. 바닥에는 나무가 깔려 있었고, 낡은 옷장과 책상, 무릎을 꿇고 기도할 수 있는 기도대가 있었다. 기도대를 제외하고는 그가 10년간 거처갔던 기숙사의 방들과 크게 다를 바 없었다. 십자가는 벽에 달려 있었고, 낡은 책상은 군데군데 움푹 패어 검게 변색되어 있었다. 낡은 리넨 커튼은 쪼글쪼글하고 누

225

렇게 때가 타 있었고, 유리창의 나무틀 역시 군데군데 칠이 벗겨져 있었다. 환기를 위해 창을 열자마자 부풀어 떨어진 페인트 조각들이 창틀 사이에 끼어 있는 것을 볼 수 있었다. 토마스가 열심히 닦았는데도 세월의 흔적은 어쩔 수 없었다. 박 신부는 가져온 모기장을 침대에 달았다. 벽에 남아 있는 검은 자국의 정체가 무엇인지 궁금했는데, 이내 그것이 그을음이며 전기가 들어오기 전 등을 놓았던 자리라는 사실을 깨달았다. 그 흔적에 박 신부는 감동했다. 주임신부와 주임신부 이전의 이름 모를 사제들 그리고 이 성당에 최초 벽돌을 쌓았을 선교사까지, 이곳의 성무가 그들에 의해 계승되고 있었던 것이다. 그들은 촛불과 기름을 태워가며 기도드리고 하느님의 사랑을 전파했던 것이다. 박 신부는 그 차갑고 딱딱한 얼룩을 쓰다듬었다. 손끝으로 알 수 없는 뭉클함이 전해졌다. 이 위대한 연대의 일부라는 소속감이 그를 떨리게 했다.

박 신부는 약간 들뜬 마음으로 성무일도대로 끝 기도를 드렸다. 이곳의 전임자들처럼 자신에게 주어진 의무를 감당할 수 있기를 진심으로 기도했다. 기도를 마치고 박 신부는 침대로 들어갔다. 간이침대에서는 느낄 수 없던 부드러운 푹신함이 그를 반겼다. 침대가 사람을 이토록 행복하게 할 수 있다니. 입에서 절로 감사 기도가 흘러나왔다. 보스락거리는 이불 속에서 그는 오랜만에 수많은 걱정들을 잊은 채 편히 잠들 수 있었다.

구원

그녀는 박 신부가 고등학교 시절 알고 지내던 수녀님이었다. 부드러운 목소리의 그녀는 잘 웃었다. 열일곱의 박현석은 그녀를 웃게 만들 수만 있다면 뭐든지 할 수 있다고 생각했었다. 그랬다. 그에게도 그런 열정을 품었던 시기가 있었다.

창밖에 비가 오고 있었다. 두 사람은 나란히 침대에 걸터앉아 있었다. 그녀는 팔을 뻗어 현석의 손을 잡았다. 현석은 이래서는 안 된다고 생각했다. 하지만 그녀의 손은 너무나 따뜻하고 보드라웠다. 밀도 높은 공기가 방 안을 가득 채우고 있었고, 숨조차 크게 쉴 수 없었다. 그녀는 현석을 밀어 침대 위에 눕혔다. 몸은 시트 아래로 깊숙이 가라앉았다. 빗소리가 더욱 높혔다. 드르륵. 바지의 지퍼가 내려가는 소리에 소스라치게 놀랐다. 곧이어 따뜻하고 부드러운 그녀의 손이 들어왔다. 현석은 마른침을 삼켰다. 온몸의 피가 한 점으로 응축되는 것 같았다. 그때 그녀가 상체를 숙였다. 부드럽고 축축한 막 같은 것이 단단해진 그의 중심을 감쌌다. 그녀의 머리가 천천히 움직이기 시작했다. 리듬에 맞춰 그녀의 머리카락이 찰랑거리면서 뜨거운 열기가 몸의 중심에서 퍼져나가 척추를 타고 올라왔다. 마치 마비라도 된 것처럼 온몸이 굳어버렸다. 전기처럼 강렬한 느낌이 척추를 따라 파도처럼 밀려왔다. 자신도 모르게 고개를 젖혔다. 그때 벽에 달린 십자가가 눈에 들어왔다. 현석은 소스라치게 놀라 그녀를 밀쳤다.

눈을 떴을 때 어둠 속에 흰 장막이 안개처럼 드리워 있었다. 박 신부는 이내 그것이 모기장이며 이곳이 성당에 딸린 사제관임을 깨달았다. 등은 식은땀으로 흥건하게 젖어 있었다. 침실 안 공기는 어떤 종류의 시큼한 냄새를 품고 있었다. 몽정이었다. 일이 한가해졌다고 이런 꿈을 꾸다니. 박 신부는 반사적으로 성호를 그었다. 속옷은 어떻게 하나. 자신의 꼴이 너무나 한심했다.

막 상체를 일으키려는 순간, 그 쾌감이 다시 한번 그의 척추를 따라 올라 온몸을 뒤흔들었다. 놀란 박 신부는 튀어 오르듯 침대에서 일어났다. 드리워진 흰 모기장 앞에 검은 어둠 같은 것이 고여 있었다. 온몸에 소름이 돋았다. 박 신부는 자신이 몽정을 하게 한다는 서큐버스를 보았다고 생각했다. 겁에 질려 기도문을 외우려던 순간 그림자가 먼저 말했다.

"Officium."

처음에는 무슨 소리인지 알아듣지 못했다. 겁에 질린 그가 성호를 그리자 그림자는 다시 한번 말했다.

"Officium."

'의무'라는 뜻의 라틴어였다. 목소리가 낯익었다. 그것은 토마스의 목소리였다. 그는 팔을 뻗어 침대 옆에 놓인 등을 켰다. 눈앞에는 겁에 질린 아이가 있었다. 아이는 경련하듯 '의무'라는 라틴어를 반복했다. 머릿속이 하얗게 변했다. 무슨 일이 일어난 걸까? 무릎까지 내려가 있는 자신의 잠옷과 축축한

구원

성기, '의무'라는 단어를 반복하는 복사 아이. 이 모든 상황을 종합적으로 이해하는 데는 약간의 시간이 필요했다. 그리고 그 의미를 명확히 깨달은 이후에도 박 신부는 한동안 아무 말도 할 수 없었다. 밤바람에 유리창이 덜컹거렸다. 그는 토마스에게 짧은 현지어로 더듬거리며 말했다.

"나에겐 필요 없다."

아이는 겁에 질린 커다란 눈망울로 고개를 끄덕였다. 박 신부는 토마스에게 가서 자라고 말했다. 아이는 맨발로 침대에서 내려가 모기장을 젖히고 어둠 속으로 소리 없이 사라졌다. 어둠 너머에서 문이 닫히는 소리가 들렸다. 박 신부는 침대 옆에 켰던 등을 끄고 다시 누웠다. 그러자 지금까지 있었던 모든 일이 마치 하나의 악몽처럼 느껴졌다. 이것이 제발 꿈이기를. 하지만 그곳은 아이의 침으로 여전히 축축했다.

"자네에겐 자네의 길이 예비되어 있을 거야. 나처럼 이 일에서 즐거움을 찾는다면 이 일이 자네에게 맞는 것이겠지."

주임신부의 목소리가 들렸다. 박 신부는 튀어 오르듯 자리에서 일어났다. 문을 부술 듯 열고 화장실로 달려갔다. 그가 찾았던 즐거움은 바로 이것이었던 걸까. 아무것도 모르는 고아 아이를 데려다가 그것이 복사의 의무라고 말하며 자신의 욕망을 충족시키는 것이. 왈칵, 뱃속에 있던 것들이 쏟아져 나왔다.

화장실 밖으로 나왔다. 눈앞의 어둠은 너무나 짙었다. 침실로 돌아가는 길을 도저히 찾을 수 없을 것 같았다. 박 신부는 비로소 하나의 장막이 걷히고 자신에게 진짜 이곳의 모습 중 하나가 드러났음을 깨달았다. 진짜 얼굴을 보고도 사랑할 수 있겠냐는 민병대 장교의 목소리가 어둠 너머에서 들렸다. 팔을 뻗었지만 그조차 어둠이 삼켜버렸다.

구원

낙원의 침묵

"자네는 정말 주님의 은총을 받은 사람 같으이."

지난 분기 예산의 사용 내역을 보고하고 나자 주교는 갑자기 박 신부에게 이렇게 말했다.

"전임자가 10년간 애쓰던 일이 자네가 임시로 와 있을 때 이뤄지다니 말이야."

주교는 환한 표정으로 본당 옆 학교 건물과 고아원을 짓는 예산이 외방 전도회에서 승인을 받아 내려왔다고 말했다. 박 신부는 들고 있던 펜을 떨어뜨렸다.

"표정이 왜 그런가? 임시로 내려왔는데 골치 아픈 일을 맡았다고 생각하는 건가?"

"아닙니다. 저야 영광입니다. 하지만 사제가 된 지 1년도 되지 않은 제가 제대로 할지 걱정이 앞서네요."

박 신부는 애써 미소 지으며 이렇게 둘러댔다.

"인간의 힘으로 하려면 무리겠지. 하지만 다 하느님이 하시

231

는 일이라네. 자네는 기도하고, 하느님이 주시는 명에 따르기만 하면 잘될 거야."

주교는 웃으며 이렇게 말했다.

"학교 건물을 짓는 일은 나도 발 벗고 나섰던 일이지만, 매번 좌절했었지. 지난 내전 기간 내내 학교 건물들이 반군과 정부군, 민병대의 부대로 사용되면서 모두 부서져버렸거든. 공부한 사람들이 없으니 사제가 나올 수가 없고, 사제가 없으니 교구 사정이 점점 열악해지는 악순환의 반복이었지. 더구나 고아원이 만들어지면 내전 중 버려진 아이들이 떠돌다 다시 반군이나 민병대가 되는 악의 사슬도 끊을 수 있지 않나."

그랬다. 민병대나 반군의 대부분은 전쟁고아들 출신이었다. 버려진 그 아이들을 먹여 살릴 만한 단체는 역설적으로 그런 내전의 원흉밖에 없었다. 뿐만 아니라 건물도 없고 선생님 세 명에 칠판 하나뿐인 지붕도 없는 학교가 사제를 양성할 수 있을 리도 없었다. 교과서는 학생 수에 비해 턱없이 모자랐고, 책상도 없이 의자뿐이었다. 과목이라고는 공용어인 불어와 산수, 그리고 과학과 음악, 체육이 전부였다. 본당 안에서 학교를 운영하려고도 했지만 한낮에도 어두운 건물 안에서는 수업을 진행할 수 없었다. 하지만 건물이 생기면 정식으로 인가를 받을 수 있고, 학력도 인정받을 수 있으며, 외방 전도회에서 매년 예산이 내려올 터였다.

"이제 천국에 가도 선교사님들과 전임 교구장님들의 얼굴을 볼 수 있겠지."

주교는 턱에 듬성듬성 난 수염을 쓰다듬으며 애써 기쁨을 감추지 않았다. 사정이 괜찮은 나라 어디선가에서 사제가 제 발로 찾아오길 기다리는 일은 지난 20년간 소용없었다. 적어도 중학교 과정까지 가르칠 만한 학교를 만들 수 있다면 그 이상은 이웃 나라에 있는 성소국에 위탁해 사제로 키울 수 있었다. 주교가 가장 두려워하는 것은 이제 칠순을 코앞에 둔 안식년 중인 주임신부가 은퇴하면 사제라고는 주교와 달랑 한 명의 사제만 남은 텅 빈 교구가 될 것이라는 사실이었다.

이 정도라면 통폐합되어 사라져야 할 교구였지만, 그럴 수도 없었다. 행정 구역상 나눠야 한다는 원칙 외에도, 식민지 시절만 해도 10여 개의 성당과 서른다섯 명의 사제, 수만 명의 신자를 자랑하던 역사와 규모가 있는 교구였다. 역사만큼이나 사정도 복잡해 반군이 밀고 내려오고 민병대가 주둔하면서 전선 사이에 끼인 탓에 인근 교구들도 안전상의 이유로 합치고 싶어 하지 않았다. 뿐만 아니라 여전히 마을을 돌아다니면 수많은 신자들이 있는 걸 볼 수 있었다. 주교의 말을 빌리자면 목자 없는 양떼들의 천국인 셈이었다. 유엔 평화유지군과 함께 미국에서 일군의 개신도 선교사들이 오면서 주교는 내심 초조한 기색을 감추지 못했다.

그러나 주임신부의 실체를 알게 된 지금, 박 신부에겐 그 의미가 예사롭지 않게 다가왔다. 과연 그가 와서 학교의 학장이 된다면 무슨 일이 벌어질까. 얼마나 많은 아이들이 그에게 신성한 의무를 강요당할까?

박 신부는 오늘 주임신부와 토마스에 관한 일을 보고할 생각이었다. 지난 분기 예산을 보고하고 나서 교구 내에 긴급한 문제들을 상의할 때, 조심스럽게 이야기를 꺼낼 생각이었다. 그러나 지금 보고가 된다면 학교와 고아원을 짓기 위한 예산이 어찌 될지 불을 보듯 뻔했다. 그렇다고 주교가 이런 문제를 스스로 지고 갈 위인도 아니었다. 만약 그가 능력 있고 책임감 있는 주교였다면 작은 학교를 짓는 예산을 타내는 데 10년이나 걸릴 리도 없었다. 오랜 내전 기간 동안 그는 민병대와 반군 사이에 어떤 평화를 위한 가교 역할도 하지 않았고, 안전한 후방에서 결코 나오지 않았다. 정치와 종교는 무관하다는 철저한 종교적 방임이 이 혼돈스러운 교구의 기본 정책이었다. 박 신부는 이 십자가를 아직 내려놓을 수 없음을 깨달았다. 적어도 학교 건물이 완성될 때까지만이라도 보고를 미뤄야 했다. 주임신부가 돌아오는 일은 아홉 달 뒤에 일어날 일이었고, 그때까지는 그의 욕망이 이곳에 해악을 끼치는 일은 없을 테니까. 박 신부는 목구멍까지 올라오는 말들을 눌러 삼키며 우울한 눈빛으로 미소 짓는 수밖에 없었다.

본당으로 돌아오는 길, 자동차의 앞 유리는 비참함으로 얼룩져 있었다. 사제란 과연 무엇일까. 그것에 대해서라면 하루

종일 떠들 수 있었다. 지난 10년간 사제가 되기 위해 공부했으니까. 그 책에 나오는, 수업 시간에 배웠던 화려한 말의 성찬들이 지금 그 이 순간 무슨 소용이 있을까. 주임신부가 박 신부에게 남겼던 깊은 감명이, 사제의 표본이라 믿었던 인상이, 이제는 악의와 위선으로 부메랑이 되어 돌아왔다. 주임신부와 범준의 팀장을 비교하며 얼마나 또 의기양양했던가. 범준에게 좁은 길 운운했던 자신의 세 치 혀가 부끄러워 뽑아버리고 싶을 지경이었다.

　얼마 지나지 않아 학교를 짓는 일을 시작했다. 결정되기가 무섭게 예산이 내려왔고, 예산이 배정된 즉시 공사를 시작했다. 박 신부는 초조했다. 주임신부가 돌아오기 전에 학교를 완성해야 했다. 그러나 막상 내려온 예산은 생각보다 적었다. 10년간 기다렸던 돈이 고작 이 정도라는 사실에 허탈할 지경이었다. 이 예산으로 번듯한 학교 건물을 지을 수 있을까 걱정했지만, 그것은 기우였다. 성당 옆 공터에 기초공사가 끝나고 시멘트와 공구들이 도착하자 마을 사람들이 찾아왔다. 누구도 그들에게 학교 건물을 지어달라고 부탁하지 않았다. 하지만 그들은 자발적으로 참여했다. 적은 예산 탓에 그들에게 대접할 수 있는 건 점심 식사가 전부였지만, 그들은 개의치 않았다. 인건비 한 푼 받지 않고 흙을 개어 벽돌을 만들었으며, 기둥을 세우고 대들보를 올렸다. 주교의 말대로 학교는 하느님이 만드는 것이었다.

그렇게 박 신부는 마을 사람들에게 구원받았다. 마을 사람들이 힘을 모아 학교를 만들어가는 모습을 보며 박 신부는 깨달았던 것이다. 사제가 중요한 것이 아니었다. 믿는 사람 한 사람, 한 사람이 모여 교회를 이루는 것이었다. 성서에 나오는 초대교회 모습이 바로 그곳에 있었다. 무엇을 먹을까, 무엇을 마실까 걱정할 필요가 없었다. 마을 사람들은 자신이 가지고 있는 것들을 필요한 만큼 능력껏 내놓았고, 필요한 사람은 필요한 대로 가져가 썼다. 박 신부는 민병대 장교에게 이 광경을 보여주고 싶었다. 당신이 말하던 사람들의 실체가 얼마나 숭고하고 아름다운지 직접 확인해보라고 말하고 싶었다. 라디오 뉴스에서는 수도에서 있었던 반군과 민병대의 충돌이나 선거 유세 중에 있었던 유혈 사태에 대한 이야기가 흘러나왔지만, 그것은 머나먼 다른 세상의 이야기였다. 이곳에선 소수민족과 다수민족의 사람들이 함께 시멘트를 개었고, 벽돌을 날랐으며, 음식을 나눴고, 땀을 흘렸다.

오병이어의 기적이 예수님이 물고기와 떡을 만들어낸 기적이 아니라 한 아이가 자신의 음식을 예수님께 드리자 군중들이 자신 이 가진 음식들을 모두 기꺼이 내어놓고 함께 먹은 일을 나타낸 것이라고 학사 시절 도서관에서 읽었던 논문이 떠올랐다. 가장 낮은 이가 자신의 소유를 포기함으로써, 기적처럼 모든 이가 자신의 욕망을 포기한 것이며, 모두 그 혜택을 누릴 수 있었다는 내용이 적혀 있었다. 학교를 지으며 박 신부는 같은 기적을 보았다.

수단을 입고 교구를 돌며 성사를 진행하는 날보다 낡고 땀에 절어 냄새나는 작업복을 입고 마을 사람들 사이에서 시멘트와 벽돌을 나르는 마음이 더 가벼웠다. 반쯤 완성된 학교 건물이 황혼에 물들 때면 흙먼지와 땀에 엉망이 된 타월을 목에 건 채 절로 콧노래가 흘러나왔다. 매일매일이 마치 기적과도 같았다. 고단한 노동 속에서 박 신부는 생각했다. 주님이 우리 곁에 계신다면 하늘에 있는 것도 아니고, 고결한 사제의 믿음 속에 있는 것도 아니고, 누군가 개인의 위대한 선행 속에 있는 것이 아니며, 이 소박하고 선량한 사람 속에 있다고. 매일 일이 끝나면 악수를 하고 자신의 집으로 돌아가는 사람들의 얼굴, 그 피곤하고 지저분한 얼굴에서 박 신부는 예수님을 보았다. 그 모습이 한때 그를 고무시켰고, 나중엔 절망하게 했던 주임 신부의 허리띠를 토마스가 매어주는 순간의 기억을 지워주었다. 신은 어린 시절 그를 매혹시켰던 아름다운 전례복이나 성가대의 화음 속에서 임재하는 것이 아니라 이들의 땀에, 이들의 팔에 있었다. 일을 끝마치고, 황혼을 등에 진 채 본당의 구석에 있는 성모 마리아상 앞에 고개를 숙여 기도를 하는 농부들의 어깨를 보면 코끝이 시큰했다. 그것은 어떤 풍경보다 숭고하고 아름다웠다. 노동이 주는 피곤은 뜬눈으로 지새우게 했던 불면의 밤을 가져갔고, 다시 빛은 빛으로 어둠은 어둠으로 돌아갔다.

물론 그에게 주어진 모든 근심이, 모든 십자가가 사라진 건 아니었다. 알지 못하던, 그러나 알아버린 욕망이 족쇄가 되어 그를 놓아주지 않았다. 늦은 오후 성당을 청소하는 토마스의 뒷모습에서, 미사를 준비하는 아이의 정수리에서 박 신부는 이 무지하고 어리석은 아이에 대한 강렬한 증오를 느꼈다. 그 아이의 모습을 볼 때마다, 체취를 느낄 때마다 사타구니가 딱딱하게 굳어졌기 때문이다. 단 한 번도 눈뜨지 않았던 욕망이 토마스로 인해 깨어났다. 쾌락의 기억은 지울 수 없는 상처이자 이미 알게 되어버린 선악과의 맛과도 같았다. 그것은 예측할 수 없이 갑자기 모퉁이에서 튀어나와 그를 집어삼켰고, 영혼까지 흔들어댔다. 그 짧은 밤 단 한 순간으로 욕망의 노예가 된 자신이 견딜 수 없이 혐오스러웠다. 매일 밤, 아침마다 기도를 드렸지만 한번 불이 붙은 욕망은 꺼지지 않았다. 아이는 자신에게 닥친 일을 어떻게 이해하고 있을까. 아이를 잡고 그가 믿고 있는 의무가 잘못된 것임을, 사제의 침대에 들어오는 일이 복사의 의무가 아님을 설명해줘야 했지만, 어디서부터 이야기를 꺼내야 할지 알 수 없었다. 오히려 토마스를 붙잡고 너의 의무를 다하라고 자신에게 충실하라고 명령하는 망상에 때때로 사로잡혔다. 아직 주임신부에 대한 보고를 하지 않았으므로 그 누구도 알지 못할 터였다. 그것은 강렬한 유혹이었다. 그리고 그런 꿈을 꾸면 견딜 수 없는 혐오감에 사로잡혀 홀로

구원

빨래를 해야 했다. 역겨운 정액의 냄새를 지우기 위해서.

박 신부의 기도는 점점 길어졌고, 간절해졌다. 이런 보잘것 없는 영혼이 어떻게 하느님의 양떼를 보살필 수 있을까. 어쩌면 자신도 주임신부와 다를 바 없는 부류인지도 몰랐다. 그렇기에 보고를 미룬 것이 아닐까. 때때로 자신에 대한 의심이 스스로의 목을 죄는 순간이 있었다. 그럴 때면 기도대에 머리를 박고 울부짖는 수밖에 없었다. 구원해달라고, 이 욕망의 불을 꺼달라고 기도했지만 하느님은 답이 없었다. 이 무거운 짐을 내려놓기 위하여 자리를 박차고 일어나 주교에게 보고하고 싶었다. 밤새 차를 몰고 달려가 자신의 부끄러운 욕망들을 모두 고해성사하고 싶었다. 그렇게 되면 홀가분한 마음으로 죄를 모르던, 욕망에 눈을 뜨기 전, 결백한 자신으로 돌아갈 수 있을 것만 같았다. 그럼에도 그럴 수 없었다. 단 한마디 말에 이곳의 미래를 송두리째 뿌리 뽑을 수 있다는 사실을 너무나 잘 알고 있었던 것이다. 이곳에는 주님을 믿는 선량한 영혼들이 있었고, 그들이 다름 아닌 주님의 현현이었다. 박 신부는 그들이 자신이 지고 있는 십자가를 내려줄 것이라고, 혹은 함께 들어줄 것이라고 믿어 의심치 않았다. 비록 그 믿음이 하룻밤 사이에 깨어질 것이었다 해도 말이다.

비밀과 책임

경멸의 눈빛이 뒤통수에 꽂히고 있었다. 박 신부는 고개를 들 수 없었다. 문이 닫혔다. 그리고 홀로 남았다. 차가운 냉기가 바닥에 맞닿아 있는 이마를 통해 머릿속으로 전해졌다. 그 차가운 감촉이 대책 없이 무너져 내렸던 그의 감정을 가라앉게 해주었다. 문득 부끄러웠다. 그에게 살려달라고 애원하는 자신의 모습이 한없이 수치스러웠다. 15년 만에 범준을 만났다. 한때 길을 잃고 방황하던 그를 일으켰었다. 박 신부는 몸을 돌렸다. 그리고 바닥에 누웠다. 천장이 눈에 들어왔다. 팔목을 들었다. 그리고 매고 있는 시계를 풀었다. 붉은 흉터가 아직도 손목에는 희미하게 남아 있었다. 한때 스스로 죽으려 했던 시절도 있었다. 하지만 지금은 무슨 미련이 남아서 이렇게 살고 싶어 하는 걸까. 박 신부는 웃음을 터뜨렸다. 눈가에 눈물이 고였다. 손바닥으로 눈물을 닦았다. 아직 아무도 구하지 못했어. 응급실에서 깨어났을 때 단 한 명이라도 구원해보자고 결심했었

구원

다. 아니, 고개를 저었다. 자신의 심장이 누군가에게 이식된다면 그것은 정말이지 그 사람을 진짜 구원하는 일이 될 터였다. 거짓말이었다. 잊고 있었다. 자신이 얼마나 비겁한 겁쟁이인가를. 나는 그저 죽는 게 두려울 뿐이구나. 몸을 일으켰다. 굳게 닫힌 문이 눈에 들어왔다. 어쩌면 억울함 때문인지도 몰랐다. 유진의 죽음은 내 책임이 아니라고, 내가 한 것이 아니라는 목소리가 목구멍까지 튀어나오려 했다. 이제는 사제를 그만둘 생각이었고 더 이상 사제가 지켜야 할 의무를, 그 비밀을 목숨을 걸어가며 지켜야 할 이유도 없었다. 하지만 입 밖으로 나오지 않았다. 마치 보이지 않는 무언가가 그의 입을 틀어막고 있는 것만 같았다.

*

"그 아이가 자네 아인가?"

박 신부는 입을 다문 채 교구장의 눈을 응시했다.

"다시 한번 묻겠네. 뱃속 아기의 친아버지는 누군가?"

교구장은 한 단어 한 단어에 힘을 실어 이렇게 되물었다. 박 신부는 침묵했다. 교구장은 앉아 있던 책상을 주먹으로 내리쳤다. 교구장의 호출이 있을 때부터 예상하고 있었다. 이런 유의 주임신부에 대한 불미스러운 소문은 언제나 교구장의 귀에 흘러 들어가기 마련이었다. 그의 본당에도 교구장의 눈과 귀

241

III

들이 있었으니 호출이 없었다면 오히려 이상한 일일 터였다. 때문에 박 신부도 이런 상황에 대해 미리 생각해두었다.

"제가 할 수 있는 말은 이것뿐입니다. 사제 평의회에서 이 일을 조사하도록 해주십시오."

"안 되네."

교구장은 단호하게 말했다.

"지금은 그저 소문일 뿐이야. 분별 있는 성도들이라면 그저 남 말하기 좋아하는 경박한 사람들의 입방정이라 생각할 테지. 하지만 정식으로 조사가 시작된다면 상황은 달라지네."

"이 일에 대해 제가 직접 설명할 수 없습니다. 하지만 정식으로 조사를 하면 당연히……."

"유진이었나? 그 아이도 입을 다물고 있어. 둘 중에 누군가는 이 상황에 대해 설명해야 할 게 아닌가? 도대체 무슨 생각들인지."

교구장은 인상을 찌푸린 채 양 엄지로 옆머리를 지그시 눌렀다.

"그리고 자네도 바보 같은 소리 좀 그만하게. 조사 결과를 밝힌다고 사람들이 그 결과를 믿을 거라 생각하나? 그렇게 까발려지면 그 아이의 인생은 어떻게 할 텐가? 평생 미혼모라는 꼬리표가 따라다닐 텐데 그건 누가 책임지고?"

주름 잡힌 교구장의 미간이 꿈틀거렸다.

"그렇다 해도 교회법에는……."

242

구원

"교회법 따윈 잊어버리게. 교회법에도 이런 일에 대해서는 교구장이 단독으로 판단해 결정을 내릴 권한을 보장하고 있으니까."

"그렇다면 도대체 어쩌라는 겁니까?"

교구장은 인상을 쓴 채 눈을 감았다. 그의 목소리가 착 가라앉았다.

"내가 시키는 대로만 하게. 이런 일은 조용하게 처리하는 방법이 따로 있으니까."

불길한 예감이 들었지만 입을 다물었다. 달리 그가 할 수 있는 일도 없었다.

"어젯밤에 미리 유진이 아버지와 만나 이야기를 끝냈네. 부모답게 그 아이를 위해 뭐가 가장 필요한지 알고 계시더군."

보지 않아도 그 장면을 상상할 수 있었다. 침묵의 대가로 무언가 오가고 서로 선의의 공모자가 되는 일. 그도 오랜 사제 생활을 했으므로 이런 문제에 대해서 교회가 어떻게 처리한다는 건 알고 있었다. 교회법에 이런 문제에 대한 처리 절차가 명시되어 있음에도 한국 교회에서는 공식적으로 이런 일이 일어난 적도, 규정대로 처리된 적도 없었다. 아니, 대부분의 교회에서 이런 일을 처리하는 방식은 비슷했다.

"아이의 아버지는 낙태를 원하더군. 그래서 그쪽이 원하는 대로 처리하기로 합의했네."

"도대체 무슨 생각이신 겁니까? 낙태는 명백한 죄악입니다. 뱃속의 아기도 생명…….”

"바보 같은 소리 하지 말게. 그러면 유진이 배가 부를 때까지 집에서 있다가 출산 후 아이를 입양 보낸다는 이상적인 결말을 원했나? 시궁창에 빠진 사람을 구하기 위해 진흙을 묻히지 않을 걱정부터 하는 겐가? 유진의 남은 삶과 아기의 목숨 중 하나는 택해야 하네. 부모 입장에서는 아직 태어나지 않은 아기보다 자식이 중요한 법이고."

박 신부는 화가 났다. 교구장의 공모로 유진의 부모는 뱃속의 아이 아버지가 자신이라고 확신할 터였다. 하지만 지금 그걸 따질 순 없는 노릇이었다.

"그래도 대죄 아닙니까!"

"그러니 내가 고해성사해줄 생각이네. 어떤 죄도 용서받을 수 있네. 물론 내 죄도 그 값을 치러야겠지만."

사제에게 죄를 사해줄 권리가 있다는 것은 축복이었다. 하지만 역설적으로 사제의 죄는 서로 연대보증으로 사면받을 수 있었다. 결과적으로 사제만큼 죄의 무게에서 자유로운 사람들도 없었다. 이 부조리로 한때 교회가 타락했고, 많은 개혁을 거쳐 바로잡았지만, 교회와 명예라는 대의 앞에서 이 정도의 융통성은 여전히 존재했다.

"인정할 수 없습니다."

"유진이란 아이는 며칠 쉰 후 이사를 갈 거야. 그곳에서 새 학교를 다니겠지. 학생이 되어서 과거의 일을 잊을 테고. 그게

구원

그 아이를 위한 최선이네. 자네와 교회를 위한 최선이기도 하고. 그리고 이건 자네의 의견을 묻는 게 아니야. 교회의 결정을 알리는 통보지."

거짓말이었다. 자신의 뱃속의 생명을 지우는 일을 어떻게 잊을 수 있단 말인가.

낙태를 생각했던 것은 교구장만이 아니었다. 만약 조금이라도 낙태할 생각이 있었다면 자신에게 고해성사를 위해 찾아왔을 때 박 신부가 기꺼이 그녀를 데리고 병원에 갔을 터였다. 어차피 하느님을 믿지 않는 사제이니 그쯤은 일도 아니었다. 하지만 유진은 완고했다. 그녀는 뱃속의 아기를 하느님이 주신 선물이라 믿었다. 그녀는 답답할 정도로 교회의 교리에 대한 우직한 믿음을 자랑했다. 일상적인 경우라면 그것은 미덕이었다. 하지만 그녀의 그런 맹목성이 일을 이 지경으로 만들었던 것이다. 유진은 그에게 이렇게 말했었다.

"생명을 잉태하는 건 성스러운 일이잖아요. 처음 키스한 순간 저는 그 사람의 아이를 갖고 싶다는 걸 깨달았어요. 그리고 이건 분명 하느님이 내려주신 은총이라고요."

교회에서는 모든 생명이 주님의 은총이라 말했다. 하지만 정말 그런 걸까? 박 신부는 믿을 수 없었다. 만약 그렇다면 하느님은 왜 은총들이 그토록 쉽게 죽게 내버려두는 걸까? 은총들은 왜 서로를 죽이지 못해 안달하는 걸까?

245

교회의 학생회에서도 청소년을 대상으로 성교육을 했다. 피임 기구의 사용을 금지하고, 날짜 계산을 통한 피임법을 알려주고, 기본적으로 성행위는 생명을 잉태하기 위한 성스러운 행위로 욕망을 위한 것이 되어서는 안 된다고 가르친다. 생명의 가치를 지키는 것은 이 시대 교회의 책무이자 마지막 보루였다. 하지만 그것은, 이를테면 원론적 입장이었다. 현실에서 할 수 있는 일이라고는, 아마도 곧 눈을 뜨게 될 아이들의 욕망이 현실과 충돌할 때 길을 잃지 않기 위한 최소한의 이정표를 세워주는 정도였다. 필연적으로 그런 시도 대부분이 실패할 거라는 걸 알면서도, 어떤 생명도 인간이 어쩔 수 있는 것이 아닌, 신의 선물이라는 교회의 원칙을 지켜가기 위한 타협할 수 없는 선이었다. 하지만 유진은 그것을 거꾸로 해석했다. 한마디로 그녀의 임신은 자신과 결혼할 수 없는 사람과 결혼하기 위해 의도된 것이었다. 자신이 임신을 하면 임신을 시킨 사람은 뱃속의 아이를 책임지기 위해 나설 것이라 믿었던 것이다. 아주 순진하게도 말이다.

박 신부를 둘러싼 소문도 유진의 소행이 분명했다. 사제에 대한 추문은 특성상 명확한 증거가 없다면 잘 번지지 않았다. 이번 일은 목격자가 있었던 것도 아니니 피해자인 유진의 증언만큼 확실한 증거도 없었으리라. 물론 그녀가 자신을 직접 지목했으리라 생각하진 않았다. 다만 다들 박 신부가 그녀를 임신시킨 것으로 누군가 오해했을 때 제대로 설명하지 않았으리라. 유진은 자신의 임신에 대해 박 신부에게 고해성사했으므로 그 일을 다른 사람에게 이야기할 수도 없었다. 이를테면 그녀는 교리를 이용해 이중의 함정을 판 셈이었다. 박 신부는 그녀를 임신시킨 사람을 잡기 위한 미끼였던 셈이다. 최악의 경우, 박 신부가 자신이 쓴 누명을 벗기 위해 나서리라 믿었을 테지만 유진이 몰랐던 것이 있었다. 어른들의 세상은 훨씬 광폭한 법이어서 교리 따위는 무시하기 십상이었고, 비겁함은 그녀의 상상을 초월하는 것이었다.

박 신부가 조사를 바랐던 이유는 빤히 유진의 의도를 알면서 그 장단에 놀아나지 않기 위해서였다. 교리조차 수단으로 삼는 그녀의 영악함이 싫었다. 하지만 이제 시간이 없었다. 아이의 아버지가 낙태를 강요할 때 그녀가 어떤 행동을 할지 짐작할 수 없었다. 영악하긴 했지만 그녀의 절박함은 진심이었다. 하느님의 은총이자 사랑의 증거를 어른들이 빼앗으려고 할 때 그 불안정한 아이가 선택할 길이 적어도 온화하고 아름다운 쪽은 아닐 터였다.

"왜 내가 자넬 불렀는지 아나?"

그는 박 신부와 눈을 마주치지 못했다. 박 신부는 한숨을 쉬었다. 아름다운 젊은이였다. 그 아름다움이 바로 죄였지만 말이다. 그는 방학 동안 본당에 실습을 하러 온 신학생이었다. 늘 그랬던 것처럼 박 신부는 그 신학생에게 학생회를 담당시켰다. 젊은 신학생들은 사춘기 아이들의 고민을 잘 들어주었고, 또래인 탓에 이야기가 통했다. 그래서 사제와 아이들 사이에 좋은 교두보가 되었던 것이다. 그 일은 사제가 되기 위해 준비하는 신학생들에게는 좋은 경험이기도 했다. 물론 개인적인 이유도 있었다. 아이들을 바라보는 일은 박 신부의 가슴속에 여전히 꺼지지 않는 무언가를 꿈틀거리게 했다. 물론 그것에 삼켜지거나 지배당한 적은 없었다. 하지만 자신을 믿을 수도 없었다.

학생회의 아이들은 모두 그를 좋아했고, 잘 따랐다. 거기에는 걸출한 그의 외모도 한몫했다. 사실 그를 처음 보는 순간부터 외모 때문에 걱정하지 않을 수 없었다. 박 신부처럼 거구에 험악한 외모를 자랑하는 사제라 해도 한두 번쯤 존경과 애정을 착각하는 이성의 유혹을 받기 마련이었다. 자신에 비할 바 아닌 이 아름다운 청년이 받을 유혹의 크기와 정도는 그의 상상을 초월할 터였다. 그렇지만 믿는 수밖에 없었다. 종교가 신에 대한 믿음으로 시작하는 것처럼 사제를 키우는 일도 성소를 받았다고 찾아오는 이들을 믿는 수밖에 없었다. 비록 박 신부는 그 자신도 믿지 못했지만, 그렇기에 더욱 그를 믿었다. 불신의 그늘을 그에게까지 드리울 수 없었던 것이다. 하지만 그 믿음은 배신당했다.

"내게 무언가 할 말이 있지 않나?"

신학생은 마른침을 삼켰다.

구원

"잘 모르겠습니다."

박 신부는 화가 났다. 그가 순순히 자신에게 유진 이야기를 풀어놓으리라 생각하지 않았다. 하지만 이제 와서 그의 자존심을 적당히 세워주며 없는 죄를 숨겨주기엔 일이 너무 급박하게 돌아가고 있었다.

"자네가 가려는 길에 어긋나는 무언가를 자네가 하지 않았나 싶네. 지금이라도 자네 입으로 그것에 대해 내게 말해줄 수 있나? 그게 힘들다면 고해성사를 해도 좋고."

신학생은 박 신부를 노려보았다.

"신부님의 명예 때문에 고해성사로 알게 된 비밀을 사적으로 사용하는 겁니까?"

박 신부는 다시 한번 한숨을 쉬었다. 사제의 명예라······. 신을 믿지 않는 인간에게 사제의 명예 따위가 무슨 소용이란 말인가. 그러나 문득, 박 신부는 그에게서 자신의 모습을 보았다. 갓 사제가 되어 아프리카에 날아갔던 자신 역시 그랬다. 세상의 모든 것을 안다고 믿었지만 정말이지 아무것도 모르던 시절이었다.

"내가 알고 있는 것을 아직 누군가에게 말한 적은 없다네. 그리고 누구에게 말할 생각도 없고, 하지만 자네의 그 태도는 성소국에 자네가 사제가 되는 것에 대해 매우 부정적인 견해를 표할 만큼은 되는 것 같군."

신학생은 억울하다는 듯이 외쳤다.

"그 아이가 먼저 저를 유혹했습니다!"

박 신부는 또다시 나오려는 한숨을 내쉬지 않기 위해 애써 윗입술을 깨물었다.

"내가 자네를 부른 건 잘잘못을 따지려는 게 아니네. 내가 지금 자네를 정죄하기 위해 이러고 있다고 생각하나?"

신학생은 고개를 숙였다. 애써 자신의 눈빛을 피하는 그의 얼굴을 보며 박 신부는 한층 부드러운 목소리로 말했다.

"나는 책임에 대해 말하려 하는 거라네. 좋든 싫든, 의도했던 것이건 아니건 간에 한 생명이 잉태되었네. 그것의 책임에 대해 생각해본 적이 있나?"

신학생은 고개를 숙였다. 하긴 그가 거기까지 생각했다면 이런 행동을 할 리도 없었다. 박 신부는 마음이 아팠다. 예전엔 아프리카와 이곳과 완전히 다르다고 생각했었다. 그 지옥 가운데를 가로지르며 범준의 말처럼 두 세계의 다름에 견딜 수 없었던 시절도 있었다. 하지만 돌아와서도 여전히 두려웠다. 그리고 그 두려움의 근원을 아주 오랫동안 알지 못했었다. 이제는 말할 수 있었다. 그곳의 경험이 그토록 두려웠던 이유는 두 세계의 인간들이 본질적으로 다르지 않다는 것 때문이었다. 차갑게 빛나는 칼 대신 보다 은근하고 세련된 형태로 덧칠되었을 뿐이다. 축복받지 못하고 잉태된 아이들은 수술대 아래서 깔끔하게 소독된 채 갈가리 찢겨나갔고, 경쟁에서 처진 이들은 다리에서 뛰어내렸다. 지난겨울 본당에서 후원하는 급

구원

식소 앞 지하철역에서 한 노숙자가 굶어 죽었다. 다리에 커다란 종기가 난 그는 급식소의 급식이 끝나기 전까지 그 짧은 거리를 걸어올 수 없었다. 자신도, 교회도, 이러한 비극에 대해 그 누구도 분노하지 않았다. 마치 그곳에 있었던 일을 이제는 모두 망각해버린 것처럼.

어느 세계에도 홀로코스트는 있었다. 한 사내가 '서로 사랑하라'는 말을 남기고 십자가에 매달린 이후에도 그 십자가는 다른 형태로 매일 다른 곳에서 세워지고 있었다. 어떤 이들은 십자가를 위해 다른 이들을 십자가에 매달았고, 어떤 이들은 정의를 이유로 그렇게 했다. 박 신부는 알 수 없었다. 그렇다면 한 사내가 십자가에 매달린 일은 도대체 무슨 의미가 있었던 걸까?

"지금 주교님을 만나고 돌아오는 길이네. 그 여자아이의 부모님이 낙태를 하기로 결정했다더군. 난 자네도 그 사실을 알아야 한다고 생각했을 뿐이네. 자네는 자신에게 책임이 없다고 말하고 싶겠지만, 정말 그렇다고 생각하나? 인간이 죄에서 자유로울 수 없는 가장 큰 이유는 자신이 저지른 죄를 보려 하지 않기 때문이야. 그것을 감출 수 있다고 믿는 동안 또다시 죄의 노예가 되는 법이지."

신학생은 고개를 숙인 채 아무 말도 없었다. 박 신부는 깨달았다. 지금 자신이 하고 있는 이 말은 다름 아닌 자신을 향한 것이었다. 그가 아프리카에서 저지르고 도망친 죄의 그림자가 지난 15년간 끊임없이 따라오고 있었다. 그는 자신의 손목을 내려다보았다. 낡은 시계가 가리고 있었지만 그 너머의 흉터가 눈에 선명했다. 자신의 손목을 긋는 것으로 박 신부는 책임을 다했다고 믿고 있었다. 하지만 그것은 자기기만일 뿐이었다. 당장 이 일만 해도 학생회와 유년부를 가능하면 자신이 맡지 않으려 했던 15년 전의 죄책감이 불러일으킨 연쇄반응이었다.

"그건 사제가 되는 일보다 자네 영혼을 위해 더 중요하다네."

"전 어떻게 해야 하는 걸까요?"

박 신부는 미소를 지었다. 어쩌면 이번에는 한 생명을 구할 수 있을지도 몰랐다. 물론 이 아이를 설득하고 두 부모를 설득해야 할 터였다. 두 사람의 결혼이 해피엔딩이라 할 수 있을까? 알 수 없었다. 다만 적어도 뱃속의 아기는 살릴 수 있었다. 그렇다면 최소한 한 생명을 구원한 것이라 말할 수도 있으리라.

전화벨이 울렸다. 병원에서 온 전화였다. 유진이 다리에서 뛰어내렸다고, 구조는 됐지만 뱃속의 아기는 이미 죽었으며 유진은 혼수상태라고, 전화기 너머 목소리는 그렇게 말하고 있었다. 그날 그 밤처럼, 또다시 너무나 늦어버렸다.

구원

실낙원

바람이 유난히 심하게 부는 밤이었다. 창틀이 덜컹거리는 소리에 잠을 이루지 못했다. 쿵쿵, 무언가 낮고 무거운 소리가 들렸다. 처음에는 바람에 날려 무언가가 벽에 부딪히는 소리라 생각했다. 하지만 쿵쿵 소리는 보다 짧고 급박하게 반복되었다. 박 신부는 자리에서 일어났다. 말라리아로 아이가 죽었던 불길한 밤이 떠올랐다. 토마스의 방에서 문이 열리는 소리가 들렸다. 박 신부도 잠옷 위에 카디건을 걸치고 방 밖으로 나섰다. 문을 열자 부슬비가 섞인 강한 바람이 사제관 안으로 밀어닥쳤다. 박 신부는 책상 서랍에서 꺼낸 손전등을 들고 문밖에 서 있는 사람을 비춰보았다. 학교 선생님 중 하나였다.

"신부님, 큰일 났습니다."

"무슨 일이죠?"

"혹시 라디오 들어보셨습니까?"

"아니요."

"지금 당장 라디오를 들어보시는 게 좋을 것 같습니다."

이 사제관엔 텔레비전도 라디오도 없었다. 라디오가 있는 곳이라고는 집무실과 자동차에 달린 카 오디오뿐이었다. 집무실보다 자동차가 가까웠으므로 박 신부는 차 키를 들고나왔다. 하늘에는 먹구름이 덮여 있었다. 내리는 비는 부슬비였지만 바람은 엄청났다. 바람 소리가 성당이 내려다보고 있는 마을 분지 전체를 휘감으며 울부짖고 있었다. 자동차에 앉아 시동을 켰다. 헤드라이트 불빛이 비탈을 따라 분지 아래까지 뻗어 나갔다. 수수밭의 사탕수수들이 일제히 부르르 떨고 있었다.

처음에는 국가가 흘러나왔다. 굵은 남성들이 우렁찬 목소리로 노래하는 국가는 차창 밖의 을씨년스러운 풍경과 겹쳐 불길하게 들렸다. 국가의 소리가 줄어들며 남자 아나운서의 목소리가 겹쳐 들렸다. 그는 이곳 현지어로 무언가를 또박또박 두 번 반복해 읽었다. 낮고 엄숙한 목소리는 마치 로봇 같았다. 박 신부가 번역을 부탁하려 하자 선생님은 조용히 하라는 시늉을 했다. 아나운서는 공용어인 불어로 앞선 발표 내용을 똑같이 반복했다.

"대통령이 서거하셨습니다. 대통령은 암살당하셨습니다. 비행기가 격추되었습니다. 대통령 경비대 소행으로 밝혀졌습니다. 그들 배후에는 반군과 내통한 적이 있습니다. 소수민족은 우리의 적입니다. 그들은 벌레입니다. 그들에게 피의 복수를 합시다. 벌레들을 짓밟아 죽입시다. 벌레들과 평화를 말하

구원

는 이도 우리의 적입니다. 이제 평화는 끝났습니다. 적을 섬멸
합시다."

아나운서는 동일한 톤으로 같은 내용을 두 번 반복했다. 그
담담한 목소리가 더욱 소름 끼쳤다. 다시 국가가 울렸다.

"한 시간째 똑같은 내용이 반복되고 있습니다."

머릿속이 하얗게 변했다. 선거는 한 달도 남지 않았고, 평화
가 코앞에 있다고 믿었다. 박 신부는 이것이 악몽이라고, 그저
꿈이라고 믿고 싶었다. 그러나 국가 1절이 끝나자 아나운서가
똑같은 톤으로 같은 내용을 반복했다. 박 신부는 자신도 모르
게 중얼거렸다.

"주여! 오, 주여……."

그의 말에 옆에 있던 선생님은 성호를 그었다.

"설마, 별일 없겠죠?"

박 신부는 불안한 눈빛으로 선생님의 얼굴을 바라보았다.

"아침이면 총리가 기자회견을 할 것이라는 뉴스가 있었는
데, 지금 저 방송을 정부에서 가만히 두고 있는 걸로 봐선 내용
이 크게 다르지 않을 겁니다."

현지어로 반복되는 아나운서의 일정한 톤은 어떤 불길한
주술 같았다. 박 신부는 라디오를 껐다. 무섭게 부는 바람 소리
만이 자동차 안을 맴돌았다. 박 신부는 떨리는 손을 감추기 위
해 차에서 내렸다. 바람이 더욱 거세졌다. 바람 탓에 큰 소리로
외쳐야 했다.

"기도합시다. 그리고 일단 내일 아침 뉴스를 보시고……."

하지만 채 말을 잇지 못했다. 문을 닫고 돌아서는 순간 서쪽 능선이 붉은빛으로 일렁거리고 있었던 것이다. 민병대 부대가 주둔하고 있는 이웃 마을 방면이었다. 민병대 장교가 말했던 계획이란 단어가 퍼즐 조각처럼 끼워 맞춰져 지금 일어나고 있는 상황의 의미를 짐작게 하는 커다란, 그리고 불길한 어떤 그림을 완성시켰다. 박 신부는 성호를 그었다. 그리고 고개를 돌려 선생님을 바라보았다.

"마을로 내려가서 같은 민족 사람들을 깨우세요. 그리고 가능하면 빨리 성당으로 모이라고 전하세요."

동이 틀 무렵, 마을에 살고 있는 소수민족 사람들은 성당에 모두 모였다. 불안감은 같았지만 모인 사람들 사이에서도 의견이 갈렸다. 별일 없을 것이란 주장을 하는 사람도 있었고, 피난을 가야 한다는 사람도 있었다. 현지어로 상의하고 있었으므로 박 신부는 그들이 하는 이야기의 태반을 알아듣지 못했다. 이 순간조차 아무 도움이 되는 자신이 한심했다. 결국 총리의 기자회견이 시작될 무렵 모인 사람들은 세 패로 갈렸다. 어떤 사람들은 마을로 돌아갔고 어떤 사람들은 차를 타고 국경을 향해 출발했다. 고작 두 가족 정도만이 성당에 남았다. 대부분의 사람은 마을로 돌아갔다. 그리고 기자회견이 있었다. 총리는 보다 열광적이고 선동적으로 복수를 외쳤다. 마지막 한

구원

놈의 목을 딸 때까지 멈춰서는 안 된다는 그의 목소리가 쩌렁 쩌렁 울렸다. 남아 있는 사람들이 박 신부의 얼굴을 바라보았다. 박 신부는 무얼 해야 할지 알 수 없었다. 그래서 우선 주교에게 연락하기로 했다. 그는 차를 타고 전화기가 있는 마을 중심가로 내려갔다.

마을은 기분 나쁠 정도로 조용했다. 밭에 몇 명쯤 일하는 사람들이 보여야 정상이었지만 길가에서 보이는 것이라고는 어슬렁거리는 강아지 한 마리가 전부였다. 전화를 빌려 주교에게 연락했지만 전화 자체가 먹통이었다. 서둘러 차로 돌아오다가 흰 연기가 피어오르고 있는 능선이 눈에 들어왔다. 어제 하늘을 붉게 물들었던 민병대 부대가 있는 쪽이었다. 박 신부는 반대편으로 차를 몰았다. 주교를 직접 만나볼 생각이었다.

박 신부가 탄 자동차가 빠른 속도로 분지를 가로질러 계곡 사이로 난 도로로 위태롭게 달렸다. 몇 개의 고개를 지나 커다란 호수가 있는 협곡으로 빠져나왔을 때 도로 옆으로 불길하게 늘어서 있는 몇 대의 텅 빈 자동차들을 발견했다. 도로 밖에 대충 주차되어 있는 자동차들은 모두 문이 열려 있거나 창문이 내려가 있었다. 차들의 주인은 어떻게 된 것일까. 질문의 답은 모퉁이를 돌자 나타났다. AK 소총으로 무장한 일군의 사람들이 도로에 바리케이드를 세워놓고 있었다. 그들 중 하나가 손을 흔들어 멈추라는 수신호를 보냈다. 박 신부는 차를 세웠다.

"검문이 있습니다. 차에서 내리시죠."

그들은 정중한 말투로 총을 겨눈 채 말했다. 얼룩무늬, 바랜 녹색, 진한 녹청색, 제각각의 군복을 입고 탄띠를 두른 그들은 한눈에 봐도 민병대라는 걸 알 수 있었다. 가랑이를 벌린 채 죽어 있던 소녀의 주검이 떠올랐다. 박 신부는 차에서 내렸다. 문을 닫는 그의 손이 떨렸다. 총을 든 두 명의 사내가 차 안을 확인하는 동안 한 명이 박 신부의 몸을 확인했다. 무기가 없는지 확인하는 것 같았다. 리더 격인 듯한 사내가 그의 로만 칼라를 보곤 이렇게 물었다.

"신부님, 어딜 급하게 가십니까?"

"주교님께 보고할 것이 있어서요."

"허가증은 받으셨는지요?"

"허가증이라니요?"

"저희 본부가 어디 있는지 아시죠."

"예."

"그곳에 가셔서 용무를 신고하면 통행증을 줄 겁니다. 그걸 가지고 다시 오시죠."

"그래야 한다는 소리는 어디에서 듣지 못했소."

"총리가 계엄을 발표한 건 아시죠? 사령관께서 오늘 아침에 내린 명령입니다. 이 지역은 우리가 장악했고, 구역과 구역 사이는 통행증이 없으면 이동하지 못합니다."

박 신부는 주위를 둘러보았다. 십여 명의 사내들이 정글칼과 소총으로 무장하고 있었다. 저항하는 것은 어리석은 짓이었다. 차에 타기 위해 문을 닫던 박 신부는 무언가에 시선을 빼앗겼다. 한 사내가 빼어든 정글칼날에 피가 묻어 있었던 것이다. 칼날의 끝에는 핏방울이 떨어져 있었고, 핏방울은 다시 핏자국과 이어졌다. 그렇게 시선이 따라가다 한 지점에서 멈췄다. 푸른색 방수포였다. 도로 옆 배수구를 따라 푸른색 방수포가 길게 펼쳐져 있었다. 박 신부는 서둘러 자동차에 시동을 걸었다. 이미 걸려 있는 시동을 또 한 번 건 탓에 자동차는 크르륵거리는 소릴 냈다. 그 방수포 아래로 발들이 보였다. 큰 발, 작은 발, 거친 발, 대여섯 살 남짓 아이들의 발, 몇몇의 발은 신발조차 신겨 있지 않았다. 차를 돌리는 순간 방수포에서 흘러나와 배수로를 따라 도랑처럼 흐르는 붉은 피를 볼 수 있었다. 피로 만들어진 개울이었다. 박 신부는 가속페달을 밟았다. 백미러로 그의 차 꽁무니를 보며 웃음을 터뜨리는 한 민병대원의 모습이 보였다. 하얀 이가 유난히 빛났다. 달아나는 박 신부를 빈 차들이 배웅했다. 차 주인들이 모두 방수포 아래 누워 있어 빈 차들은 마치 금속으로 만들어진 묘비 같았다. 모퉁이를 돌아 그들의 모습이 거울 속에서 완전히 사라지자 박 신부는 울음을 터뜨렸다.

"하느님, 하느님……."

계곡의 푸른 산길이 자꾸만 눈물에 흐려졌다.

평화유지군이 있는 쪽으로 가는 길도 봉쇄되어 있었다. 통행증이라는 걸 받기 위해 민병대의 부대로 가는 길도 봉쇄되어 있었다. 그놈의 통행증이 없이는 꼼짝할 수 없는데 그걸 구할 방법이 없었다. 분지는 밖으로 벗어날 수 있는 세 방향이 모두 막혀 거대한 덫이 되어 있었다. 그리고 검문소마다 방수포가 있었다. 푸른 방수포들. 마지막 검문소에서는 한 소년 병사가 방수포에 파리가 꼬이는 걸 막기 위해 생석회를 뿌리고 있었다. 박 신부는 자동차를 성당 쪽으로 돌렸다.

성당에 돌아왔을 때, 아침 나절 떠났던 가족 몇이 돌아와 있었다. 그들은 피난을 택했던 사람들로 박 신부보다 먼저 출발했던 사람들이었다. 말하지 않아도 그들에게 일어난 일을 짐작할 수 있었다. 검문소의 마수에서 간신히 도망친 사람들일 터였다. 그렇다면 돌아오지 않은 이들의 운명은 불을 보듯 뻔했다. 걸어서 능선을 넘어온 옆 마을 사내 하나가 지난밤 민병대 부대가 주둔해 있던 마을에서 벌어진 소식을 가지고 왔다. 한 무더기의 명단을 든 민병대가 거의 동시에 소수민족이 살고 있는 집에 들이닥쳤다고 했다. 명단은 소수민족과 그들과 결혼한 사람, 그리고 그들과 유별나게 가까웠던 사람들까지 빠짐없이 적혀 있었다. 무슨 일이 벌어질지 몰랐던 그들은 민병대의 명령에 따라 산비탈의 공터에 모였다. 공터에는 커다란 구덩이가 있었고, 민병대는 사람들을 양떼처럼 몰아넣었다. 몇몇의 사람들이 이 불길한 지시의 의미를 깨닫고 도망쳤지만 총탄이 뒤따랐다. 사람들이 구덩이에 들어가자 민병대는

구원

그 주위를 빙 둘러쌌다. 그리고 사격했다. 몇 명이 구덩이를 기어오르려 했지만 소용없었다. 차곡차곡 쌓인 시체 위로 민병대는 휘발유를 뿌렸다. 지난밤 서쪽 하늘을 물들였던 불길한 일렁거림의 정체는 다름 아닌 이 불빛이었다.

어둠이 내리자 하나둘 성당으로 찾아오는 사람들이 늘었다. 검문소를 피해 걸어서 산을 타고 이곳으로 도망친 사람들이었다. 흙투성이가 된 그들은 지쳐 있었다. 사람들의 증언을 종합해보았을 때 사방 어느 곳에서도 비슷한 일이 벌어지고 있는 모양이었다. 국경까지 걸어서라도 도망쳐야 한다는 사람도 있었지만 남은 사람 대부분은 가족 중에 노약자가 있는 집이었다. 서둘러 도망쳐 나온 그들은 변변한 식량이나 옷가지도 없었다.

고산 지역이라 밤이면 제법 추웠다. 벽돌 한 겹이 전부인 성당에서 아이들과 노인이 자기엔 힘들 터였다. 박 신부는 다시 트럭에 올라탔다. 마을로 내려가 무언가 구해야 했다. 옷가지, 하다못해 천 쪼가리라도 구해야 했다. 막 시동을 걸고 출발하려는데 지난밤 찾아왔던 선생님이 그를 불러 세웠다.

"어디 가시는 겁니까?"

"이대로 사람들을 재울 순 없지 않습니까? 먹을 것도 없고요."

"밤에 다니시는 건 위험합니다. 낮에야 신부님이 외국인인 걸 알아보지만 밤에는 그럴 수 없으니까요."

"아니요, 마을 밖으로는 안 나갈 겁니다. 마을 사람들이야 이 트럭만 봐도 제가 타고 있는 걸 다 알고 있는데요."

"그래도 무슨 일이 벌어질지 모르니까 내려가지 마세요."

"걱정 마세요. 주님께서 함께하실 겁니다."

박 신부는 자동차에 시동을 걸었다. 수치심이 그를 충동질 했다. 가만히 있을 수 없었다. 가만히 있으면 자신이 겁쟁이라 는 사실을 인정하는 꼴이었으니까.

검문소에서 달아나는 동안에는 아무 생각도 하지 못했다. 오직 도로를 따라 늘어서 있는 크고 작은 발들과 푸른색 방수 포, 배수구를 타고 흐르는 피만이 머릿속에서 번쩍였다. 주체 할 수 없는 눈물을 닦으며 고갯길을 넘어 친숙한 분지가 보이 는 언덕배기에 도착했을 때 갑자기 성서 한 구절이 떠올랐다.

예수께서는 이렇게 말씀하셨다. 어떤 사람이 예루살렘 에서 여리고로 내려가다가 강도들을 만났다. 강도들은 그 사람이 가진 것을 모조리 빼앗고 마구 두들겨 반쯤 죽여놓고 갔다. 마침 한 사제가 그 길로 내려가다가 그 사람을 보고 피하여 지나가버렸다. 또 레위 사람도 거 기까지 왔다가 그 사람을 보고 피하여 지나가버렸다. 그런데 길을 가던 어떤 사마리아 사람은 그의 옆을 지 나가다 가엾은 마음이 들어 가까이 가서 상처에 기름과 포도주를 붓고 싸매어주고 나귀에 태워 여관으로 데려

구원

가서 간호해주었다.

박 신부는 자신이 달아나고 있다는 것을 깨달았다. 오늘 아침 성당에서 자동차를 타고 나올 때까지만 해도 박 신부는 선한 사마리아인에 대한 비유가 자기희생과 선행에 대한 이야기라고, 사람의 고귀함은 신분이 아니라 그 행위로 결정되는 것이며, 사랑의 실천과 참된 이웃이 되는 법에 대한 이야기라고 알고 있었다. 하지만 피로 얼룩진 검문소에서 달아난 직후 그가 깨달았던 것은 그것이 용기에 관한 이야기라는 사실이었다. 방수포 아래 수없이 늘어선 시신들을 보고 그는 분노조차 하지 못했다. 그저 달아났다.

그런 자신을 사제라 부를 수 있을까. 민병대는 왜 그 자리에서 자신을 죽이지 않은 걸까. 수치심에 그 순간을 떠올리는 것만으로도 얼굴이 후끈거렸다. 그래서 위험한 건 알고 있었지만 가야만 했다. 겁쟁이에겐 두려운 일 자체보다 겁쟁이라는 사실을 인정하는 쪽이 더욱 두려운 법이니까.

사탕수수밭을 가로질러 멀리 마을이 보이기 시작했을 때, 박 신부는 무언가 잘못되었다는 것을 직감적으로 깨달았다. 집집이 불이 켜져 있었고, 몇몇 사람들이 떼를 지어 도로를 가로지르고 있었다. 전기가 들어온 지 채 2년이 넘지 않았고, 가격도 만만치 않았기에 사람들은 좀처럼 불을 켜두지 않았다. 좀 더 다가가자 그림자들의 손에 들려 있는 차갑게 빛나는 물체들을 볼 수 있었다. 정글칼이었다. 운전대를 잡은 박 신부의 손이 떨렸다. 민병대가 이곳까지 온 것이 틀림없었다. 차를 돌려야 하는 걸까? 하지만 박 신부의 자동차가 다가가자 그림자들은 어둠 속으로 흩어졌다. 불이 켜진 채 문이 열린 몇 집을 스쳐 지나가는 동안 기분 나쁜 정적이 뒤따랐다. 어둠 속에 무언가가 모여 수군거리고 있었지만, 볼 수도 들을 수도 없었다. 자신을 뒤쫓는 어둠 속의 시선을 피해 마을을 빠져나오는 동안 박 신부는 숨조차 제대로 쉴 수 없었다.

겁에 질려 박 신부는 차를 마을 외곽으로 돌렸다. 교회에 항상 도움을 주는 원로의 집이 있는 곳이었다. 소수민족 출신인 그의 상황이 걱정되기도 했고, 성당에 필요한 식량이나 담요를 가지고 있을 만한 사람도 그 외에 떠오르지 않았다. 아침 나절 그는 별일이 없을 것이라며 자신의 집으로 돌아간 터였다. 이해할 수 있었다. 버리고 가기에 그는 너무 많은 것을 가지고 있었으니까. 원로의 아버지가 식민지 시절 차관을 했었고, 그 부는 대대로 이어져왔다. 그의 집안은 인근의 카사바밭과 커피나무, 고구마밭을 소유하고 있었다. 칠순을 이제 코앞에 둔 원로는 아버지처럼 중앙 정부에서 관료를 하진 않았지만 마을 사람들에게는 보다 큰 존경을 받았다. 흉년이 들 때마다 창고를 열었을 만큼 매사 공정한 지주였던 것이다. 박 신부는 그가 기꺼이 뒤뜰의 곳간 문을 열어줄 것이라 확신했다.

커피나무들이 늘어선 밭 가운데로 난 2차선 도로 끝에서 돌

구원

담길이 시작되었다. 원로의 집 담이었다. 예전 벨기에의 지주가 살고 있었다는 유럽풍의 이층집에도 불이 켜져 있었다. 박 신부는 자동차의 속도를 줄였다. 그의 집에 들어가려면 문 앞에서 경비에게 확인을 받아야 했다. 하지만 이상하게도 경비 초소는 비어 있었다. 항상 닫혀 있는 높은 담의 철제문도 활짝 열려 있었고, 안뜰까지 이어진 비포장도로에 진입해 달리는 동안에도 늘 있던 정원사나 인부의 모습이 보이지 않았다. 박 신부는 집 앞에 차를 세웠다. 테라스의 문들도 모두 열려 있었고, 열린 테라스 문 안쪽에서는 바람에 따라 커튼이 하늘거리고 있었다. 방충망도 하지 않고 저렇게 열어두면 모기가 들어올 텐데. 박 신부는 쓸데없는 걱정을 하며 현관문 안으로 들어섰다.

집 안은 누군가 저택을 거꾸로 뒤집어 흔들어놓은 것 같았다. 미간을 찌푸린 채 박 신부는 집 안 전체를 할퀴고 지나간 약탈의 흔적을 보았다. 그보다 나이가 많을 빅토리아풍의 가구들도 모두 박살이 나 있었고, 원로가 애지중지하던 중국 명나라 도자기 조각들은 2층으로 올라가는 계단 앞에 흩어져 있었다. 어느 유럽 화가가 그렸을 이 나라의 호수를 담은 복도의 유화는 갈가리 찢겨 있었고, 주방으로 들어가는 입구에 본차이나가 가득했던 장식장은 아예 쓰러져 있었다. 하지만 이 모든 처참한 광경을 보고도 이상할 정도로 두렵지 않았다. 너무나 비현실적이었기에 차라리 꿈만 같았다.

쓰러진 장식장을 타고 넘자 무언가 끌려간 길고 붉은 자국이 그를 반겼다. 달아나고 싶었지만, 알 수 없는 힘이 그의 등을 떠밀었다. 아이리시 테이블 뒤쪽에서 박 신부는 원로를 발견했다. 그는 목이 잘린 채 자신의 몸보다 넓은 피 웅덩이 가운데 누워 있었다. 피비린내가 코를 찔렀다. 입을 벌린 채 눈을 치켜뜬 원로의 목은 싱크대 개수대 속에 있었다. 박 신부는 뒷걸음질 쳤다. 악몽이야, 이건 그저 하룻밤의 악몽일 뿐이야. 그러다 무언가에 걸려 넘어질 뻔했다. 식품 저장고로 내려가는 계단 앞쪽에 그의 첫째 아들이 있었다. 그는 붉은 셔츠를 입고 있었다. 손에 묻은 피를 닦다가 하얀 셔츠의 깃을 보고는 붉은색이 원래의 색이 아님을 깨달았다. 목 아래부터 배까지 수십 개의 자상이 나 있었다.

박 신부는 주방에서 뒤뜰로 이어지는 문으로 달아났다. 하지만 그곳에서 마주친 것은 일렬로 늘어앉아 참수된 원로의 일가족이었다. 시신들은 팔다리가 묶인 채, 몇몇은 잘릴 때 그 자세 그대로 꿇어앉아 있었고, 몇몇은 쓰러져 있었다. 날파리 몇 마리가 벌써 몰려들어 알을 깔 준비를 하고 있었다.

민병대가 찾아온 것이 틀림없었다. 이곳에서도 검문소에서 벌어졌던 일이 똑같이 벌어지고 있었으니까. 끝장이야. 모두 끝장이야. 겁에 질린 박 신부가 이렇게 중얼거리며 주방 안으로 다시 돌아가려 했지만 문은 열리지 않았다. 겁에 질려 미친 듯 문을 두드리고 밀어보았지만 아무 소용 없었다. 문득, 이곳의 문들은 당겨야 한다는 사실을 깨달았다. 비로소 박 신부는 자신이 얼마나 겁에 질려 있는지 깨달았다. 자신은 정말이지 구제 불능의 겁쟁이였던 것이다.

이상한 소리가 들린다는 사실을 알아챈 것은 바로 그때였다. 알 수 없는 짐승의 흐느낌 같은 소리가 그가 식량을 얻으려 했던 곳간 뒤쪽에서 들려왔다. 다가갈 수 없었다. 하지만 가야 했다. 달아나선 안 돼. 달아나선 안 돼. 박 신부는 계속 중얼거렸다. 지금 달아나면 평생 자신을 자책하게 될 것이라고 스스로를 다잡았다. 주여, 제게 용기를 주소서. 한 발 한 발 떼는 발걸음이 사시나무처럼 떨렸다. 그는 목에 건 십자가를 움켜쥐었다. 내가 사망의 음침한 골짜기를 다닐지라도…… . 입 밖으로 나온 목소리는 갈라졌다. 기도도 공포를 막아주진 못했다. 그렇게 떨어지지 않는 발걸음으로 곳간 뒤편으로 돌아가는 순간 박 신부는 그 자리에 얼어붙었다.

그곳에서 발견한 것은 민병대나 한 무리의 약탈자가 아니었다. 매주 미사에 빠지지 않던, 학교 건물을 지어주던, 일이 끝난 뒤 저녁을 같이 먹던, 작고 검은 마리아상 앞에서 고개를 숙이고 기도하던 주님의 현현이자 사랑하는 양떼들이 있었다. 성당에서 벽돌을 나르던 두 아이의 아버지와 그가 혼례 성사를 주재했던 새 신랑, 그가 부임했을 때 가장 먼저 염소를 가지고 와 축하 인사를 해주었던 아저씨, 학교에서 아이들에게 수학을 가르치던 수학 교사, 새벽녘에 일찍 성당에서 나오면 늘

267

마주치는 얼마 전 막내아들에게 세례를 주었던 성당 옆 고구
마밭 주인……. 그곳에 모인 이십여 명의 사람들은 하나같이
그가 잘 알고 있다고 믿었던 사람들이었다. 그들 중 몇몇은 원
로의 일을 도와주기도 했고, 몇몇은 원로의 도움을 받기도 했
고, 몇몇은 불과 이틀 전까지만 해도 같이 밥을 먹으며 웃었던
사람들이었다. 그런데 그들이 정글칼을 들고 모여 자신의 이
웃사촌의 목을 자르고 그 딸을 강간하기 위해 차례를 기다리
고 있었다. 박 신부는 이 믿어지지 않는 광경에 아무 말도 할 수
없었다. 민병대 장교의 말이 떠올랐다. 이들의 진짜 모습을 보
고도 사랑할 수 있냐는. 그리고 아무도 이 마을로 넘어오지 않
았다는 그의 말이 거짓이 아님을 깨달았다. 무고한 여자아이
들을 강간하고 죽였던 것은 다름 아닌 그의 양떼들이었다. 여
자아이를 강간하고 죽인 뒤 주말에 교회에 찾아와 그들은 무
슨 기도를 드렸던 것일까?

　그들 역시 박 신부를 보고 마치 얼음처럼 얼어붙었다. 팽팽
한 긴장감이 무리와 박 신부 사이에서 맴돌았다. 주여, 주여, 주
여……. 무언가 외치고 싶었지만 목소리는 입 밖으로 나오지
않았다. 원로의 도움으로 아들을 도시로 보내 공부시키고 있
는 쉰 살의 정원사가 막내딸 위에 올라탄 채 변명하듯 말했다.

　"이들은 벌레입니다."

　라디오에서 끊임없이 흘러나오던 목소리가 바로 이곳에 있
었다. 그리고 그 말이 떨어짐과 동시에 마치 주술처럼 그곳에

모여 있던 사내들의 눈빛에 광기가 차올랐다. 사내 몇이 옆에 있던 정글칼을 들었다. 번쩍이는 날들이 그의 눈앞에서 춤을 췄다. 도망치고 싶었다. 하지만 발이 떨어지지 않았다. 아침에 일하러 가기 전에 늘 성당에 기도하러 나오는 열여덟 살의 아이가 박 신부의 턱 밑에 정글칼을 들이댔다. 날카로운 날의 끝이 피부에 닿았다.

"이건 신부님이 상관할 일이 아닙니다."

피비린내가 코를 찔렀다. 박 신부는 간신히 한 걸음 뒷걸음질 쳤다. 그때 희미한 목소리가 들렸다.

"신부님."

함몰된 광대가 부어 있고, 입술이 터진 채, 충혈된 눈으로 사내의 몸뚱이에 눌려 있던 열다섯 살 아이의 입에서 바람이 빠지는 듯한 희미한 목소리가 흘러나왔다.

"신부님……."

그것은 살려달라는 애원도, 도움을 바라는 간청도 아니었다. 그저 한 명의 사람이, 사제를, 신의 대리인을 부르는 부름이었다. 그 소리가 박 신부 안에 잠자고 있던 무언가를 깨웠다. 박 신부는 팔을 뻗어 자신의 턱 밑에 있는 칼을 밀어냈다. 그리고 그녀에게 다가갔다. 그것은 용기도 무엇도 아니었다. 그는 사제였고, 누군가 그를 불렀다. 단지 그뿐이었다. 박 신부는 사내들을 가로질러 땅바닥에 구겨진 헝겊 인형처럼 버려져 있는 소녀 앞에 무릎을 꿇고 앉았다. 소녀의 왼쪽 가슴 젖꼭지는 누군가 잘라냈고, 이미 아랫도리는 피투성이었다. 반대쪽 가슴에도 몇 개의 이빨 자국이 선명하게 남아 있었다. 목에서는 숨을 쉴 때마다 바람이 빠지는 것 같은 소리가 들려왔다. 흰자의 실핏줄들은 터져 있었고 부어오른 눈꺼풀 탓에 박 신부와 제대로 눈을 마주칠 수 없을 지경이었다.

"신부님, 가족들이 마지막 성사조차 받지 못한 채 죽었어요."

박 신부의 입에서는 자신의 것이 아닌 음성이 흘러나왔다.

"내 딸아, 그들은 천국에 있다."

소녀는 터져버린 입술로 미소를 지었다. 울컥, 피가 넘어왔다. 박 신부는 옷소매로 그녀의 입가를 닦아주었다. 그리고 성호를 그린 뒤, 병자 성사 기도문을 읊기 시작했다. 주님을 부를 때마다 터져 나오려는 눈물을 참기 위해 박 신부는 중간중간 기도를 멈춰야 했다. 그것이 그가 할 수 있는 전부였다.

기도를 끝냈을 때, 그녀는 이미 숨을 거뒀다. 주위는 너무나 고요했다. 부어오른 탓에 찡그린 것인지 웃고 있는 것인지 알 수 없는 기묘한 미소만이 그녀의 얼굴에 남았다. 박 신부는 자리에서 일어났다. 어느새 그곳에 모여 있던 수많은 사내들은 달아나고 없었다. 그에게 칼을 겨눴던 아이만이 남아서 박 신부를 신기한 생물이라도 되는 양 바라보고 있었다. 박 신부도 그를 바라보았다. 새벽녘 혼자 기도를 마치고 돌아갈 때 마주

구원

쳤던 그 눈빛과 다를 바 없는 맑고 투명한 눈이었다. 그는 매일 무엇을 위해 기도했던 것일까. 왈칵, 박 신부의 눈에서 눈물이 쏟아졌다. 비로소 실감할 수 있었다. 그가 믿었던, 혹은 믿고 싶었던 모든 것이 여기에서, 이 자리에서 무너져 내렸음을. 이 피비린내가 진동하는 밤의 광기 어디에도 평생을 믿어왔고, 바라보았던 아름답고 완전한 신의 왕국은 없었다. 아이는 울음을 터뜨리는 박 신부를 바라보고는 등을 돌려 밤의 어둠 속으로, 숲의 어둠 속으로 달아났다. 열아홉 구의 시신 가운데서 그의 울음소리는 어둠 속으로 산산이 흩어졌다.

IV

고통받지 않을 권리

목에 남아 있는 손자국은 붉게 부풀어 올랐다. 만지자 따끔거렸다. 내일이면 멍이 들 터였다. 문밖에는 검은 양복이 서 있었다.

"저 안에서 무슨 일이 있었는지 몰랐던 겁니까?"

범준이 따지듯 묻자 검은 양복은 무표정한 얼굴로 답했다.

"알고는 있었지만 실장님이 들어가지 말라더군요."

범준은 주먹을 쥐었다. 또 실장이었다.

이 일을 혼자 할 수 없으리라는 것은 불을 보듯 뻔했다. 장기를 이식하고 대상자를 모으는 건 결코 한두 명이 할 수 있는 수준의 일이 아니었다. 그래서 범준은 이 일에 관심을 가질 만한 사람들을 하나둘 끌어모았다. 카지노에 빠져 빚에 시달리는 의사, 자신이 쓰기 위해 몰래 발륨을 빼돌리는 레지던트, 뒷돈을 받는 의무과장. 돈이 생긴다면 함께할 사람을 찾는 일은 오히려 어렵지 않았다. 가장 힘든 것은 수술할 장소를 찾는 것과 이식할 장기를 코디네이팅할 방법을 찾는 것이었다. 자살하고 싶어 하는 사람과 장기를 필요로 하는 사람의 이식 적합성을 맞추는 일은 생각처럼 간단하지 않았다. 원칙적으로 국가에서 중계하는 이식 사업 외에 모든 장기이식이 불법이었기에 장기이식 대기 명단 같은 걸 확보할 수도 없었다. 물론 생명이 달려 있는 일이므로 불법을 감수하고라도, 아무리 많은 돈을 들여서라도, 수술을 받고 싶어 하는 고객들은 많았다. 하지만 보안상 수술을 받을 수 있을지도 모른다는 이유로 그들을 미리 모집할 수도 없었다. 결국 장기가 필요한 사람의 명단을 미리 확보해뒀다가 자살자의 기증 가능한 장기에 맞춰 개별적으로 조심스럽게 접촉하는 방식이 가장 현실적이었다. 하지만 그 의료 정보를 확보한다는 것은 일개 의사나, 병원에서 할 수 있는 일이 아니었다.

그때 의무과장이 한 다국적 의료 법인을 소개해주었다. 병원 경영과 설비 전반에 솔루션을 제공하는 일종의 컨설팅 회사였다. 이름을 들으면 알 만한 거대 병원부터 동네에 새로 개업한 치과까지, 다양한 병원들을 관리하고 있는 곳이었다. 의료 장비나, 보험 업무, 데이터베이스, 회계까지를 제공하는 토탈 솔루션 업체였기에 숫자나 경영에 약한 의사들에게 인기가 좋았다. 미팅이 성사되자마자 그가 고민하고 있던 모든 문제가 깔끔하게 해결되었다.

이렇게 다국적 의료 법인, 제약회사, 몇 명의 의사, 그리고

구원

정체를 알 수 없는 투자자들이 모여 회사를 만들었다. 이름 따위는 없었다. 법인을 등록할 일도 세금을 낼 일도 없었으므로 이름을 정할 필요도 없었다. 그곳에서 일하는 사람들은 그곳을 '회사'라 불렀다. 범준은 수술을 맡았고, 회사는 수술이 필요한 사람을 찾았다. 회사는 범준이 데려온 자살자의 장기를 코디네이팅하고 신체 조직을 유통시켰다. 부도가 나서 버려진 몇 개의 지방 병원들에 그들의 거점이 세워졌고, 수술로 수확이 끝난 시신들은 회사에서 마련한 화장장에서 조용히 불태워졌다. 회사 운영에 대한 지분은 투자자들이 나눠 가졌지만, 범준의 아이디어가 회사를 만든 결정적인 계기기 되었으므로 많은 부분을 그의 결정에 따랐다. 그리고 그 존중의 결과가 그를 따라다니는 실장이란 인물이었다.

그는 종잡을 수 없는 사내였다. 멋대로 행동한다든가 감정의 기복이 심하다는 뜻은 아니다. 오히려 너무나 일관된 행동과 태도를 유지했다. 다만 무슨 생각을 하는지 알 수 없는 사내였다. 실없는 소릴 잘하고, 적당히 능글능글한 중년쯤으로 착각하던 때도 있었다. 그리고 얼핏 보면 그냥 평범한 사내처럼 보일 때도 있었다. 하지만 때때로 눈빛이 예사롭지 않게 빛났다. 그 순간 그의 모습은 마치 굶주린 포식자와도 같았다. 그렇다고 그가 무서운 얼굴만을 하고 다니는 사람은 또 아니었다. 그는 리액션의 제왕이라고 할 만큼 적당한 상황에 적절한 표정을 정말 잘 지었다. 쓸데없는 농담도 잘했고, 때때로 무능한 사람처럼 보이기도 했다. 이 변화가 너무 자연스럽고 훌륭해서 마치 한 편의 변검극을 보는 것만 같았다. 분명한 것은 범준이 결정권을 쥐고 있음에도 많은 부분, 실장의 손바닥 안에서 놀아나고 있다는 느낌을 지울 수 없었다.

실장은 병동의 데스크 위에 발을 올려놓고 책을 보고 있었다.

"왜 알고서도 가만히 있던 겁니까?"

사내는 범준의 목덜미의 흔적을 힐끗 보고는 다시 읽고 있던 책으로 눈길을 돌렸다.

"그 신부는 누굴 죽일 위인은 아닙니다."

범준은 단추를 풀러 박 신부가 그의 목에 남긴 자국을 내보였다.

"이걸 보고도 그런 말이 나오는 겁니까?"

실장은 피식 웃었다. 그는 검지와 중지로 데스크를 반복적으로 두드리며 말했다.

"신부가 20초 정도 목을 더 졸랐다면 의식을 잃으셨을 겁니다. 물론 거기서 30초쯤 더 졸랐다면 호흡도 멈췄겠죠. 그래도 우리가 들어가서 인공호흡을 한다면 생명에는 전혀 지장이 없었을 겁니다. 의사니 더 잘 아실 거 아닙니까? 무엇보다 그는 목을 조르며 손가락으로 경동맥을 누르지도 않았어요. 교살이 호흡을 막는 게 아니라 뇌로 가는 혈류를 차단하는 거라는 기본도 모르는 아마추어죠."

구원

마치 별일 아니라는 투로 말하는 그의 모습이 꼴 보기 싫었다. 범준의 목소리는 낮게 가라앉았다.

"지금 당신이 하고 있는 꼴을 보면 제대로 인공호흡이나 할지 모르겠네요."

실장은 그제야 보고 있던 책을 내려놓았다. 그리고 책상에 올려놓은 발 역시 내렸다. 그는 입고 있던 재킷의 끝을 잡아당겨 옷의 주름을 없앴다.

"믿으셔도 좋습니다. 사람을 살리는 일은 그쪽이 더 전문가겠지만, 죽이는 일에 있어서는 선생님보다 제가 전문가니까요."

실장은 싱긋 웃었다. 범준은 끓어오르는 혐오감을 감출 수 없었다. 더 이상 이야기하고 싶지 않았지만 확인할 게 있었다.

"저 신부가 정말 유진이란 학생을 임신시키고 죽게 만든 장본인입니까?"

실장은 어깨를 으쓱하고 이해할 수 없다는 얼굴을 하고 되물었다.

"회사를 만드실 때 구할 수 있는 최대한의 목숨을 구한다는 원칙을 세우셨다고 들었습니다만?"

"예."

"저희에게 의뢰한 유진 씨 부모님은 그의 죽음을 놓고 저희와 계약했고, 저희는 계약을 이행할 뿐입니다. 여기에 무슨 문제가 있나요?"

그랬다. 그 점에 대해서는 범준도 동의를 했었다. 자신이 할
일은 판단이나 심판이 아니었다. 그저 사람을 살리는 것뿐이
었다. 범준은 원칙을 생각했다. 원칙. 원칙. 그것만이 그를 좁
고 곧은 길에서 벗어나지 않게 할 터였다.

"그를 묶어주십쇼. 항원 검사를 해야 합니다."

"바로 도와드리……."

실장이 채 답하기도 전에 범준은 등을 돌려 병실을 향해 걸
어갔다.

박 신부는 의자에 묶여 있었다. 범준은 검은 양복에게 나가
보라는 시늉을 했다. 검은 양복은 문밖으로 나갔다. 쿵 하고 문
이 닫히는 소리가 들렸다. 범준은 박 신부의 팔뚝을 걷었다. 얼
마나 울었는지 박 신부의 눈은 부어 있었다. 추한 꼴이었다. 하
지만 자신에게 그를 경멸할 권리가 있을까. 아무리 죽는 이들
이 원했고, 공리적으로 옳은 일이라 하더라도 이 죽음이 정당
화될 수 있을까? 이 역시 오만한 심판은 아닐까? 범준은 생각
하지 않기 위해 신부 팔목의 푸른 정맥을 확인했다. 박 신부의
팔뚝에 노란 고무줄을 묶었다. 그리고 손바닥으로 정맥을 두
드려 혈관을 도드라지게 했다. 알코올 솜으로 혈관 주위를 닦
은 후, 입으로 비닐을 찢어 커다란 일회용 주사기를 꺼냈다. 조
심스럽게 바늘 끝을 확인했다. 바늘의 깎인 부분을 위쪽으로
향하게 한 후 45도의 각도로 세워 박 신부의 정맥을 찔렀다. 바

구원

늘이 반쯤 들어가자 범준은 주사기를 더 뉘여 혈관을 따라 비스듬히 바늘을 집어넣었다. 그러고는 팔목을 묶었던 노란 고무줄을 풀었다. 주사기 안으로 검붉은 피가 차오르기 시작했다.

"피 뽑기 좋은 정맥이군요."

이 피를 가지고 범준은 장기를 줄 사람을 찾을 터였다. 박 신부는 눈을 감았다. 성체와 성혈을 배령하는 미사의 순간이 머릿속에 떠올랐다. 피와 생명, 속죄와 희생, 그리고 부활의 약속. 15년 전 자신을 나락에서 꺼내주었던 화두를 던진 사내와 만났다. 그는 어떤 삶을 살아온 것일까? 무엇이 이 고결한 사내가 살인하도록 만든 것일까? 신을 믿지 않는 사제의 삶만큼이나 그의 삶도 부조리로 가득 차 있으리라. 그는 15년 전 어떤 지옥을 보고 어떤 삶을 가로질렀던 것일까? 박 신부는 그에게 말할 수 없는 친근함을 느꼈다. 범준은 대학살이란 비극의 자궁에서 잉태된 한 형제와 같았던 것이다.

커다란 주사기에 피가 가득 차자 범준은 바늘을 뽑았다. 그리고 알코올 거즈로 주사 자국을 눌렀다. 잠시 그렇게 누르고 있다가 일회용 밴드를 붙인 후 알코올 거즈를 쓰레기통에 버렸다.

"오늘은 상처에 물이 안 닿게 조심하세요."

범준은 주사기 안의 혈액을 시험관에 나눠 담았다.

"도대체 왜 이런 짓을 하는 겁니까?"

박 신부의 물음에 범준의 얼굴에는 조소가 떠올랐다.

"이런 짓이라니요? 어떤 짓 말입니까?"

"당신을 기억하고 있습니다."

시험관에 라벨을 붙이던 범준의 손이 멈췄다.

"저도요."

"죽고 싶어 하는 사람의 목숨으로 다른 사람을 살린다고 말하지만 살인 아닙니까? 그들이 자발적으로 원했다 해도 살인이란 사실은 변하지 않습니다. 제가 기억하는 선생님은 이런 일을 하실 분이 아닙니다. 대체 왜 그러시는 겁니까?"

"이 일이 어떻다는 겁니까?"

"몰라서 묻는 겁니까? 저들은 돈으로 사람 목숨을 사고팔고 있는 겁니다. 선생님은 거기에 이용당하고 있는 것뿐이고요. 이건 죄악입니다."

범준은 쓸쓸한 표정으로 한숨을 쉬었다.

"아니요, 이 회사는 제가 만들었습니다. 결코 이용당하는 게 아닙니다."

박 신부는 믿을 수 없다는 표정으로 범준의 눈을 응시했다. 범준은 그의 시선을 피한 채 말을 이어갔다.

"회사가 인술의 실현이나 봉사를 위해서 이 일을 한다고 말하지는 않겠습니다. 그들이 원하는 건 오직 이윤뿐이죠. 하지만 제 목표는 고작 부자들의 생명을 살리는 데 있지 않습니다. 장기를 이식하고 남은 신체 조직들 역시 판매합니다. 각막부터, 피부, 혈관, 뼈까지 누군가 생명을 구하고 고통을 덜어주기 위해 필요하죠. 사실상 그것을 공급하는 것만으로도 여러 사람을 구할 수 있습니다. 뿐만 아니라 저는 그 조직을 팔아서 결코 장기이식을 받을 수 없는 가난한 자들을 수술하는 데 사용합니다. 부자 두 명이 살면 가난한 자 두 명도 살 수 있죠. 이건 단순한 이윤의 추구가 아닌 공리의 실현입니다."

"궤변일 뿐입니다. 그건 선생님이 더 잘 아시지 않습니까? 왜 정의로부터 눈을 돌리십니까. 어떻게 이렇게 명백한 살인에 동참하시는 겁니까!"

"이 일에 대해 저는 아무것도 생각하지도, 판단하지도 않습니다. 당신이 언젠가 신에 대해 말한 적이 있었죠. 전 그때 말씀하신 신과 같은 입장입니다. 무엇도 판단하거나, 누구의 편도 들지 않고, 그저 더 많은 사람을 살리고 희생하는 이의 부탁을 이뤄주기 위해 최선을 다할 뿐입니다. 그게 제가 택한 좁은 길이죠."

"아니요, 사람의 생명은 어떤 경우에도 수단이 될 수 없습니다. 그것은 설사 자신의 생명이라 해도 마찬가지죠. 누구도 하느님이 주신 생명을 마음대로 결정할 수 없습니다. 그게 바로 자살이 용납될 수 없는 이유입니다. 인간을 가치로 따지고 생명을 수단으로 전락시키는 순간, 인간은 짐승과 다를 바 없는 존재가 되는 겁니다."

범준은 팀장이 했던 말이 떠올랐다.

"인간이 짐승과 다를 바 있나요? 생명의 가치, 존엄성, 다 좋은 이야기입니다. 하지만 그런 말은 반짝일 뿐 아무 가치가 없는 얇은 금박 같은 것이지요."

"인간이 고작 그 정도 가치라면 이렇게까지 할 필요가 있는 겁니까? 구원할 필요가 없는 존재라면 이런 짓 자체가 말이 안되지 않습니까!"

담담했던 범준의 목소리가 격정으로 떨렸다.

"고통은, 고통은 덜어줄 수 있으니까요!"

범준의 얼굴이 고통으로 일그러졌다.

"누구나 고통받지 않을 권리는 있는 겁니다."

그의 절규에 박 신부는 아무 말도 할 수 없었다. 침묵이 흐르는 동안 범준의 관자놀이는 사정없이 파닥거렸다.

"제가 사적인 이익이나 욕망 때문에 이 일을 한다고 생각합니까?"

범준은 낮게 으르렁거리는 듯한 목소리로 이렇게 되물었다.

"당신도 그곳에 남았으니 무언가 겪었겠지요. 전 그곳에서 돌아왔을 때, 평범히 살기로 했습니다. 팀장님을 땅에 묻고 돌아오는 길, 세상을 향한 제 이상도 같이 묻어버렸습니다. 그래도 신기하게 살아지더군요."

범준이 내뱉는 한 마디 한 마디마다 피고름 같은 고통이 배어 나왔다.

경련

이상할 정도로 괜찮았다. 차이라면 자신의 동기들에 비해 고작 2년 정도 늦은 경력이 전부였다. 물론 그것을 상쇄할 만한 임상 경험이 있었으므로 별문제랄 것도 없었다. 그가 돌아간 종합병원 내에 어떤 의사보다 수술 경험이 많았으므로 또래 의사들에 비해 월등한 실력을 자랑했다. 흉부외과는 늘 인력 부족에 시달렸으므로 취직이 어렵지도 않았다. 물론 모두가 원하는 정교수로 진급하는 출세의 길과는 다소 먼 월급 의사일 뿐이었지만, 예전을 생각하면 그조차도 과했다.

그렇게 자리를 잡자 부모님은 선을 보라고 성화였다. 거부할 이유가 없었기에 보러 나갔고, 그렇게 결혼할 사람을 만났다. 그녀는 성악을 전공했고, 대학원에서 박사과정을 밟고 있었다. 조용한 여자였고, 범준은 그것이 마음에 들었다. 넉 달 만에 결혼을 했고, 병원과 멀지 않은 곳에 아파트를 구했으며, 자신의 출퇴근용으로 SUV를, 아내의 출퇴근용으로 세단을 샀다. 가끔 악몽을 꾸는 밤이 있었지만 그뿐이었다. 이런 삶에 적응하는 것이 힘들 것이라 생각했는데 어째서일까? 잠이 오지 않는 밤에 그 이유를 곰곰이 생각해보았다. 그리고 깨달았다. 자신이 속한 세계는 그가 겪어야 했던 세계와는 너무나 다른 나머지, 내세의 기억이나 하룻밤의 꿈같이 느껴졌다. 그러므로 견딜 수 있었다.

단 하나, 쇼핑을 하는 일에는 여전히 익숙해지지 못했다. 범준은 매번 그토록 많은 물건들이 존재한다는 것에 익숙해질 수 없었다. 아내는 정반대였다. 집에 돌아오면 홈쇼핑 채널을 늘 틀어놓았고, 웹브라우저의 즐겨찾기는 모두 인터넷 쇼핑몰이었다. 그것에 대해 싫은 소릴 한 번쯤 한 적도 있지만 아내는 고치지 못했다. 누구나 문제는 있었다. 자신처럼 악몽을 꾸는 것에 비하면 그편이 나은 것일지도 몰랐다. 아내는 강사로 일을 했고 두 사람이 벌었지만 혼자 살 때보다 늘 돈에 허덕였다.

그래도 결혼 6개월 만에 아내가 임신했다. 기뻤다. 아니, 사람들 앞에서는 기쁜 척을 했다. 하지만 이런 세상에 아이를 낳아도 되는 걸까, 실은 두려웠다. 범준이 아내와 각방을 쓰기 시작한 것은 이 무렵부터였다. 악몽에서 깨곤 하는 범준의 습관 때문에 집사람이 편하게 잘 수 없었으니까.

그리고 아이가 태어났다. 범준은 진심으로 기뻤다. 단 한 번도 상상하지 못했지만 막상 아버지가 되어보니 책임감이 느껴

구원

졌다. 이 작은 생명체를 자신이 전적으로 돌봐야 했고, 자신이 지켜야 했다. 그것은 책임이자 희망이었다. 이 아이는 자신이 찾지 못한, 그리고 이루지 못한 어떤 고결한 것에 다다를 수 있을지 몰랐다. 순백으로 찬란한 이 아이의 인생에서 자신이 이루지 못한 것을 이룰 수 있게 해주고 싶었다. 자신이 겪어야 했던 고통으로부터 지켜주고 싶었다.

그러기 위해서는 돈이 필요했다. 범준은 병원 일에 더 열심히 매달렸다. 봉직의의 삶은 녹록지 않았다. 돈이 나갈 곳은 많았지만 수입은 뻔했다. 아이를 생각하면 최소한 정교수가 되어야 할 것 같았고, 그러기 위해서는 앞장서서 병원 일에 나서야 했다. 윗분들의 마음에 들기 위해 시간을 쪼개 골프도 배웠고, 술도 마셨다. 시간은 점점 부족했고, 병원 일은 점점 빡빡해졌다. 예정에 없던 수술이 잡히면 자신도 모르게 인상을 썼고, 레지던트나 인턴이 실수를 해서 시간을 낭비하면 불같이 화를 냈다. 그 와중에도 틈을 내 논문을 쓰고 연구 성과를 남겨야 했다. 따라서 연구에 도움이 되지 않는 환자는 귀찮은 짐일 뿐이었다.

어느 날 오후 범준은 화장실에서 볼일을 보고 손을 닦다 거울에 비친 자신의 얼굴을 바라보았다. 자신이 그토록 경멸하던 과장과 똑같은 얼굴이 그 속에 있었다. 거울을 깨버리고 싶었지만, 그러지 않았다. 경멸조차 상관없었다. 이를테면 이것은 여분의 삶이었다. 이제 범준에게 중요한 것은 그의 아이뿐이었으니까.

집에 돌아오면 여전히 아내는 쇼핑에 매달렸다. 행복은 택배를 타고 왔다. 방 하나 가득 뜯지도 않은 박스가 채워졌지만, 누구나 문제가 있기 마련이었으니까. 화약 냄새를 가득 머금고 하늘을 나는 강철 덩어리나, 정글칼을 든 민병대에 비하면 그것은 사소한 문제였다. 그리고 아내는 아이에게 좋은 엄마였다. 아름다운 자장가를 불러주었고, 가장 좋은 옷과 좋은 음식을 먹였다. 가장 좋은 어린이집에 보냈고, 가장 좋은 유치원, 가장 좋은 사립 초등학교, 그리고 가장 좋은……. 이런 식의 미래가 계속 이어질 예정이었다. 다만 그 예정에 따르면 더 많은 돈이 필요할 뿐이었다.

초등학생이 된 아이는 엄마를 닮았다. 말이 별로 없었고, 야무진 성격이었다. 좋고 싫음에 대한 의견이 분명했고, 노래를 잘 불렀다. 가끔 기분이 좋을 때면 아이는 범준을 위해 노래를 불러주었다. 아이가 부르는 노래를 듣고 있으면 모든 걸 잊을 수 있었다.

그때까지 과거는 범준을 놓아주지 않았다. 악몽에서 깨어나 혼자 주방에서 물을 마시고 있으면 당장이라도 응급 환자가 들어와 식탁 위에서 수술을 해야 할 것만 같았다. 가끔 일출이나 일몰의 순간, 꽉 막힌 올림픽대로에서 황혼에 물든 한강을 보고 있으면 눈물이 나왔다. 하지만 아이가 노래를 부를 때

구원

면 돌처럼 가슴속에 맺혀 있던 단단한 것이 천천히 녹아내렸다. 스스로를 경멸하며 살아가는 일에도 익숙해질 수 있다는 사실이 범준에게는 놀라웠다. 아이가 주는 사소한 기쁨만으로도 충분히 살아갈 수 있었다. 물론 범준이 미처 알지 못하던 것도 있었다. 사소한 기쁨이란 아주 사소한 불행으로도 쉽게 무너지기 마련이었다.

그 무렵 범준이 있던 병원의 흉부외과는 한차례 큰 변화를 맞이했다. 마케팅 강화의 일환으로 심장이식센터를 만들기로 결정한 것이었다. 덕분에 병원에서 범준의 입지는 더욱 단단해졌다. 그는 심장이식에 관한 한 스페셜리스트였다. 물론 그것만으로 정교수 자리를 얻을 수는 없었다. 심장이식센터에서 아무도 하지 못할 특이한 수술을 해야 했다. 범준에게 그것은 인공심장 수술이었다. 물론 이전에도 인공심장 수술은 있었다. 하지만 그것들은 주로 심장의 판막을 대체하거나 심장에 심박 보조 장치를 다는 정도의 수술이었다. 즉, 문제가 생긴 심장을 고치는 수술들이었다. 그러나 심장 전체에 문제가 생긴 환자들은 그 정도 수술로는 살 수 없었다. 범준은 심장 전체의 기능을 대체하는 완전한 인공심장 수술을 준비하고 있었다. 그 수술을 통해 매년 심장이식을 기다리다 죽어가는 환자들의 생명을 늘려줄 수 있을 터였다. 뿐만 아니라 그 수술이 범준의 교수직을, 그리고 아이의 미래를 보장할 터였다.

인공심장 수술을 준비하는 동안 관련된 외국의 논문과 수술 영상들을 확인하고, 업체 바이어들을 만나 우리나라에선 아직 시도된 적 없는 인공심장에 대한 설명들을 들었다. 병원의 일을 줄일 수 없으므로 집으로 돌아가는 시간을 줄일 수밖에 없었다. 마치 레지던트 시절처럼 며칠씩 병원에서 보내는 날들이 늘었다. 먼 외국에서 있는 관련 세미나도 빠지지 않았다. 심장이식센터 덕분에 교수직 정원을 늘릴 것이라고 원장은 말했다. 인공심장 수술에 관한 논문만 성공시킨다면 범준의 정교수는 사실상 확정된 것이나 다름없었다. 그러므로 며칠씩 병원을 벗어나지 못하는 삶이 조금도 힘들지 않았다. 아니, 아프리카에서 보낸 날들에 비하면 오히려 수월했다.

하루는 퇴근하고 돌아왔는데 아이가 보이지 않았다. 아내에게 물으니 며칠째 감기가 심해서 앓아누워 있다 했다. 방에 들어가보니 아이는 땀을 뻘뻘 흘리며 자고 있었다. 숨소리조차 쌕쌕거리는 것이 심상치 않아 보였다. 범준은 이마에 손을 대보았다. 깜짝 놀랄 정도로 열이 높았다. 그는 전화를 걸어 앰뷸런스를 불렀다.

처음에는 폐렴인 줄 알았다. 아이는 항생제를 처방받았고, 범준은 아이의 병실 간이침대에서 잤다. 하지만 아이의 상태는 나빠져갔다. 범준은 차트를 확인했다. 아무래도 항생제가 듣지 않는 것 같았다. 아이의 기침은 심해졌고, 열은 더 올랐다. 주치의와 상의해 다시 검사를 하기로 했고, 범준은 모든 일

구원

정을 뒤로 미룬 채 검사받는 아이를 따라다녔다. 기침을 할 때마다 온몸을 뒤트는 아이를 보면 범준의 가슴도 찢어졌다. 엑스레이를 찍자 폐부종이라는 사실이 밝혀졌다. 뒤늦게 폐부종의 원인에 대한 검사가 이어졌고, 심초음파 검사를 하자 이유가 밝혀졌다. 바이러스성 확장성 심근증이었다. 뒤늦게 산소호흡기를 달고 약물치료를 시작했지만 하루 만에 심근증은 이미 급성 심부전으로 발전했다. 다음 날 아이는 의식을 잃어버렸고 외과적인 처치가 필요하다는 판단하에 흉부외과로 넘어왔다. 마음 같아서는 범준이 직접 수술하고 싶었지만 자신이 없었다. 긴급회의 결과 심장 재건술을 가장 잘하는 과장이 수술을 맡기로 했다. 검사부터 수술 일정까지 모든 환자들 중 범준의 아이가 최우선으로 올랐다. 하지만 이미 늦었다. 수술 직전, 조직 검사를 했을 때 이미 심근이 너무나 빠른 속도로 괴사해 재건이 불가하다는 판정이 나왔다. 과장이 상황을 설명하자 아내는 혼절했다. 범준은 아직 포기할 수 없었다.

살기 위해서는 심장을 이식받아야 했다. 그러나 심장이란 게 필요하다고 마트에서 사 올 수 있는 물건이 아니었다. 이식 리스트 꼭대기에 아이 이름을 올려놓았지만 한 달을 기다려야 할지, 10년을 기다려야 할지 아무도 알 수 없었다. 아이의 상태는 길어야 3일을 넘기기 힘들 터였다.

선택할 수밖에 없었다. 범준은 아이의 심장을 자신의 손으로 직접 끄집어내기로 했다. 그는 자신이 준비하던 인공심장 수술 대상자로 아이의 이름을 올렸다. 압축공기로 움직이는 인공심장을 뛰게 하기 위해서는 아이의 체중보다 네 배나 더 나가는 압축기를 달고 있어야 했다. 물론, 배터리나 전기를 이용하는 전기기계식 심장도 있었지만 구동 효율과 생존 기간이 공기 압축식과는 비교가 되질 않았다. 언제까지 심장을 기다려야 할지 알 수 없는 아이를 위해 관리가 편하다고 생존 시간을 단축시키는 모험을 할 수 없었다. 물론 공기 압축식 인공심장도 문제가 많았다. 압축기의 크기 탓에 병실 밖으로 나갈 수도 없었고, 몸 밖으로 압축공기 튜브가 나와 있으므로 감염의 위험이 상존했다. 뿐만 아니라 만약 압축공기가 내부에서 새면 혈액과 반응해 혈전이 생기거나 심장에서 피가 굳어버릴지도 몰랐다. 말이 좋아 인공심장이지 가슴에 폭탄을 달고 있는 격이었다. 하지만 선택의 여지가 없었다.

수술 장갑을 끼며 범준은 이 아이러니한 불행을 어떻게 받아들여야 할지 생각해보았다. 만약 그가 이 인공심장 수술을 퇴근도 미뤄가며 준비하지 않았다면 아이는 수술받지 못했을 터였다. 하지만 자신이 일찍 집에 들어가고 아이의 상태에 관심을 가졌다면 일이 이 지경이 되기 전에 치료받을 수 있지 않았을까. 범준은 고개를 저었다. 바이러스성 심근증은 의사들조차 감기로 흔히 착각하는 병이었다. 그리고 설사 걸렸다 해도 증상조차 모른 채 지나가는 사람도 많았다. 운이 없었을 뿐이야. 범준은 눈을 감고 심호흡을 한 뒤 메스를 들었다. 그리고

구원

방포 아래 있는 것이 그의 아이가 아닌 하나의 환자에, 치료할 대상에 지나지 않는다고 믿기 위해 의식을 메스 날 끝에 집중했다.

　사람들은 쉬라고 말했지만, 아이가 눈뜰 때까지 잘 수도 먹을 수도 없었다. 자신의 삶이 얼마나 위태로운 것들에 의해 지탱되고 있었는지 범준은 비로소 실감할 수 있었다. 아내는 닥친 현실을 인정하지 못했다. 그녀는 범준이 수술을 마치고 나올 때까지 뭔가 검사에 착오가 있으며 이 수술은 필요 없는 것이라 주장했다. 아내는 각종 튜브를 주렁주렁 단 채 중환자실에 누워 있는 아이를 보고서도 믿지 못했다. 그녀는 범준을 원망하며 불같이 화를 냈다. 심장 전문의라는 인간이 아이가 저 모양이 되도록 모르고 있었다는 게 말이 되냐고 따졌다. 그러면서 결혼 이후 지금까지 범준의 태도를 모두 들먹이며 당신이 가족에게 무관심한 탓에 이런 일이 벌어졌다고 길길이 뛰었다. 범준은 아무 말도 하지 않았다. 아니, 할 수 없었다.
　가족들과 병원 사람들이 설득해 흥분한 아내를 간신히 집으로 돌려보낼 수 있었다. 홀로 남은 범준은 아이의 병실을 지켰다. 압축기가 돌아가며 만들어내는 규칙적인 소음 속에서 아이는 잠들어 있었다. 범준은 문득 지금 듣는 이 소리가 그가 집어넣은, 실리콘과 세라믹, 고분자 폴리우레탄으로 이뤄진, 아이의 새 심장이 뛰는 소리임을 깨달았다.

293

IV

깨어난 아이는 자신이 처한 현실을 부모보다 빨리 받아들였다. 범준이 아이에게 상황을 설명해주자, 아이는 고개를 끄덕이며 알았다고 답했다. 가끔 짜증을 내기도, 친구들을 그리워하기도 했지만, 대체로 의젓하게 병실 밖으로 나가지 못하는 자신의 삶을 묵묵히 받아들였다. 매번 병원에 올 때마다 울음을 참지 못하는 아내와는 정반대였다.

하루는 밤늦게 병실에 찾아갔다. 아이가 우는 아내를 달래고 있었다.

"엄마 미안해. 내가 아파서 미안해."

그 어른스러움이 범준의 가슴을 또 한 번 찢었다. 좀 더 아이답게 투정하고, 울면서 자신에게 기대도 좋을 텐데. 어느 날엔가는 혼자 창밖을 보며 노래하고 있었다. 푸른 하늘 아래 노래하는 아이의 목소리는 높게 퍼졌다. 범준은 아이 옆에 앉아 노래를 들었다. 그 맑고 투명한 목소리의 애절함만으로도 아이가 얼마나 밖에 나가고 싶어 하는지 알 수 있었다.

"나가고 싶지?"

"아니, 괜찮아."

"조금만 참고 기다리자. 심장을 이식할 사람만 찾으면 아빠가 바로 고쳐줄게. 그러면 나가서 뛰어놀 수 있어."

아이는 창백한 얼굴로 환하게 미소 지었다.

"난 아빠가 뭐 하는 사람인지 잘 몰랐는데, 이렇게 대단한 일을 하는 훌륭한 사람이었다니. 진짜 존경스럽다."

구원

그 미소가 마냥 기쁘지 않았던 것은 그 순간 범준이 자신이 얼마나 무심한 아버지였는지 뼈저리게 깨달았기 때문이다. 가족을 위해 일을 한다고 했지만, 결코 가족을 보고 있지는 않았다. 아프리카에서 저지른 실수를 반복하고 있었다. 범준은 아이와 아내에게 한없이 미안했다.

그날 오후, 집에서 혼자 아이의 밑반찬을 하고 있을 아내를 위해 선물을 사 들고 돌아갔을 때, 범준이 마주친 것은 아내가 있는 학교의 조교라는 젊은 사내였다. 그는 범준을 향한 노골적인 적개심을 숨기지 않았다. 화를 내야 했지만 화도 나지 않았다. 범준은 그냥 이렇게 말했을 뿐이었다.

"뭘 해도 상관없는데, 애가 아프니까 알아채지 않도록 조심해."

그녀에게도 그녀만의 위안이 필요할 터였다. 가슴이 터질 것 같았다. 병원 주차장에 차를 세우고 아이가 있는 병실을 바라보았다. 해가 지자 아이의 병실에 불이 들어왔다. 그 먼 빛이 너무나 아련했다. 이 지경이 되기까지 뭘 하고 있었던 걸까. 이 모든 일이 믿어지지 않았다. 그러나 주저앉을 수 없었다. 아직 아이가 남아 있었다. 아이에게 새 심장을 주기 전까지 분노하거나 슬퍼하는 것조차 사치였다.

계절이 바뀌는 동안 아이는 점점 살이 빠졌다. 창밖을 보는 날도 노래를 부르는 날도 줄어들었다. 문을 열고 병실로 들어가면 침대에 웅크린 채 잠들어 있는 아이의 모습을 볼 수 있었다. 아이는 금방이라도 꺼질 촛불처럼 흰 침대 속으로 자꾸 가라앉고 있었다. 범준은 내내 아이의 병실에서 지냈다. 일주일에 한 번, 갈아입을 옷을 가지러 집에 돌아갔다.

한 차례 감염으로 고단위 항생제 치료를 받은 후, 아이는 처음으로 울음을 터뜨렸다. 그 강한 아이가 울었다. 우는 아이 옆에 앉아 범준이 할 수 있는 일이란 고작 아이의 머리를 쓰다듬는 일뿐이었다. 범준은 날짜를 계산했다. 벌써 반년이 지났고 이제는 평균 생존 가능 기간이 1년도 남지 않았다. 심장이식 대기자 리스트의 가장 꼭대기에 올리고, 중국부터 동남아시아까지 가능한 심장을 알아봐도 아무런 소용이 없었다. 한 해에 이식할 심장이 없어 죽는 사람이 수만 명이었다. 속절없이 시간은 흘러갔다. 한 차례 압축기가 고장 났고, 패혈증과 고단위 항생제 투입이 이어졌다. 범준의 재빠른 처치 덕에 아이의 생명은 지킬 수 있었지만, 빠른 속도로 약해지고 있었다.

초조해진 그는 몰래 실험실을 찾았다. 자신의 항체 검사를 위해서였다. HLA 검사 결과가 나오기를 기다리는 동안 범준은 확률을 계산했다. 부모와 아이가 같을 확률은 형제보다 낮았다. 동생을 하나 더 낳는 건데. 바보 같은 생각이었다. 동생이 있다 해도 심장은 이식할 수 없었다. 그럼에도 줄 수 있다면 자신의 심장이라도 주고 싶었다. 출력된 검사지는 그의 소망이 물거품이라고 말하고 있었다. 여섯 개의 항원형 중 딱 반이 맞았다. 하나만 더 맞았더라도, 최악의 경우 자신의 심장을 줄 수

구원

있었을 텐데. 범준은 아이를 위해 아무것도 할 수 없는 자신에 절망했다.

희망은 예상한 것과 조금은 다른 형태로 찾아왔다. 응급실로 한 남자가 실려 왔다. 이십대 중반의 사내는 도착 당시 이미 혼수상태였다. 목을 매달았던 그는 집주인의 신고로 8분여 만에 구조되었다. 병원에 찾아왔을 때는 응급 요원의 적절한 처치로 심장박동과 호흡은 어느 정도 안정을 찾은 상태였다. 하지만 의식이 돌아오지 않고 있었다. 담당 의사는 그가 뇌 손상을 입었을 것으로 판단했다. 때마침 그의 면허증에는 장기이식 희망자라는 스티커가 붙어 있었다. 그래서 가족의 의견을 물어 신경외과에 그의 뇌사 여부에 대한 판단을 의뢰했다. 범준이 그 이야기를 들었을 때 다른 것을 생각할 수 없었다. 차트를 확인했다. 키는 비슷했다. 성인치고 왜소한 체구였던 사내의 체중은 아이보다 고작 6킬로그램 정도가 많을 뿐이었다. 이식 가능한 크기와 같았다. 불법이었지만 그런 것은 생각할 겨를도 없었다. 그는 사내의 병실로 숨어 들어가 샘플을 채취했다. 적합성 검사를 위해서였다.

여섯 개의 항원 반응 일치.

더 이상 바랄 수 없는 이상적인 심장이 바로 그곳에 누워 있었다. 범준은 당장 가족들에게 이 기쁜 소식을 전하고 싶었다. 그러나 참았다. 그가 뇌사자라는 확신이 없었기 때문이었다.

뇌사가 정해지는 절차는 사람들이 생각하는 것보다 훨씬 복잡하고 꼼꼼하게 진행된다. 대상자의 가족이 뇌사 판정을 담당 의사에게 신청하면 의사는 신경정신과 의사가 포함된 두 명의 의사를 뇌사 조사자로 지명한다. 법적 절차에 의거해 그들은 정해진 검사를 철저히 한다. 혹 한 명이 실수할 수도 있을 것을 대비해 두 명이 하는 것이다. 그리고 그 검사 결과를 뇌사 판정 위원회에 심사 요청을 한다. 그러면 위원회에서는 보내온 검사 결과를 토대로 회의한 후에 판정을 내린다. 물론 검사 결과가 부족하다고 생각하면 담당 의사를 호출해 더 자세히 조사하게 할 수도 있다. 이런 복잡한 절차 때문에 사실 뇌사자의 장기이식을 위해 법을 개정해야 한다는 목소리도 없지 않았다. 이 기다림의 과정에서 뇌사자가 사망하거나 이식을 기다리다 죽는 환자들도 있었던 것이다. 물론 그 검사 기준도 매우 엄격하다. 생명 유지 장치의 도움 없이 자발적 호흡이 불가능하고, 뇌 손상이 뇌간을 포함한 전체에서 나타나야 하며, 장기 전체에서 기능 장애가 보여야 하고, 일말의 회복 가능성이 없는 경우에만 뇌사자로 인정되었다.

따라서 범준은 아이에게 섣부른 기대를 품게 하고 싶지 않았다. 이 무렵 아이에겐 또다시 가벼운 패혈증 증세가 나타나 항생제를 대량으로 처치받은 후 간신히 회복 단계에 접어들고 있었던 것이다. 회복기에는 환자의 심리 상태가 회복 속도에 큰 영향을 끼쳤다. 자칫 경솔한 행동은 아이의 상태를 더욱 나

구원

빠지게 할 수 있었다.

사내는 뇌사 판정 대상으로 선정되어 10단계에 걸친 검사를 받게 되었다. 검사를 담당했던 신경외과의는 같이 인턴을 했던 적이 있는 사람이었다. 친하지는 않았지만 휴게실 앞에서 기다리고 있다가 자판기 앞에서 우연을 가장한 척 마주쳐 잘 마시지도 않던 커피를 권하며 지나가는 말로 그의 상태를 물었다.

"글쎄, 대체로 뭐…… 뇌사 같긴 한데 확실친 않아. 뇌파도 평탄파고, 뇌간 반사도 없고, 자극에도 반응이 없고."

"그럼 뇌사네. 뭐가 문젠데?"

"무호흡 검사를 하는데 산소 포화도가 그렇게 많이 떨어지진 않는 거 같아."

"이상하네. 그럼 뇌사가…… 아닌가?"

범준은 그의 눈치를 살폈다.

"아니, 천천히 오르긴 해도 이산화탄소 포화도가 증가하긴 하니까. 사람마다 반응이 다른 건 너도 알잖아. 법에 정한 기준에 딱 떨어지게 증상이 나타나는 사람이 있나?"

"그러면 어떻게 되는 건데?"

"뭐, 판정은 내가 하나? 나야 검사만 해서 위원회에 올리는 거지. 여섯 시간 후에 똑같은 검사를 하고 별 변화가 없으면 아마 뇌사로 나오지 않을까?"

범준은 자신도 모르게 한숨을 쉬었다.

"하긴 너도 깝깝하겠다. 워낙 사람들이 장기 기증을 안 하니 뇌사자를 바라보는 네 심정이 오죽하겠어. 근데 뇌사자로 정해져도 별수 없잖아?"

"왜?"

"우리가 이식 환자 결정하는 거 아니잖아. 조직 적합성도 맞아야 하고, 리스트에서도 상위에 있어야 하고, 체격도 비슷해야 하고…… 그런 조건이 맞을 가능성이 얼마나 된다고……. 더구나 병원에서 결정하는 것도 아니고 국가에서 뺑뺑이 돌리는 건데."

범준은 말없이 고개를 끄덕였다. 하지만 아이는 이미 장기이식 대기자 꼭대기에 있었다. 인공심장을 하고 있었고, 긴급한 장기이식이 필요했다. 거기에 여섯 개의 면역반응이 일치했고 혈액형이 같았다. 뇌사자와 거리도 가까웠고 체격도 비슷했다. 더 이상의 조건은 없었다. 범준은 아이가 있는 병실로 향하며 기쁨의 환호성을 지르지 않기 위해 주먹을 꽉 쥐어야 했다.

행복, 놀라움, 기쁨, 감동, 희망…… 모든 좋은 의미의 단어들이 작은 병실 안을 가득 채웠다. 무엇이 더 필요할까. 아이가 인공심장을 이식받은 지 정확히 285일째 되는 날이었다. 살아 있을 가능성이 하루가 다르게 줄어들고 있었다. 소식을 들은 아내와 아이, 범준은 손을 맞잡았다. 이미 아내와의 돌이킬 수 없는 관계도, 아이의 죽음에 대한 공포도, 그곳엔 없었다. 너무나 행복해서 불안할 지경이었다. 하지만 이내 마음을 다잡았다. 그 순간 기쁨 외에 무엇이 더 필요하단 말인가. 범준은 이 기쁜 비밀을 다른 사람들이 모르게 하라고 입단속을 시켰다.

그렇게 웃으며 병실 문을 닫고 나오는 순간, 거짓말처럼 기쁨은 두려움으로 바뀌었다. 두려움의 정체가 무엇인지 몰라 더욱 두려웠다. 복도를 걸으며 손목시계를 확인했다. 이제 재검사가 마치기까지 두 시간도 채 남지 않았다. 어쩌면 재검사하는 동안 생존의 징후가 발견될지도 몰랐다. 그러면 어떻게 될까. 상상만 해도 끔찍했다. 지금 떠오른 순간의 높이만큼 바닥에 처박힐 것이 분명했다. 범준은 두려움의 정체를 깨달았다. 단 1퍼센트의 불안 요소도 있어서는 안 됐다. 이식을 받기 위해 수술실에 들어가기 전까지는 모두 손 밖의 운명이었다. 만약 지금 당장 수술해야 한다면 두렵지 않았으리라. 수술실 안에서 무슨 일이 벌어지더라도 범준은 아이를 살릴 자신이 있었다. 하지만 지금 당장 할 수 있는 일이 아무것도 없었다. 걷잡을 수 없는 불안 속에서 범준은 사내가 누워 있는 병실로 향했다. 간다고 무엇이 바뀔 리 없다는 건 잘 알고 있다. 하지만 아는 것만으로는 부족할 때가 있다. 범준에게는 지금이 바로 그 순간이었다.

간호사와 다른 의사의 눈을 피해 병실에 들어섰을 때 사내는 침대 위에 가지런히 누워 있었다. 그의 병실은 조용했다. 산소호흡기를 쓰고 숨을 쉴 때마다 가슴이 오르락내리락했다. 모니터가 알리는 그의 바이털사인은 안정되어 있었다. 삑. 삑. 삑. 생명 유지 장치는 너무나 규칙적인 비프음을 내고 있었다. 사내의 모습을 보자 불안하던 범준의 마음도 비로소 안정을 되찾았다. 병실의 고요함이 마치 죽음을 연상시켰기 때문이다. 물론 사내는 어딜 봐도 잠든 사람 같았다. 그러나 이미 뇌사자를 몇 번 본 적 있었다. 모두 잠든 것처럼 평온해 보였고 아무 고통도 없어 보였다. 그의 모든 생체 징후가 죽음을 가리키고 있음을 알고 있었다. 그리고 두 시간 뒤 그것은 확증될 것이었다. 신경외과의의 말처럼 별다른 이변이 없는 한 위원회에서는 그를 뇌사 판정할 것이다. 불안할 것도 걱정할 것도 없었다. 그는 그곳에 서서 어느 때보다 간절한 마음으로 그가 믿지 않았던 모든 존재들에게 기도를 했다. 지금 눈앞에 있는 사내가 이미 죽어 있기를.

쓸데없는 오해를 피하기 위해서 병실에서 나와야 할 시간이었다. 마지막으로 사내의 얼굴을 보았다. 그의 얼굴은 평안해 보였다. 문득 죄책감을 느꼈다. 범준은 지금 그의 병실에 찾아와 그가 죽은 것이기를 기도했던 것이다. 미안한 마음에 다가가 사내의 손을 잡았다. 이 사내는 어떤 삶을 살아왔던 것일까? 부드럽고 따뜻한 손이었다. 손이 떨렸다. 범준은 그의 손을 내려놓고 병실 문 앞에 섰다. 그리고 문손잡이를 움켜쥐려

구원

다 자신의 손을 펼쳐보았다. 생명선과 감정선, 지식선과 운명선이 어지럽게 얽혀 있는 손금을 보며 범준은 생각했다.

'내 손이 떨렸던가?'

답이 떠올랐다. 그리고 또 생각했다.

'뒤를 돌아보지 마! 뒤를 돌아보지 마!'

뒤돌아보면 소금 기둥이 될 것을 알면서도 결국 돌아보는 것이 사람이다. 범준 역시 그랬다. 다시 사내에게 다가갔다. 한 발 한 발이 마치 칼날 위를 걷는 것처럼 너무나 아팠다. 그럼에도 범준은 다시 사내 앞에 섰다. 그리고 사내의 손을 잡았다.

손이 떨리고 있었다.

경련이었다. 아주 희미해서 웬만한 사람들은 눈치채지 못할 가냘픈 경련이었다. 자원봉사를 하는 동안 변변한 검사 장비 없는 곳을 전전하며 촉진에 의존했기에 분명히 알 수 있었다. 이건 경련이었다. 경련은 많은 징후를 말해준다. 대체로 나쁜 징후였다. 하지만 이 순간 경련은 이 사내가 뇌사하지 않았다는 증거이기도 했다.

어떤 언어로도 묘사할 수 없는 짧은, 그러나 영원과도 같은 공백의 순간이 찾아왔다. 어떤 생각조차 할 수 없었다. 마치 무(無)가 그의 눈앞에서 타올라 모든 것을 사라지게 하는 것 같았다. 그것은 거의 진공과도 같은 공포였다. 그렇게 그는 잠시 사내의 침대 앞에 서 있었다. 마치 소금 기둥이 되어버린 양, 그는 자신의 앞에 누워 있는 사내를 내려다보고 있었다.

돌이킬 수 없는

"신부님이라면 어떤 선택을 하셨을까요? 그가 뇌사자가 아니라는 사실을 사람들에게 알렸을까요? 아니면 비밀로 한 채 아이에게 이식되기를 바라며 침묵했을까요?"

범준의 질문에 박 신부는 답을 할 수 없었다. 그의 이야기를 듣는 내내 박 신부의 마음은 복잡했다. 처음엔 무슨 뜬금없는 소리를 하나 화가 났다. 그리고 자신을 기만하기 위해 꾸며 낸 이야기일 뿐이라고 생각했었다. 그러나 아이에 대한 이야기는 그런 차원의 문제가 아니었다.

"두 시간 뒤 뇌사를 판정하는 그들에게 결정을 맡기겠지요. 저는 약한 인간이니까요."

범준은 창밖을 바라보았다. 짙은 선팅지가 발라진 병원의 창에는 아무것도 보이지 않았다. 그는 손바닥을 펼쳐 한쪽 눈을 눌렀다.

"저는 그렇게 하지 못했습니다. 제가 결정했습니다."

구원

갈라지는 목소리로 범준이 입을 열었다. 목소리만으로도 그의 선택을 알 수 있었다.

"그리고 그 결정을 매일, 매시간, 매초, 지금 이 순간까지 여전히 후회하고 있습니다."

한 자 한 자를 발음할 때마다 목소리에서 고통이 배어 나왔다. 그의 삶을 짓누르고 있는 회한이 얼마나 거대할지 박 신부는 상상조차 할 수 없었다.

*

뇌사 판정 위원회는 취소되었다. 그리고 결코 원하지 않았지만, 범준이 혼수상태인 환자를 구했다는 영웅담은 병원에서 빠르게 퍼져나갔다. 선택의 여지가 없었다. 다른 사람의 입을 통해 듣기 전에 가족들에게 먼저 말할 수밖에.

아이는 현실을 금방 받아들였다. 범준은 변명하듯 말했다. 설사 자신이 발견하지 못했어도 두 시간 뒤 재검사하는 동안에 밝혀졌을 것이며, 경련 자체가 뇌사가 아니라는 증거이긴 하지만 상태가 악화되면 뇌사 판정을 다시 받을 수도 있다고 차근차근 설명했다. 아이는 아쉬운 표정으로 이렇게 말했다.

"잘했어요, 아빠. 살아 있는 사람 심장을 받을 순 없잖아요."

아이 목소리를 듣는 순간 범준은 이미 후회하기 시작했다.

병실에서 나오며 아내는 그에게 단 한 마디만을 말했다.

"꺼져."

범준은 몇 번이나 자신이 왜 그런 멍청한 짓을 했는지 생각하고 또 생각해보았다. 쓸데없는 도덕적 자부심이었을까? 자기만족? 어쩌면 아이가 자신과는 달리 어떤 죄도 없이 완전무결한 존재이길 바라는 부질없는 바람? 그가 평생 꿈꿨으나 결코 도달하지 못했던 무엇을 자신의 아이는 지킬 수 있길 원했다. 그렇다면 그조차 일종의 이기심이자 자기만족일 뿐이리라. 아니, 어쩌면 책임을 회피하기 위해 그런 선택을 한 것인지도 몰랐다. 자신의 손에 피를 묻히고 싶어 하지 않는 알량한 도덕적 자부심.

어느 쪽이든 범준은 자신을 저주했다.

아이의 패혈증은 다시 악화되었고 고단위 항생제를 처방받아야 했다. 워낙 고단위였던 탓에 구토와 설사가 부작용으로 뒤따랐다. 이내 걷잡을 수 없는 무력감 속에 아이는 침대 시트 속으로 서서히 침몰되어갔다. 식물인간이었던 사내의 상태는 범준의 기대와는 달리 아주 미약하지만 분명하게 나아지고 있었다. 희망의 불꽃은 꺼져가고 있었다. 범준은 아이를 패혈증에서 건져내기 위해 최선을 다했다. 결국 패혈증을 이겨냈지만, 아이는 말 그대로 껍데기만 남아버렸다. 이름을 부르면 5초쯤 뒤 천천히, 힘겹게, 그리고 고통스럽게 고개를 돌리는 아이를 보며 범준의 가슴은 피투성이가 되었다.

패혈증을 한고비 넘기고 나자 이번엔 이식한 인공심장이

말썽이었다. 판막 어디에선가 공기가 새고 있었다. 인공심장의 압력이 떨어지는 건 부차적인 문제였다. 언제 혈전이 생겨 시한폭탄처럼 아이의 혈관을 틀어막을지 알 수 없었다. 항응고제를 투여했지만 기껏해야 시간 벌기 정도였다. 공기가 새는 이유는 분명했다. 인공심장을 이루고 있는 고분자 폴리우레탄 재질 자체가 오랫동안 혈액 속에 있었던 탓에 석회화되고 있었던 것이다. 이제 아이의 가슴 속에 있는 건 심장이 아니라 돌처럼 굳어가는 시한폭탄이었다.

합병증에 시달리는 동안 아이는 점점 예민해졌다. 어쩔 수 없는 일이었다. 육체가 고통스러운데 다른 것들이 무슨 소용이란 말인가. 범준은 아이의 곁을 지켰지만 극심한 고통 앞에서 사랑은 1밀리그램의 진통제만도 못했다. 고통은 서서히 아이의 생명력을 소진시켜 갔고, 한때 아이가 지녔던 아름다운 영혼을 천천히 휘발시켰다. 아이는 작은 일에도 짜증 냈고, 화를 냈으며 울음을 터뜨렸다. 범준 역시 일찍이 그런 환자들의 모습을 보아왔다. 하지만 그는 의사일 뿐, 그들의 사랑하는 사람이 아니었기에 그게 무엇을 의미하는지 알지 못했다. 가슴 안쪽부터 마음이 갈가리 찢겨 아무것도 남지 않은 것만 같은 고통이 그림자처럼 범준의 뒤를 따랐다. 아이의 상황은 점점 그가 손쓸 수 없는 영역으로 하루가 다르게 나아가고 있었다. 고통은 나누면 반이 된다는 말은 거짓이었다. 누구나 자기만의 고통이 있었고, 그것은 각자의 몫이었다.

아이가 죽어가는 동안 사내의 상태는 하루가 다르게 나아져갔다. 미약하게나마 의식이 돌아와 신경외과에서는 기적이 일어났다고 떠들어댔다. 누군가의 기적이 다른 이에게는 절망이었다. 사내의 상태가 다시 악화되어 뇌사가 될지 모른다는 작은 희망의 불씨는 그렇게 완전히 꺼져버렸다.

희망이 사라짐과 동시에 아이는 급격히 무너져갔다. 처음에는 기침으로 시작했기에 범준은 또 다른 감염이 아닐까 하는 생각으로 항생제 투약을 지시했다. 하지만 급기야 기침할 때마다 피를 토하기 시작했다. 열도 오르지 않았고 상태가 빠르게 악화되는 것으로 미루어 감염 질환은 분명히 아니었다. 각혈을 한다는 건 폐 조직이 죽어가고 있다는 뜻이었다. 머릿속에 불길한 단어가 떠올랐다. 범준은 아이의 입술과 손가락을 확인했다. 검푸른색으로 변해 있었다. 인공심장에서 떨어져 나간 혈전이 폐동맥을 막아 폐 조직을 괴사시키고 있었다. 폐 색전증이었다. 물론 치료법은 있었다. 항응고제를 투약하는 일이었다. 그러나 아이는 이미 항응고제를 사용하고 있었다. 아마도 혈전이 너무나 컸기에 약조차 듣지 않은 모양이었다. 범준은 마지막 기대를 걸고 혈전 용해제를 투약했다. 하지만 소용없었다. 혈전 제거 수술을 받는 일이 남았지만 무너질 대로 무너진 아이의 작은 육체가 수술을 견디지 못하리라는 것은 불을 보듯 뻔했다.

구원

그는 선택해야 했다. 수술을 한다면 항응고제로 지혈조차 제대로 못하는 상황에서 쇠약해진 아이의 육신을 갈가리 찢어야 했다. 설사 수술에 성공하더라도 몸이 감당할 수 없이 약해졌기에 마취에서 깨어나지 못할지도 몰랐다. 그 모든 고비를 넘겨 혈전 제거에 성공한다 해도 폐 색전증을 일으킨 원인인 인공심장의 석회화는 필연적으로 머지않아 혈관 이곳저곳을 혈전으로 틀어막아 장기 부전을 일으킬 것이었다. 수술을 하면 얼마나 더 살 수 있을까? 일주일? 2주? 그리고 그동안 아이가 받을 고통은 또 얼마나 클까. 아이에게 그런 고통을 받게 할 권리가 있을까? 지금 하고 있는 짓은 의학이란 이름으로 고문하고 있는 것에 지나지 않는 것은 아닐까?

그는 동료들에게 수술을 부탁했다. 다들 고개를 저었다. 누구도 환자가 죽을 것이 뻔한 수술을 하고 싶어하지 않았다. 결국 범준이 직접 해야 했다. 하지만 결정할 수 없었다. 그리고 결정을 미루는 사이 죽음은 턱밑까지 와 있었다. 이제 그가 할 수 있는 일은 아이의 손을 잡아주는 정도였다. 아이는 숨이 차 쌕쌕거리며 범준에게 매달렸다. 아무리 숨을 쉬어도 산소를 폐가 전달해주지 못하므로, 아이는 숨 쉬며 질식해가고 있었다.

"살려줘요, 제발…… 아빠 살려줘요."

산소호흡기 너머로 아이는 입만 뻐끔거리고 있었다. 마치 어항 밖으로 버려진 금붕어 같았다. 쥐고 있는 손에 땀이 고였다. 아이를 살리고 싶었다. 살리기 위해서라면 무엇이라도 할 수 있었다. 하지만 그가 무엇을 해도 아이는 살릴 수 없었다. 심지어 목숨을 버려도 아이의 죽음은 막을 수 없었다.

아이는 너무나 격심한 고통 속에서 죽어갔다. 목을 조르면 수 분 안에 죽는다. 하지만 아이는 하루 종일 목을 졸린 상태로 서서히 죽어갔던 셈이다. 그리고 그 죽음의 순간을 범준은 아이의 곁에서 고스란히 지켜봐야 했다. 차라리 누군가 자신의 목을 졸라주기를 범준은 수도 없이 기도했다. 그가 믿지 않았던, 세상의 모든 존재들에게 울며 매달렸지만 헛된 기도는 허공에 흩어졌고, 아이는 세포 하나하나가 질식사하는 고통 속에서 몸부림쳤다. 이미 너덜거리는 범준의 영혼은 더 이상 찢어질 것도 남지 않았다.

그렇게 마지막 순간이 찾아왔다. 범준은 아이를 품에 안았다. 너무 가벼웠다. 아이는 범준의 팔목이 하얗게 되도록 그에게 매달렸다. 손톱이 살 속으로 파고들어왔고 그의 손목에 박혀 상처를 남겼다. 하지만 그조차 느끼지 못했다.

한숨을 쉬듯 마지막 숨을 내쉰 후에도 아이의 몸은 따뜻했다. 고통스러운 경련도 가쁜 호흡도 사라지고 거짓말 같은 평온이 찾아왔다. 범준은 안도했다. 어쨌든 그 모든 고통이 끝난 것이다. 범준은 아이를 침대 시트에 똑바로 눕혔다. 차트에 사망 기록을 남겼다. 동료들이 괜찮냐고 물었지만 내내 마음은 너무나 평온했다. 아이는 더 이상 고통스럽지 않으리라. 울부짖는 아내의 모습이 범준에게는 백만 광년이나 떨어진 은하계

반대편 일처럼 너무나 아련했다. 그러므로 괜찮았다.

범준은 자신의 손목을 확인했다. 아이의 손톱이 남긴 손목의 상처에서 피가 나고 있었다. 이렇게 작은 손톱이었구나. 그는 프런트로 가 밴드를 붙이고 사망 기록에 서명을 남겼다. 인공심장을 이식받은 지 379일 만의 일이었다. 그래도 평균 정도의 생존이라고 범준은 생각했다. 병원 최초로 완전한 인공심장 이식을 한 환자였으므로 남겨진 잡무가 많았다. 여러 서류에 마지막 서명을 하는 동안에도 범준의 눈에서는 눈물조차 흐르지 않았다. 너무나 평온해서 이상할 지경이었다.

잡무를 마치고 나자 습관적으로 다시 병실로 돌아왔다. 병실 문은 반쯤 열려 있었다. 그사이 아이의 침대는 비어 있었다. 햇빛 찬란한 날이었다. 막 새로 깔아놓은 시트 위로 오후의 햇살이 쏟아졌다. 열어놓은 창문으로는 따뜻한 봄바람이 불어왔다. 부드러운 바람에 머리카락이 흩날렸다. 흰 시트에 반사된 빛이 너무나 눈부셨다. 새 시트였다. 너무나 눈부셔서 눈이 아팠다. 눈이 너무 아파 눈을 뜰 수 없었다. 범준은 자꾸 눈을 비볐다. 흰 텅 빈 시트가 너무나 아름다워서 더 이상 병실에 있을 수가 없었다. 왜냐하면 병실을 떠날 수 없었던, 시트 주인은 이제는 없었으니까. 햇살은 수천 개의 바늘이 되어 그의 몸에 박혔다. 그 바늘은 그의 몸에 혈관을 타고 흐르며 몸 구석구석을 갈가리 헤집어놓았다. 심장이 뛸 때마다 그 햇살이 고통이 되어 그의 몸에서 폭발했다.

311

IV

비로소 범준은 자신에게 닥친 일을 실감했다.

비틀거리며 병원 복도를 나섰을 때 울고 싶었다. 하지만 울수 없었다. 세상 전부가 무너지고 있었다. 창밖의 풍경도, 병원도, 사람들도 모두 무너져 내리고 있었다. 범준은 넘어지지 않기 위해 복도에 있는 환자용 손잡이를 움켜쥐었다. 마침 앞을 지나던 신경외과 동기가 다가와 범준의 어깨를 두드리며 말했다.

"아이 일은 유감이네. 자네가 살렸던 우리 과 남자 환자, 드디어 완전히 깨어났네. 그래도 그 사람은 자네가 살린 거야."

그 목소리와 함께 세상은 완전히 무너져 암흑만이 남았다. 너무나 큰 고통이 하나의 점으로 응축되어갔다. 울음조차 돌처럼 굳어 그의 내부로 짜부라들고 있었다. 슬픔이 모든 걸 그의 내부로 끌어들였다. 그건 슬픔이 아니라 저주였다. 세상은 암흑 속에 묻히고 있었다. 슬픔조차도 발을 디딜 수 없는 완벽하고 참혹한 고통의 블랙홀 그 자체였다.

범준은 미치지 않기 위해 일에 매달렸다. 병원에서 일이란 일은 모두 자처했고, 심지어 당직도 격일로 하다시피 했다. 찰나의 생각만으로도 아이의 죽음은 눈앞에 고스란히 되살아났다. 너무나 그 순간이 선명해서 싸늘하게 식어가는 아이의 몸뚱이가 손끝에 느껴질 정도였다.

아내는 이혼 서류를 내밀었다. 범준은 읽어보지도 않고 서

구원

명했다. 이제 현세의 모든 것은 그에게 아무런 의미도 없었다. 체중은 눈에 띄게 줄어들었고, 그를 걱정하는 사람들이 늘어만 갔다. 마치 하나의 기계처럼 감정도 생각도 지워버린 채 그는 움직이고, 움직이고, 또 움직였다. 그 고통 속에서도 기억은 사라지지 않았다. 하늘이 푸르른 날이면 아이의 노랫소리가 들렸고, 비가 오는 날이면 아이의 체온이 느껴졌다. 어느 곳에도 아이는 있었다. 세상 모든 것이 아이를 떠올리게 했다. 고통 속에서 범준이 버틸 수 있었던 것은 너무나 큰 고통 탓에 자신에게 일어난 일을 제대로 인지하지 못했기 때문이었다.

그렇게 8개월쯤 지났을 때 응급실로 한 자살 미수자가 실려 왔다. 자동차 전용도로로 뛰어들었다는 사내는 알아볼 수 없을 정도로 만신창이었다.

"뒈지려면 곱게 뒈질 것이지."

응급 요원은 혀를 찼다. 자동차 전용 도로에 갑작스레 튀어나온 탓에 도로에서는 연쇄 추돌 사고가 일어났고 현장에서 세 명이 즉사했던 것이다. 여기저기 외상에 복합 골절이 있었지만 무엇보다 치명적인 것은 폐였다. 갈비뼈가 폐정맥을 찔러 폐 안으로 자신의 피가 역류하고 있었다. 말 그대로 자신의 피에 익사 중인 환자였다. 수술을 시작했지만 이미 늦었다. 심장이 부정맥을 일으킨 후 멈춰버렸다. 흉부를 절개해 직접 심장을 마사지하고 제세동기도 사용해봤지만 아무 소용이 없었다. 또 한 번 죽음이 승리한 것이다. 어쩌면 다행일지 몰랐다. 만약 무사히 살아나서 자신이 세 명의 목숨을 앗아갔다는 걸 알게 된다면 사내의 기분은 어떨까? 하지만 알 바 아니었다. 이미 타인의 죽음은 범준에게 어떤 감흥도 일으키지 않았다. 그는 조용히 수술 장갑을 벗어 쓰레기통에 던져버렸다. 그리고 마스크를 끌어내렸다. 어떤 죽음도 그를 흔들어놓을 수 없었다.

순간 무언가 석연치 않은 기분이 들었다. 알 수 없는 힘이 그를 다시 수술대 앞으로 이끌었다. 범준은 초록색 방포를 젖혔다. 찰과상과 자상 탓에 알아보기 힘들었지만 낯이 익었다. 아니 알아보기 힘들었음에도 범준에겐 잊을 수 없는 얼굴이었다. 마지막으로 보았을 때 그는 마치 잠든 것처럼 보였었다. 매일, 매시간, 매분, 매초…… 돌이켜 그 순간을 후회하지 않은 적이 없었으니까.

수술대에 누워 있는 사람은 다름 아닌 여섯 개의 항원이 완벽하게 일치했던 아이에게 심장을 이식해줄 수 있었던, 그가 구했던 바로 그 사내였다.

*

박 신부는 충격을 받았다. 그래서 되물었다.

"그러니까 그 남자는 1년 전 아이에게 심장을 줄 뻔했던, 당신이 살렸던 그 남자라는 건가요?"

"예."

구원

"왜? 어떻게……?"

"병원에 있는 기록을 확인해서 쉬는 날 그의 집을 찾아갔습니다. 그곳은 한 평짜리 쪽방이더군요."

흔한, 그리고 그만큼이나 비극적인 뻔한 이야기였다. 한때 잘나갔던 그의 집안은 사업 실패로 하루아침에 몰락했다. 아버지는 빚쟁이를 피해 달아나고, 어머니는 쓰러졌고, 사채업자들에게 쫓기는 삶을 사는 사내. 몰락하는 그의 삶을 의사가 어떻게 할 순 없었다.

"저는 그가 혼수상태에 있을 때 뇌사 판정을 받지 않도록 했던 제 결정에 대해 그때까지만 해도 조금의 의심도 품지 않았습니다. 아버지로서 후회했고, 매번 그런 결정을 내린 자신을 용서할 수 없었지만, 의사로서, 한 인간으로서, 당연한 일이다. 나는 도덕적으로 옳았다. 누군가를 죽여서 아이에게 심장을 넣는 일은 아이도 원하지 않고, 나도 원하지 않는다. 그건 아이를 살인자로 만드는 일이다."

목이 멘 범준은 호흡을 가다듬었다.

"하지만 아프리카에 있을 때와 같았어요. 제가 돕는다고 구해준다고 믿고 있었지만 정작 그들의 진짜 문제에 대해서는 눈을 돌리고 있었던 겁니다."

"아닙니다. 그곳에서 누구도 선생님처럼 그렇게 헌신적으로 옳은 일을 위해 자신을 던진 분은 없습니다. 사제인 제가 봐도 경외심을 품을 지경인데요……."

"그건 그저 자기만족일 뿐이었습니다. 철없는 소년의 알량한 도덕 놀음이었죠. 만약 그 사내가 의식을 잃고 있을 때 제가 침묵했다면 아이와 교통사고로 목숨을 잃은 세 명의 목숨과 그에게서 장기를 이식받을 수 있었던 다른 세 명의 목숨을 구했겠죠."

"아니요, 그건 그저 결과론적인 입장입니다. 최선을 다하신 겁니다. 누구도 이렇게 될 거라고는 예상하지 못했을 겁니다."

"교통사고까지는 예상하지 못할 수도 있죠. 하지만 설령 그 사내를 다시 살렸더라도 자살하리라는 건 알고 있었습니다. 응급실에서 인턴 시절에 배운 거죠. 습관적으로 자살을 시도하는 사람들은 성공할 때까지 멈추지 않는다는 걸. 저는 아이의 목숨보다 자기만족을 택한 거예요. 저는 위선자였을 뿐입니다."

박 신부는 15년 전 밤이 떠올랐다. 그때 자신은 그가 하는 말을 알고 있다고 믿었었다. 하지만 아무것도 모르고 있다는 걸 깨닫는 데 채 석 달이 걸리지 않았다. 인간의 고통에 대해 하늘에 계신 이의 답은 책에 적혀 있었지만 그 답이 모두의 답일 수는 없었다. 고통은 때때로 가장 큰 이상과 철학마저 넘어섰다. 고통 앞에서 그 답들은 그저 글자일 뿐이었다.

"그리고 그날 전 제 사명을 깨달았습니다. 이 잘못된 구조를 바로잡는 거죠. 그것만이 부질없는 죽음을 당했던 아이의 삶을 의미 있는 걸로 만들 수 있는 겁니다. 내 인생 전부를 걸고

구원

이 잘못된 실수를 바로잡고 이 손으로, 이 저주받은 손으로 생명을 구해서 내 아이의 죽음을 의미 있는 것으로 바꾸는 수밖에 없습니다. 한 명을 그렇게 되살릴 때마다 전 아이의 죽음을 좀 더 의미 있는 것으로 바꿀 수 있는 겁니다."

박 신부는 어느새 그를 향한 증오를 잊고 있었다. 아니, 이제 그의 선택에 공감할 수 있었다. 하지만 그렇다고 해서 그의 행위를 인정할 수 있는 것은 아니었다.

"아니요, 의미는 그렇게 생겨나는 게 아닙니다. 당신의 아이만큼이나 자살을 하려는 사람들에게는 그를 소중히 여기는 사람이 있습니다. 한 사람의 목숨은 결코 한 사람의 목숨으로 끝나는 게 아닙니다. 그를 사랑하는 수많은 사람의 마음이 함께 있는 거죠. 당신이 실종시킨 그 사람들이 누군가에겐 영원히 잊히지 않는 고통이 되리라는 걸 모르겠습니까?"

"알고 있어요. 너무나 잘! 하지만, 그렇게 살아나는 사람들에게도 사랑하는 가족이 있겠지요. 그리고 그런 사람들이 산술적으로 더 많고요. 생명의 소중함을 모르는 이들에게 생명 따위가 무슨 상관이란 말입니까? 그를 사랑하는 사람들의 마음? 사랑하는 사람이 습관적으로 자살을 시도할 때 받는 주변 사람들의 고통이 사라져버리는 고통보다 더 클까요? 제가 그런 걸 모르고 지금 이 일을 하고 있다고 생각하는 겁니까? 그래요. 당신이 믿는 교리에 따르면 전 용서받을 수 없는 사람이겠지요. 저를 사탄이라 불러도 좋고, 살인자라 불러도 좋습니다.

제게 중요한 건 얼마나 더 많은 사람을 살릴 수 있냐, 그뿐입니다. 당신이, 세상이, 절 뭐라 부르든 아무 상관 없습니다."

"제가 신 때문에, 교리 때문에 이런다고 생각합니까? 빌어먹을 신 타령을 하려고 당신에게 이러는 게 아닙니다. 당신 말대로 인간이란 고작 짐승의 위에 금박을 발라놓은 것에 지나지 않는지도 모르지요. 하지만 그 얇은 금박이 우릴 인간으로 만든다는 걸 이해하지 못하는 겁니까? 그 금박이 바로 우리를 사람일 수 있게 하는 전부라는 생각을 해본 적은 없습니까?"

범준의 눈이 커졌다. 가늘고 좁은 길에 대한 확신을 말하던 박 신부의 얼굴이 떠올랐다.

"신을 믿지 않는다고요? 15년 전, 당신에게 도대체 무슨 일이 있었던 겁니까?"

박 신부는 눈을 감았다.

"그건 말할 수 없습니다."

범준의 눈이 가늘어졌다.

"하긴 무슨 일이 있었더라도 당신이 그 여자아이에게 저지른 일은 정당화될 수 없으니까요."

"저는 당신이 생각하는 것보다 훨씬 형편없는 인간입니다. 당신이 절 경멸해도 마땅하다고 생각합니다. 어쩌면, 아니 분명 죽어 마땅한 인간이겠죠. 다만, 제가 유진이를 그렇게 만든 장본인이라면 저는 이 말도 안 되는 상황을 훨씬 담담하게 받아들였을 겁니다."

구원

범준은 어금니를 악물고 박 신부를 쏘아보았다. 마치 그의 말에서 어떤 조그만 거짓의 징후라도 찾겠다는 듯이 무서운 표정으로 노려보았다. 정적 속에서 두 사람은 서로의 눈동자에 비친 자신의 모습을 바라보았다. 갑자기 범준이 자리에서 일어났다. 천천히 문 앞으로 걸어갔다. 그리고 문을 두드렸다.

"당신은 당신의 일을 했겠죠. 저는 수술을 할 뿐입니다. 그게 제가 찾은 답이고, 할 수 있는 전부니까요."

문이 열리고 다시 닫혔다. 그렇게 박 신부는 다시 홀로 남았다.

침묵과 안식

밤과 낮의 경계가 무너졌다. 시간은 아주 느리게 흘러갔다. 잠 들어도 현실에 걸쳐 있었고, 깨어 있어도 악몽을 꾸는 것 같았다. 박 신부에게 현실의 이정표는 오직 병실 천장뿐이었다. 그 흔하고 낯선 천장을 보며 박 신부는 죽음이 다가오고 있다는 비릿한 절망을 피부로 느꼈다. 마치 바티칸에 유학 중인 시절로 돌아간 것만 같았다. 그렇게 그가 살 수 있는 시간이 하루하루 줄어들었다. 매시, 매분, 매초가 파르르 떨렸다.

마지막 밤이 찾아왔다. 침대에 누웠다. 잠이 오질 않았다. 어디서부터 잘못된 것일까? 아무리 생각해도 답을 찾을 수 없었다. 어쩌면 더 이상 하느님을 믿지 않으면서 사제직을 유지한 것이 문제인지 몰랐다. 박 신부는 고개를 저었다.

아니다.

처음엔 하느님께 화가 나 있다고 생각했다. 이런 현실을 용납하는 신을 증오했다. 하지만 실은 자신을 견딜 수 없었을 뿐

320

구원

이었다. 그 쾌락과 말할 수 없는 안도감이 주었던 비밀을 감당할 수 없었을 뿐이었다. 그러므로 신이 아닌, 신을 믿는 자신을 용서할 수 없었던 것이다. 박 신부는 생각했다. 이 모든 고난의 원인은 내가 하느님을 제대로 믿지 않았기 때문이야. 박 신부는 비로소 자신에게 닥친 일의 답을 찾았다고 생각했다. 그는 무릎을 꿇고 앉아 거의 15년 만에 처음으로 진심을 담아 기도하기 시작했다. 눈을 감고 온 마음을 다해 매달렸다. 살고 싶다고, 제발 목숨만은 살려달라고, 자신을 노리는 악에서 구원해달라고, 기도하고 또 기도했다. 움켜쥔 손이 떨렸고, 식은땀이 흘렀다. 무릎이 저리도록 박 신부는 신에게 매달렸다. 어떤 기적의 순간을 갈구하면서.

하지만 아무 일도 일어나지 않았다.

박 신부는 자신의 잘못을 깨달았다. 15년 만에 하는 첫 기도가 고작 살려달라고 애원하는 것이라니.

그는 고등학생 시절부터 복을 받기 위해 기도하는 신자들을 가장 경멸해왔었다. 하느님은 기적 자판기가 아니었다. 기도라는 스위치를 누르면 원하는 걸 배달해주는 존재가 아니었다. 그건 인간이 원하는 인간의 신이지 스스로 존재하시는 하느님이 아니었다. 자신이 할 일은 죄를 고백하고 용서를 구하는 일이지 살려달라고 무작정 매달리는 것이 아니었다.

생각이 거기까지 미치자 박 신부는 자신이 고해성사도 받지 못하고, 마지막 죄를 고백하지도 못한 채 죽을 것임을 깨달왔다. 갑자기 너무나 두려웠다. 자신의 죄는 너무나 커서 결코 구원받지 못할 것이었다. 이제 와 속죄할 방법도 없었다. 지난 15년간 속죄할 기회가 얼마든지 있었다. 나는 왜 그 시간을 그냥 흘려보냈던가. 아니다. 짊어지고 있는 비밀을 누구에게도 말할 수 없었을 뿐이었다. 그것은 누구도 이해할 수 있는 일이 아니었으니까.

박 신부는 바닥에 엎드린 채 엉엉 울기 시작했다. 그리고 울음 섞인 목소리로 자신의 죄를 고백했다. 하지만 목소리는 어둠 속으로 녹아들어 가 어디에도 퍼지지 못했다. 후회와 상실감이 박 신부 내부에서 자꾸 맴돌며 웅어리졌다. 눈물이 얼룩진 얼굴을 바닥에 비비며 그는 바닥을 주먹으로 내리쳤다. 밤의 공기가 공진했다. 회한의 덩어리들이 바닥에 얼룩졌다.

울부짖던 박 신부는 돌아누웠다. 어둠에 잠긴 천장이 눈에 들어왔다. 등 아래에서는 바닥의 냉기가 등으로 파고들었다. 심장이 뛰는 것이 느껴졌다. 그 맥동이 살아 있음을 증명하고 있었다. 살고 싶었다. 너무나 살고 싶었다. 박 신부는 다시 엎드려 기도하기 시작했다. 어떤 기적이 찾아오길 바라며 그는 간절히 매달렸다. 그는 간구했다. 자신이 죽어야 한다면 그것에 대한 어떤 설명이나 응답이라도 들려달라고 애원했다. 제발 이 어둠 속에 자신을 홀로 남기지 말아달라고 매달렸다. 목소리는 갈라졌고, 입안에선 쇠 맛이 났다. 기도를 하며 수없이 자신도 모르게 머리를 바닥에 찧은 탓에 이마는 붉게 상기되어 있었다.

하지만 답은 없었다.

그러자 그의 목소리는 한 마리의 야수처럼 변했다. 으르렁거리며 가슴속에 맺혀 있는 것을 쏟아내었다. 당신이 얼마나 냉혹한지 알고 있다고, 사랑이라는 거짓말로 세상 사람들을 속이지 말라고 저주했다. 자신은 그 수많은 죽음에 침묵하는 당신을 보았으며 얼마나 냉혈한인지 알고 있다고 외쳤다. 하지만 그조차 암흑 같은 침묵 속으로 빨려 들어가 무로 화했다.

박 신부는 다시 사정했다. 잘못했다고, 제가 실언을 했다고 외쳤다. 겨자씨만 한 믿음만 있다고 해도 산을 옮길 수 있다 했다. 두드려라 그리하면 열릴 것이라고 하지 않았던가. 박 신부는 자리에서 일어났다. 그는 휘적휘적 걸어가 문 앞에 섰다. 그리고 문을 두드렸다.

쿵쿵쿵.

하지만 문 너머에서는 아무 응답도 들리지 않았다. 그는 문 앞에 무릎을 꿇었다. 이마를 문에 짓이겼다. 그는 그렇게 다시 기도하기 시작했다. 차가운 바닥의 냉기가 무릎을 타고 전해지고 다리가 저리다 못해 마비가 될 지경이었지만 기도를 멈출 수 없었다. 두려움이 그를 벼랑 끝으로 밀어붙이고 있었다. 눈물과 콧물이 터져 나왔고, 기도하기 위해 꽉 쥔 양손이 덜덜 떨렸다. 공포로 숨조차 쉴 수 없었고, 앙다문 입술에서는 피가 배어 나올 지경이었다. 심장이 뛸 때마다 두려움은 풍선처럼 부풀어 올라 금방이라도 터질 것 같았다. 목이 메어 살려달라는 소리도 나오지 않았기에 짐승처럼 울부짖었다. 하지만 하느님은 여전히 침묵하고 있었다. 그는 다시 매달렸다. 애원하고 갈구하고 부르짖었다. 하지만 어떤 답도 돌아오지 않았다. 신은 그저 침묵할 뿐이었다. 온몸의 세포 하나하나가 겁에 질려 비명을 질러댔고, 경련을 일으켰으며 울부짖었다. 그렇게 두려움이 그의 안에서 폭발했다. 마음의 파편들이 마치 폭발하는 별처럼 흩어졌다. 모든 것이 환한 빛과도 같았다.

*

아프리카에서 돌아왔을 때, 처음엔 괜찮은 것 같았다. 아니, 사실은 뭐가 뭔지 하나도 알 수 없었다. 사정을 아는 사람들은 그를 만날 때마다 괜찮냐고 물었고, 모르는 사람들은 그저 갓 서품을 받고 할 일을 못 찾는 어리바리한 사제라고 생각했다. 괜찮냐고 묻는 사람에게 자신이 겪은 일을 설명하려 했지만 말할 수 없었다. 박 신부는 그날 처음 배웠다. 어떤 고통들은 언어로 형상화될 수 없다는 것을.

어느 사람도 그가 겪은 일을 이해하지 못했다. 이해하지 못했기에 거꾸로 그의 행위에 관대했다. 어떤 잘못을 해도, 어떤 실수를 해도 그들은 말했다.

"보고서 봤어? 쯧쯧쯧, 그런 일을 겪었는데 저만하면 다행이지."

그랬다. 박 신부는 그들의 배려 속에서 서서히 망가져갔다. 그렇다고 그가 큰 문제를 일으켰던 것은 아니었다. 처음 반년 간은 스스로 돌이켜보아도 그럭저럭 잘해갔었다. 보좌신부라 는 직책을 받고 나름 성실하게 직무를 수행했다. 하지만 아주 조금씩 무언가 어긋나기 시작했다.

처음엔 알코올이었다. 그는 다소 많이 마시는 신부였다. 그 랬다. 사제란 직업은 한없이 외로운 일이었다. 신은 우리를 사 랑하지만, 때론 신의 사랑만으로는 채울 수 없는 부분도 있었 다. 삶의 한 면을 송두리째 버리고 가는 길이 외롭지 않다면 거 짓말이었다. 그래서 늘 다소 많이 마시는 신부들이 있기 마련 이었다.

처음 박 신부는 그런 부류로 분류되었다. 다소 많이 마시는 신부들이 흔히 저지르곤 하는 싸움에 휘말린다든가, 주정을 부린다든가 하는 문제를 일으키지 않았으므로, 누구도 다소 많이 마시는 일을 가지고 뭐라고 하지 않았다. 때때로 새벽 미 사를 술 냄새를 풍기며 주재하는 일이 있곤 했지만 주임 신부 님의 잔소리 정도가 고작이었다. 그러는 사이 서서히 깨어 있 는 시간보다 취해 있는 시간이 길어지기 시작했다.

그리고 실수를 했다. 술에 취해 미사를 빼먹은 것이었다. 단 한 번이었다. 그럼에도 술이 깨기가 무섭게 교구장이 그를 불렀다. 그리고 예전, 그가 유학 가기 전에 다녔던 본당에 보좌신부로 갈 것을 명했다. 박 신부는 그제야 자신을 둘러싼 침묵이 일종의 배려이자, 감시였다는 걸 깨달았다. 그는 상처받은 사제였고, 요주의 인물이었다. 관대한 배려는 유예된 결정 이상도 이하도 아니었다.

그렇게 박 신부는 학창 시절 다니던 본당으로 돌아왔다. 그곳에서 그를 사제로 만들었던 사람들이 기다리고 있었다. 후원회는 그의 학비와 생활비를 대주었고, 주임신부는 그를 사제의 길로 이끌었었다. 진심으로 자신을 걱정하는 사람들 속에서 박 신부는 술을 끊을 수밖에 없었다. 미사 때 마시는 포도주를 제외하고, 그는 단 한 모금도 마시지 않았다. 다만 술을 끊자 잠을 잘 수 없었다. 잠이 들면 어김없이 악몽이 찾아왔고, 꿈을 꾸고 현실에 돌아오면 너무나 비참해서 견딜 수 없었다. 그렇게 밤과 낮의 경계가 무너졌다. 시간이 느리게 흘렀고 꿈과 현실이 뒤섞였다.

주임신부는 그를 불렀다. 얼굴에 주름이 가득한 그는 지친 표정이었다. 박 신부는 그의 주름에서 너무나 큰 십자가를 던져주고 벨기에로 떠났던 주임신부의 얼굴이 겹쳤다. 박 신부는 정신을 차리기 위해 고개를 저었다. 주임신부님 앞에서 백일몽을 꿀 순 없었다.

"나는 이제 그만둘 생각이네. 이제 너무 늙었어."

"아닙니다, 아직 정정하신걸요. 하셔야 할 일이 아직도 많습

구원

니다."

"아니네. 내가 못 한 건 다른 젊고 건강한 사제가 찾아가 이어가겠지. 2000년을 이어온 교회의 역사란 그렇게 만들어진 거니까."

주임신부는 나무껍질 같은 손으로 박 신부의 손을 쓰다듬으며 이렇게 말했다.

"단 하나, 내가 마무리 짓고 가야 할 일이 있네."

주임신부는 물끄러미 박 신부를 바라보았다. 어쩐지 아이 같은 눈빛이라고 박 신부는 생각했다.

"자네, 자네 말일세."

"예? 저요?"

"그래. 물론 내가 걱정하지 않아도 주님께서 알아서 보살펴 시겠지만, 그래도 할 수 있는 만큼은 하는 게 좋겠지."

"저는 괜찮습니다."

"마지막으로 잔 게 언젠가? 눈이 어둡다고 해서 그런 것까지 모르는 노인네라 생각했나?"

주임신부는 그에게 파일 하나를 내밀었다.

"바티칸에서 공부를 하게. 자네가 무얼 봤는지 이 노인네가 결코 알 수 없겠지. 그러니 자네가 이곳에 있어도 내가 해줄 수 있는 건 없네. 하지만 그곳에 가서 공부를 하다 보면 답을 찾을 수 있지 않을까? 자네가 어떤 답을 찾을지 알 수 없지만 주님께서 자넬 끝까지 인도하시길 기도하겠네."

327

IV

그렇게 유학생이 되고, 다시금 신학을 공부했지만, 믿음이 사라진 자리에 찾아온 신학은 마치 허공에 세우는 크고 아름다운 성전이나 다름없었다. 아름답고 빛났지만 땅에 닿지 않는, 현실과는 무관한 이야기였다. 논리는 아름답게 빛났고, 철학은 음악처럼 듣기 좋았지만, 점점 더 견딜 수 없게 만들었다. 여전히 그를 따르던 불면증처럼.

그래도 신을 믿으면 복을 주리라 아이처럼 믿는 무지한 신자들의 쌈짓돈으로 유학을 하고 있었다. 그래서 하루도 빠지지 않고 수업에 나갔다. 어느 날 노교수는 칠판에 밑줄을 그으며 이렇게 말했다.

"하느님은 인간이 감당할 수 있는 고난만을 주십니다. 그 시험이 우리를 하느님께 가까이 나아가게 하고, 보다 완전하게 합니다. 신이 우리에게 시련을 주신다는 이유로 결코 그분을 원망해서는 안 됩니다."

철컥. 박 신부의 안에서 어떤 스위치가 켜졌다. 박 신부는 자리에서 일어나 밖으로 나왔다. 같이 수업을 듣는 한국 학생 몇이 그의 돌발적인 행동에 당황하긴 했지만 따라 나오진 않았다. 나는 얼마나 완전해졌는가? 오후의 하늘은 청명했다. 박 신부는 멍하니 앉아 지평선을 수놓은 성당들의 첨탑과 지붕, 성인들의 조상이 만들어내는 아름다운 실루엣을 바라보았다. 누구도, 그 누구도 그럴 권리는 없었다. 설사 신이라 해도.

기숙사로 돌아와 책상에 앉아 아침 나절 읽던 성경을 다시

구원

읽기 시작했다.

"요한의 아들 시몬아, 너는 이들이 나를 사랑하는 것보다 더 나를 사랑하느냐?" 베드로가 "예, 주님! 제가 주님을 사랑하는 줄을 주님께서 아십니다" 하고 대답하자, 예수님께서 그에게 말씀하셨다. "내 어린 양들을 돌보아라." 예수님께서 다시 두 번째로 베드로에게 물으셨다. "요한의 아들 시몬아, 너는 나를 사랑하느냐?" 베드로가 "예, 주님! 제가 주님을 사랑하는 줄을 주님께서 아십니다" 하고 대답하자, 예수님께서 그에게 말씀하셨다. "내 양들을 돌보아라." 예수님께서 다시 세 번째로 베드로에게 물으셨다. "요한의 아들 시몬아, 너는 나를 사랑하느냐?" 베드로는 예수님께서 세 번이나 "나를 사랑하느냐?" 하고 물으시므로 슬퍼하며 대답하였다. "주님, 주님께서는 모든 것을 아십니다. 제가 주님을 사랑하는 줄을 주님께서는 알고 계십니다." 그러자 예수님께서 베드로에게 말씀하셨다. "내 양들을 돌보아라." 내가 진실로 너에게 말한다. 네가 젊었을 때에는 스스로 허리띠를 매고 원하는 곳으로 다녔다. 그러나 늙어서는 네가 두 팔을 벌리면 다른 이들이 너에게 허리띠를 매어주고서, 네가 원하지 않는 곳으로 데려갈 것이다.

박 신부는 펜을 들었다. 그리고 무언가를 메모지에 적어 꽂아놓고 성서를 덮었다. 그는 자리에서 일어나 화장실로 들어갔다. 욕조에 물을 받기 시작했다. 그렇게 물을 틀어놓은 채 세면대 앞에 섰다. 거울에 얼굴을 비춰보려 했지만 이내 거울에 뽀얗게 서린 김 때문에 제대로 보이지 않았다. 그는 손을 펴서 거울을 닦았다. 거칠게 수염이 자란 익숙한 얼굴이 거울 속에 있었다. 박 신부는 면도칼을 들었다. 접혀 있는 칼을 펼쳐 쓰는 이 면도칼은 로마에 도착했을 때 기념으로 산 것이었다. 솔로 비누 거품을 낸 얼굴에 바르고 박 신부는 면도를 하기 시작했다. 푸르게 서 있는 날은 날카로웠다. 아래턱을 반쯤 밀었을 때 작은 상처가 났다. 흰 거품이 붉게 물들었다. 문득 박 신부는 자신이 면도칼을 산 진짜 이유를 깨달았다. 그는 면도칼을 든 채 욕조 안으로 들어갔다. 물이 출렁거리며 넘쳤다. 온도는 적당했다. 너무 뜨겁지도, 차갑지도 않았다. 잠시 욕조의 천장을 바라보았다. 성 바오로의 이름을 딴 기숙사 건물은 얼마나 오래된 것일까? 또 얼마나 많은 사람들이 이곳을 거쳐 간 것일까?

창밖으로 보이는 바티칸 언덕은 대지모신인 키벨레와 그의 연인 아티스를 섬기던 곳이었다. 로마 대화재 이후 베드로가 언덕에서 죽었고, 성 베드로 성당은 그의 묘에 지어진 것이었다. 그리고 반석이라는 그의 이름에 걸맞게 교회가 그의 시신 위에 세워졌다. 그의 무덤은 교회의 중심이었다. 이 모든 것이 너무나 자연스럽게 맞아떨어져서 마치 어떤 보이지 않은 개연성이 존재하는 것 같았다. 누군가는 이것을 신의 섭리로 받아들일 것이다. 하지만 사실은 인간들의 의도였다. 베드로는 성서에서 내내 어떤 상징성을 띠고 있었고, 이 상징에 실체를 구현하기 위해 교회는 노력해왔던 것이다. 우연한 일은 없었다. 물론 독실한 이에게는 우연을 가장 한 필연을 만드는 인간의 의지 자체를 신의 섭리라 말할 테지만 말이다. 그렇다면 자신의 죽음 역시 신의 섭리이리라. 베드로와 같은 세례명을 가지고 같은 잘못을 저지른 자신이, 같은 곳에서 죽는 것은 충분히 개연성이 있는 일이었다.

　박 신부는 욕조에 면도칼을 넣었다. 피는 붉은 연기처럼 번져갔다. 생각보다 아프지는 않았다. 방 밖에서는 문을 두드리는 소리가 들렸다. 상관없었다. 대답하지 않으면 사람이 없다고 생각하고 돌아갈 테니까. 심호흡을 했다. 간신히 잘 수 있을 것 같았다. 눈을 감으며 여기까지 참 멀리 왔다고 박 신부는 생각했다.

네가 세 번 나를 부인하리라

성당으로 돌아왔을 때 더욱 많은 사람이 피난을 왔다. 이제는 낯선 얼굴들뿐이었다. 박 신부는 그들에게 어떻게 이곳에 도망 오게 됐는지 더는 묻지 않았다. 토마스는 시체처럼 창백한 그의 얼굴을 보고 커피 한 잔을 가져왔다. 의자를 한쪽에 밀어놓은 성당에서는 갈 곳 잃은 수십 명의 사람들이 얇은 이불몇 장을 깔아놓고 누워 있었다. 몇몇 사람들은 십자고상과 성모 마리아상 앞에서 기도드리고 있었다. 하지만 박 신부는 기도할 수 없었다. 아니. 아무것도 할 수 없었다. 그 얼빠진 밀랍인형처럼 의자에 앉아 십자가에 매달린 이의 얼굴을 멍하니 응시할 수밖에 없었다. 십자가에 매달린 이는 하늘을 바라보고 있었다. 그에게 이 땅의 고통은 보일까. 어쩌면 그가 하늘을 바라보고 있는 것은 이 세상의 고통에서 눈을 돌리기 위함이 아닐까. 양손에 못이 박힌 그의 얼굴은 그다지 고통스러워 보이지 않았다. 진짜 고통을 당신은 모른다는 범준의 말이 떠올랐다. 그랬다. 저것은 진짜 고통이 아니었다. 박 신부는 고개를 돌렸다. 이제 그를 볼 수 없었다. 그렇다면 자신은 이제 어떻게 살아야 하는 걸까. 박 신부는 사람들에게 눈물을 보이지 않기 위해 자리에서 일어났다.

마을에 세 명뿐인 경찰이 찾아온 것은 다음 날 오후였다. 어떻게 알았는지 원로의 집에 있었던 살인 사건에 대한 증언을 듣기 위해 찾아왔다고 말했다. 그때까지도 박 신부는 제대로 정신을 차릴 수 없었다. 경찰은 그의 증언을 받아 적는 동안 성당에 모여 있는 사람들을 몇 번이나 훑어보았다.

"꽤 사람들이 많이 모여 있네요."

"달아날 곳이 없으니 주님께 의지하는 수밖에요."

원래 학교를 짓는 데 쓰기로 한 돈으로 고구마를 좀 사 온 탓에 사람들은 모두 생고구마를 깎아 먹고 있었다. 사람이 그토록 많았음에도 성당 안은 이상할 정도로 조용했다. 박 신부는 담담하게 자신이 목도했던 광경을 증언했다. 말을 하면서도 실감이 나지 않았다. 박 신부는 자신이 봤던 것이 꿈이라 믿고 싶었다. 경찰은 그의 증언을 받아 적은 후 수첩을 닫았다.

"그 집에서만 일어난 일이 아니지요?"

박 신부의 물음에 경찰은 무표정한 얼굴로 고개를 끄덕였다.

"그들이 처벌을 받게 될까요?"

"솔직히 말하면 모르겠네요. 경찰 내부에서도 지금 제대로 돌아가는 게 없어서요. 계엄 상태라고 하는데 통신이 제대로 안 되니 명령도 제대로 전달되지 않고요. 반군이 내려온다는 소문도 있고, 그 반대로 반군이 쫓겨났다는 소문도 있고요. 아직 확실한 건 아무것도 없습니다."

거대한 무기력함이 그를 짓눌렀다. 그랬다. 신도 정의도 확실한 건 아무것도 없었다. 이 광기의 폭풍 속에서 무엇을 할 수 있단 말인가.

성당에서 나와 경찰을 배웅하고 돌아서자 반쯤 짓다 만 학교 건물이 눈에 들어왔다. 한때 그에게 어떤 이상적인 믿음의 증거처럼 보였던 그것은 이제 반쯤 썩어버린 몸뚱이나, 강간당한 채 버려진 여자아이의 시신처럼 보였다.

저녁에도 돌릴 수 있었던 것은 고구마가 전부였다. 하지만 불평 하는 사람은 없었다. 토마스를 데리고 약탈당한 소수민족들의 집을 돌며 이불들을 모아올 생각이 든 것은 한 아기의 울음소리 때문이었다. 막 해가 지고 어둠이 내릴 무렵 아기 하나가 자지러지게 울기 시작했다. 아기 어머니가 열심히 달랬지만 무엇이 불편한지 울음소리는 좀처럼 그치지 않았다. 그 울음소리가 박 신부에게 해야 할 일을 깨우쳐주었다. 이제 자신이 목자인지 아닌지, 그에게 맡겨진 양떼들이 양인지 늑대인지 아무것도 알 수 없었다. 하지만 한 명의 인간으로서 이 성당에 모여든 사람들을 살려야 할 의무가 있었다. 자리에서 일

구원

어났지만 도저히 혼자 갈 엄두가 나지 않았다. 같은 학살을 목도하게 되면 이제는 무너져버릴 터였다. 그래서 토마스를 데리고 갔다.

소수민족이 살았던 집에는 너무나 분명한 흔적들이 곳곳에 남아 있었다. 박 신부는 아무리 봐도 두 민족의 차이를 전혀 구분할 수 없었다. 하지만 이제 둘의 차이는 너무나 분명했다. 한때 피가 흘렀던, 한때 울고 웃었던 몸뚱이들에는 이미 검은 파리가 꼬여 알을 까고 있었다. 박 신부의 안색은 점점 파랗게 질렸다. 그보다 훨씬 어른스럽게 담요와 포단을 챙기던 토마스도 한 시신 앞에서는 멈춰 서고 말았다. 작고 포동포동한 팔의 세 살짜리 여자아이가 배가 갈린 채 내장이 끄집어내져 있었다. 토마스가 더듬거리며 말했다.

"지, 지옥이…… 열렸어요."

그랬다. 무저갱이 눈앞에 펼쳐지고 있었다. 평화롭던 마을의 풍경은 너무나 오래전이어서 기억조차 나지 않았다. 새삼 그것이 고작 이틀 전이라는 사실에 박 신부는 전율했다. 어제 웃으며 밥을 나눠 먹었던 이웃이 다음 날 칼을 들고 와 목을 벨 수 있다면 사람은 과연 무엇에 의지해 살아갈 수 있을까. 파리들이 새까맣게 앉아 시신을 덮고 있고, 구더기가 눈, 코, 입을 오가며 살을 파먹고 있었다. 그런 시신 사이를 오가며 이불을 모으는 동안 박 신부는 자신의 몸뚱이를 감당할 수 없었다. 떨리는 관절들은 삐거덕거렸고, 자꾸 중심을 잃고 미끄러졌다.

그렇게 몇 번의 구역질을 하고, 몇 번 눈물을 짜낸 끝에 사람들이 덮을 이불들을 모을 수 있었다.

운전석에 앉아서도 떨림은 멈추지 않았다. 박 신부는 시동조차 걸 수 없었다. 토마스는 동정의 눈빛으로 자신을 바라보고 있었다. 인정하기 싫었지만 자신은 이 아이보다 더욱 형편없고, 초라한 겁쟁이였다. 고개 숙인 그의 머리를 토마스가 쓰다듬어주었다. 너무도 힘들어 이 아이의 어깨에 기대어 울고 싶었다.

"의무."

아이는 손을 뻗었다. 작고 따뜻한 손이 그의 중심에 닿았다. 박 신부는 자신도 모르게 깊은 심호흡을 했다. 주임신부도 이렇게 감당할 수 없는 순간에 이 복사 아이의 의무로 위로받았던 것일까? 그것이 그에게 남은 유일한 구원이었던 걸까? 그것은 정말 위로가 되었다. 박 신부는 자신이 뼛속 깊이 그것을 원하고 있다는 사실을 깨달았다. 너무나 간절히 원해서 아이의 머리를 잡고 쾌락의 끝까지 가보고 싶었다. 너무나 간절히 원해서 팔을 뻗어 아이의 목을 움켜쥐고 싶었다. 너무나 강렬한 열망 탓에 열에 달뜬 박 신부는 반사적으로 아이를 밀쳐냈다. 토마스는 이해할 수 없다는 표정으로, 정말이지 투명하고 맑은, 정념을 불러일으키는 표정으로 그를 바라보았다. 발기된 뜨거운 성기가 바지 속에서 꿈틀거렸다. 마음속으로 기도문을 외웠다. 죄악은 추하고 더럽고 지저분한 것이라고 믿

구원

었다. 저렇게 맑고 아름다우며 유혹적인 죄악에 대해서는 어떻게 해야 하는 걸까? 그는 말없이 시동을 걸었다. 떨림은 멈췄다. 무슨 소용이란 말인가. 신에 대한 믿음을 잃어버린 이 순간에도 불같은 욕망과 죄책감은 남았다. 이 얼마나 아이러니한 일인가. 발기한 성기가 몸에 닿아 화들짝 놀랐다. 그것은 수치이자 치욕이었다. 그때마다 룸미러에 비치는 아이의 얼굴을 보며 생각했다. 차라리 저 아이가 없다면, 죽어버린다면 얼마나 좋을까. 아이는 정념이자 욕망이었고, 사랑이자 증오였다.

새로 온 사람들 탓에 누울 자리를 마련하기 위해서는 의자를 완전히 한곳에 밀어 치워버려야 했다. 본당에 도착해 이불들을 나눠주고 나자 토마스는 말했다.

"신부님…… 쉬어."

다시 몸이 떨리고 있었다. 받는 사람들은 기뻐했지만 그 이불들 속에서 박 신부는 죽음의 냄새를 맡았다.

"잠깐 바람을 쐬고 오면 괜찮아질 거다."

박 신부는 토마스의 머리를 쓰다듬어주었다. 하지만 아이의 머리카락에 손가락이 닿자 다시금 정념이 그를 붙잡았다. 지금 사제관에는 아무도 없을 터였다. 아이를 끌고 가서 의무를 강요하면 어떨까? 분명 아이도 그것을 원하고 있을 터였다. 차에서 당황하던 아이의 표정이 떠올랐다. 그래, 이건 죄가 아니야. 자신에게는 아주 작은 위로가 필요할 뿐이었다. 어쩌면 이것은 주님이 허락하신 일인지도 몰랐다. 이것을 사랑이라 부르지 못할 이유가 무엇이란 말인가.

박 신부는 손가락을 부드럽게 감싸는 아이의 머리카락 속에서 손을 빼기 위해 필사적으로 이성의 마지막 조각까지 긁어모았다.

마지막 순간까지 범준은 아이의 뒷머리를 밀어 사제관으로 가자고 재촉하고만 싶었다.

그렇게 도망치듯 본당에서 나왔다. 자신은 얼마나 아무것도 모르고 이곳에 왔던가. 미사 때마다 자신이 떠들었던 강론을 기억하자 박 신부는 쥐구멍에라도 들어가고 싶었다. 범준에게는 얼마나 오만하게 말했던가. 인생과 선과 악에 대해 떠들 자격이 자신에게 있었던가. 책 속에서 신을 배우고, 책 속에서 진리를 깨우치고, 책 속의 도덕을 읊고 있었을 뿐이었다. 자신에게 금욕과 순결과 절제가 그토록 쉬웠던 이유는 욕망에 철저히 무지하기 때문이었다.

박 신부는 오욕이 만드는 뜨거운 열기에 감싸인 채 성당 앞에 서서 분지 아래를 내려다보았다. 첫날 보았던 죽은 여자아이가 떠올랐다. 그것은 계시였을까. 분지는 이제 어둠에 잠겨있었다. 달조차 뜨지 않은 밤이었고, 별만 반짝이고 있었다. 박 신부는 고개를 들어 별들을 바라보았다. 박 신부는 소리 지르고 싶었다. 하늘에 계신다는 아버지에게 묻고 싶었다. 이 모든 일들의 의미를 묻고 싶었다. 당신의 위대한 사랑이 어디에 있냐고 묻고 싶었다. 그때 차가운 금속이 그의 턱 밑에 닿았다.

구원

"살고 싶으면 조용히 해."

낮고 익숙한 목소리가 들렸다. 어둠 속에서 안광이 빛났다. 그 눈빛만으로도 박 신부는 몇 주 전 검문소에서 보았던 민병 대 장교라는 걸 알 수 있었다. 턱 밑에 있던 금속이 천천히 턱 끝으로 올라와 인중을 가로질러 미간 사이에 멈췄다. 눈앞에 방아쇠를 쥔 검은 손가락이 보였다. 그는 박 신부의 미간에 총 구를 댄 채 왼손으로 수신호를 했다. 숲과 성당의 공터가 만나 는 지점에서, 짓다 만 학교 건물에서, 주차해놓은 트럭의 뒤에 서 검은 그림자들이 소리 없이 나타났다.

"손 머리 위로, 뒤로 돌아."

민병대 장교는 총구로 박 신부의 뒤통수를 밀었다.

"앞장서서 걸어. 조용히⋯⋯."

민병대 장교는 박 신부를 사제관 쪽으로 몰았다. 민병대 장 교와 수행하는 두 명을 제외하고, 나머지 그림자들은 성당을 에워쌌다. 무슨 일을 하려는지 고개를 돌려보려 하자 민병대 장교는 총구로 머리 옆을 툭툭 두드렸다.

"신경 쓸 것 없습니다. 신부님 목숨이나 걱정하시죠."

민병대가 이곳에 좋은 일을 하기 위해 온 것이 아니라는 걸 바보라도 알 수 있었다. 그렇다면 자신이 무엇을 할 수 있을까. 달아나라고, 도망치라고 소리를 지른다면 성당 안에 있는 그 들이 알아들을 수 있을까? 그 희박한 가능성에 자신의 목숨을 걸 만한 가치가 있을까? 박 신부는 선택해야 했다. 하지만 무언

가 생각을 하려 할 때마다 몇 번이나 총구가 그의 머리를 찔렀
다. 그것은 새로운 종류의 공포였다. 몸이 반응하는 공포가 아
니라 뇌에 직접 닿는 공포였다. 차가운 금속의 촉감이 뇌를 자
극할 때마다 심장은 발작하듯 뛰었다. 그것은 선택의 문제가
아니었다. 자신은 어찌 됐건 소리를 질러야 했다. 도망치라고,
달아나라고 외쳐야 했다. 하지만 목소리는 나오지 않았다. 몸
은 생각과 반대로 움직였다. 이유는 알고 있었다. 자신이 겁쟁
이인 탓이었다. 다시 총구가 머리에 닿자 이런 생각조차 하얗
게 질려버렸다.

사제관으로 들어온 민병대 장교는 박 신부를 테이블에 앉
혔다. 그 역시 맞은편에 앉았다. 박 신부의 등 뒤에는 여전히 두
개의 총구가 있었다.

"말을 잘 들어주시니 상을 드리겠습니다."

그는 종이 한 장을 내밀었다. 처음 보는 것이었지만 박 신부
는 그것이 통행증이라는 걸 단번에 눈치챘다.

"이걸 가지고 수도까지 가면 단번에 여길 뜰 수 있습니다."

"아니요, 난 이곳에 남을 겁니다. 이 사람들을 지켜야 해요.
당신 같은 살인자들에게서 사람들을 지킬 겁니다."

목소리가 떨렸다. 그리고 갈라졌다. 그러자 민병대 장교는
박 신부가 재밌는 농담을 한다는 듯 생글거리며 군복 윗단추
를 풀었다.

구원

"제가 유럽에 유학 갔을 때, 아, 이래 봬도 옥스포드에서 경제학을 전공했습니다. 가장 신기했던 것 중에 하나는 흰 옷을 입고 차를 타고 다니며 벌레를 죽이러 다니는 사람들이었지요. 등에 커다란 통을 메고 그들이 기숙사에 찾아오면 바퀴벌레들은 모두 사라졌습니다. 무슨 마법 같았다고 할까. 이곳에서는 상상도 할 수 없는 일이거든요."

박 신부는 그가 갑자기 자신의 유학 시절 이야기를 하는지 이해가 가지 않았다. 그런 박 신부의 표정을 보며 민병대 장교는 피식 웃음을 터뜨렸다.

"우린 말이죠. 같은 일을 하는 겁니다. 바퀴벌레를 박멸하죠. 살인자가 아닙니다."

"당신네가 구덩이에 사람들을 몰아넣고 벌인 짓을 들었어. 그, 그런데도 살인자가 아니라고?"

말투는 따지고 있었지만, 목소리는 개미 목소리처럼 자꾸 안으로 기어들어갔다. 민병대 장교는 자신의 소총을 들어 보였다.

"예, 이게 등에 멘 소독약 통 같은 겁니다. 바퀴벌레를 죽이고, 불태워버릴 뿐이죠. 위생을 위해서. 알다시피 벌레들은 죽여도 죽여도 끊임없이 나오니까요. 우리 나라 곳곳을 그 벌레들이 좀먹었습니다. 당신은 모르시겠죠. 지난 200년간 여기서 벌어진 일들을. 나라를 건강하게 하기 위해서는 그들을 죽이는 수밖에 없습니다."

"말도 안 돼."

당신들은 악마라고 살인자라고 외치고 싶었지만 목소리가 나오지 않았다. 그러나 민병대 장교는 박 신부가 무슨 말을 하고 싶은지 알고 있는 것 같았다.

"신부님은 이걸 악마의 소행으로, 무식한 야만인들이 벌인 학살극으로 믿고 싶겠지만, 이건 역사적인 심판입니다. 그 증거가 이거죠."

민병대 장교는 테이블 위에 놓인 통행증을 손가락으로 두드렸다.

"우리가 살인자였다면 신부님은 이미 죽었을 테니까요. 오늘 오후, 재밌는 보고가 들어왔습니다. 바퀴벌레들의 편을 드는 신부가 있다고. 그를 죽여버려야 한다고, 이곳 마을 사람들 몇이 우리 부대를 찾아왔죠."

박 신부는 깨달았다. 신고도 하지 않았는데 경찰이 찾아올 이유가 없었다. 그들은 이곳에 소수민족이 성당에 모여 있다는 사실과 박 신부가 마을에서 있었던 학살을 증언할지 여부를 확인하기 위해서 경찰을 보냈던 것이다. 그들 대부분이 교회의 신자들이었으므로 외국인 사제인 자신의 처우를 결정하긴 쉽지 않았으리라. 결국 손대지 않고 처리하기 위해 민병대를 부른 것이었다. 경찰 앞에서 순진하게 그들을 처벌할 수 있냐고 물었던 자신이 한없이 한심했다. 책상머리에 앉아 그 잘난 신학을 공부했던 것이 무슨 소용이란 말인가.

"우리는 종교를 존중하고 하느님도 사랑합니다. 성서를 보세요. 불의에 빠진 이민족을 심판하는 하느님을. 그들의 가축까지 모두 죽여버리라 명하고 있지 않습니까. 우리는 성서를 따르는 성스러운 군병입니다. 저희 부대원의 70퍼센트가 독실한 신자죠. 우리는 형제자맵니다. 그래서 신부님을 피신시키기로 결정했습니다. 같은 사람이라면 관점의 차이를 인정할 만큼 우리는 이성적이고 합리적인 사람이니까요. 저희가 찾아오지 않았다면, 일주일 내로 신부님은 마을 사람들의 손에 죽었을 겁니다."

박 신부는 그날, 그 밤에 자신을 바라보던 그들의 눈빛을 떠올렸다. 인정하고 싶지 않았지만 그가 옳았다. 언제 그들이 자신을 죽여도 이상할 것 없었다. 민병대 장교는 박 신부 쪽으로 통행증을 밀었다.

"날이 밝는 대로 출발하세요. 자신이 강론하던 신자들에게 죽는 비극은 피해야 할 거 아닙니까!"

장교는 이죽거리며 손가락으로 목을 긋는 시늉을 했다. 박 신부는 방수포에 쌓여 있던 시신들을 떠올렸다. 그 시신들은 지금 어떻게 되었을까?

"지, 지킬 사람들이 남아 있습니다. 저는 성당을 떠날 수……."

떠날 수 없다고 말하고 싶었지만 목소리가 나오지 않았다. 박 신부는 자신의 용기 없음을 저주했다. 그의 세례명의 주인인 베드로는 최소한 칼을 뽑아 저항할 용기라도 있었다. 하지

343

IV

만 자신은 화조차 내지 못하고 있었다. 장교는 미소를 지었다. 박 신부가 채 하지 못한 말을 그는 이미 알고 있는 것 같았다.

"아니요, 틀렸어요. 지킬 사람은 없습니다."

민병대 장교는 자리에서 일어났다. 박 신부는 따라 일어나려 했다. 두 개의 총구가 뒤통수에 닿았다. 다리에 힘이 풀렸다. 박 신부는 쓰러지듯 다시 자리에 앉았다. 장교는 사제관 창문을 열었다. 그리고 호주머니에서 라이터를 꺼내 불을 켜고 천천히 흔들었다. 바람에 불꽃이 흔들렸다. 열린 창문으로 차가운 밤의 공기가 흘러들어왔다. 몇 초의, 긴, 마치 영원 같은 찰나의 침묵이 있었다.

갑자기, 일제히 자동소총들의 연사음이 밤의 침묵을 찢었다. 수십 개의 총구에서 수천 개의 금속조각이 쏟아져 나오는 소리 너머로 비명, 울음, 고함, 비통한 외침, 절규가 뒤따랐다. 그것은 하나의 화음이었다. 죽음과 공포, 화약과 피비린내, 절망과 비탄의 합주였다. 그것들은 뒤섞여 박 신부의 영혼을 바닥부터 뒤흔들었다. 무저갱에서 뛰쳐나온 황충들의 울음소리가 그와 같을까. 하지만 그조차 길지 않았다. 몇 차례 간헐적인 기복이 있은 후 이제는 총소리만이 남았다. 절규, 울부짖음, 하느님을 찾는 외침, 주여 하는 부르짖음은 화약이 작은 금속조각을 날려 보내는 그 소름 끼치는 소리에 완전히 지워졌다. 박 신부의 몸은 사시나무처럼 떨렸다. 사격음은 이제 단발의 총성들로 바뀌었다가 이내 띄엄띄엄하게 들렸다. 열린 창문 너머에서 희미한 화약 냄새가 났다. 밤은 다시 침묵했다. 너무나 조용해서 소름 끼치는 정적이었다.

"그럼, 고국까지 무사히 돌아가시길 빌겠습니다."

민병대 장교는 박 신부의 앞에 있는 통행증을 박 신부 방향으로 돌린 후, 손끝으로 툭툭 두드렸다. 방금 수십 명을 죽이라고 명령한 사람의 목소리라고는 믿을 수 없을 만큼 침착하게, 넋을 놓고 있는 박 신부를 마치 책망이라도 하는 것처럼 말했다.

그렇게 그들은 나타났던 때처럼 조용히 사라졌다. 박 신부는 자리에서 일어나지 못했다. 무슨 일이 있었는지 믿을 수 없었고, 믿고 싶지도 않았다. 테이블 위에 놓인 통행증만이 지금 있었던 일이 모두 현실이라고 말하고 있었다. 아침 햇살이 그의 얼굴에 비치고 나서야 박 신부는 자리에서 일어났다.

그날 아침, 성당 문에 들어서며 목격한 광경을 박 신부는 평생 잊지 못했다. 구멍이 난 스테인드글라스 사이로 아침 햇살이 쏟아져 들어왔다. 코를 찌르는 피비린내가 먼저 그를 맞이했다. 사람들은 입구에서 등을 돌린 채 쓰러져 있었다. 모두 입구 반대편을 향해 엎어져 있었기에 마치 정면에 있는 십자고상을 향해 엎드린 채 기도를 드리고 있는 것 같았다. 몇몇은 깨진 유리창에 반쯤 상반신을 내민 채 죽어 있었다. 성당이 포위되어 있었으므로 그들 중 누구도 도망치지 못했다. 어머니들

345

IV

은 하나같이 아이를 품에 안 은 채 등을 돌리고 있었다. 하지만 아이를 지키려는 그들의 미약한 시도는 아무 소용도 없었다. 총탄은 모자를 가리지 않고 갈가리 찢어놓았다. 성당 바닥은 흥건한 피로 미끄러웠다. 박 신부는 몇 번이나 넘어질 뻔하며 그 피의 길 위를 걸어 들어갔다. 차곡차곡 포개진 시신 위로 부드러운 아침 햇살이 비쳤다. 고해소 속으로 도망친 연인도 있었다. 하지만 그 얇은 합판이 총알을 막아줄 리 없었다. 남자의 이마에서 흘러나온 피가 여자의 벌어진 입속으로 흘러 들어간 채 굳었다. 박 신부는 참지 못하고 구토를 했다.

고개를 드는 순간 십자고상이 눈에 들어왔다. 면류관을 쓰신 이는 부드러운 아침 햇살을 받아 여전히 성스러운 표정으로 하늘을 바라보고 있었다. 군데군데 총알이 박혀 나무 조각이 깨지긴 했지만 그의 온화한 얼굴을 바꾸지는 못했다. 박 신부의 표정이 분노로 일그러졌다. 그는 십자고상을 향해 달려들었다. 그리고 온몸을 다해 그것에 매달렸다. 몇 번을 위태하게 흔들거리던 십자고상은 쩌억 하고 나무 갈라지는 소리를 내며 박 신부와 함께 바닥에 쓰러졌다. 요란한 소리와 함께 박 신부와 십자고상은 피가 고인 바닥에 나동그라졌다. 피 웅덩이 속에 넘어져 있던 박 신부가 피투성이가 된 채 상체를 일으켜 세웠다. 그리고 아이처럼 무릎으로 기어 쓰러진 십자고상에 다가갔다. 그는 얼굴의 절반이 피투성이가 된 예수님의 뒤통수를 움켜잡고 외쳤다.

구원

"보라고! 하늘만 보지 말고 이 꼴을 좀 보라고! 여기서 벌어지고 있는 이걸 보란 말이야! 니가 신이라면 이걸 봐! 이걸 보란 말이야!"

박 신부는 다시 한번 미끄러져 십자고상과 함께 바닥에 쓰러졌다. 그가 밀던, 사랑하던 예수님이 핏속에 잠기고 있었다. 그의 슬픈 얼굴도 고인 피 속에 잠겼다. 박 신부는 돌아누워 천장을 바라보았다. 얇은 천장 지붕 몇 군데에 탄흔이 남아 그 틈으로 햇살이 쏟아졌다. 반짝이는 먼지 속을 가로지르며 내려오는 빛의 줄기는 아름다웠다. 그는 피투성이 손으로 얼굴을 감싸 쥐었다.

"보라고! 여길 봐! 당신을 믿는다는 사람들이 벌인 짓거리를 보라고! 당신을 사랑한다는 사람들이 벌인 꼴을 보란 말이야!"

박 신부는 울부짖었다. 하지만 아무런 응답도 없었다. 울음소리만이 성당의 천장에 부딪혀 돌아올 뿐이었다.

박 신부가 토마스를 발견한 곳은 검은 성모 마리아상 앞에서였다. 아이는 마치 성모 마리아를 감싸 안은 듯한 자세로 등에 총을 맞은 채 죽어 있었다. 아이의 피로 번들거리는 성모 마리아상은 슬퍼 보였다. 입을 앙다문 채 아기 예수를 품은 성모는 눈을 감고 기도하고 있었다. 말할 수 없는 평온과 안도감이 몰려왔다. 이 나라에 도착한 후 처음 느꼈던 완전한 평안이었다. 그것은 성모 마리아의 숭고함이 주는 평안이 아니었다. 그의 비겁함과 추함을 목격한, 증언할 증인은 이제 아무도 남지 않았다는 사실이 주는 안도였다. 박 신부는 자신도 모르게 미소를 지었다. 팔을 뻗었다. 토마스의 피를 뒤집어쓴 성모 마리아상이 손에 닿았다. 반사적으로 그는 손을 움츠렸다. 뜨거웠다. 말할 수 없이 뜨거웠다. 박 신부는 깨달았다. 그것이 낙인임을. 자신에게 찍힌 죄의 낙인임을 깨달았다. 불에 덴 듯 뜨거웠지만 그래도 상관없었다. 신도, 메시아도, 성모 마리아도 이곳에는 없었으니까. 이곳에는 오직 죽음과 죄악뿐이었다.

그는 등을 돌려 그곳을 빠져나왔다. 그리고 피 칠갑을 한 채, 민병대 장교가 남기고 간 통행증을 들고 자동차에 탔다. 그가 첫날 보았던 분지의 풍경이 차창 너머로 한눈에 들어왔다. 산그늘이 물러나며 아침 햇살이 막 닿기 시작한 분지의 사탕수수밭은 미풍에 살랑거리고 있었다. 너무나 아름다웠다. 마지막으로 보는 이곳의 풍경이겠지. 박 신부는 혼자 중얼거렸다. 모두 잊을 거야. 신도 이곳의 기억도 모두, 모두 지워버릴 거야. 그때 햇살이 닿기 시작한 분지 아래 어디선가에서 수탉의 울음소리가 들렸다.

> 그가 저주하여 맹세하여 이르되 나는 그 사람을 알지 못하노라 하니 곧 닭이 울더라. 이에 베드로가 예수의 말씀에 닭 울기 전에 네가 세 번 나를 부인하리라 하심이 생각나서 밖에 나가서 심히 통곡하니라.

구원

자동차 경적이 길게 울렸다. 박 신부가 핸들에 머리를 기댄 채 울고 있었다. 그의 세례명은 베드로였다. 그가 세례명으로 베드로를 택한 이유는 사제 중 최고가 되고 싶다는 지극히 세속적인 욕망 탓이었다. 첫닭이 울자 베드로가 울었다. 베드로가 울고 있었다.

피에타

아침이 밝았다. 이제 죽어야 할 순간이었다. 박 신부는 거울을 바라보았다. 자신을 볼 수 있는 마지막 순간이었다. 거울에 비친 한 인간이 있었다. 초라한 인간이었다. 답을 구했지만 찾지 못했고, 누군가를 구원하고 싶었지만 아무도 구하지 못했다. 이제 15년 전 만났던 한 의사에게 죽을 시간이었다. 그에게 들었던 이야기가 아니었다면 자신은 바티칸에서 했던 어리석은 짓을 멈추지 않았을지도 몰랐다. 그렇게 생각하면 그가 자신을 죽이는 일은 정당한 것인지도 몰랐다. 하지만 가슴이 아팠다.

거울 너머에서는 범준이 박 신부를 바라보고 있었다. 그는 자발적으로 죽음을 택한 사람이 아니므로 굳이 그의 마지막 아침을 지켜볼 이유는 없었다. 하지만 알고 싶었다. 저 사내는 15년 전 그곳에서 무엇을 본 것일까. 그리고 무엇이 그를 이 자리로 인도한 것일까? 그에게 죄가 없다면 자신이 지금 하려 하

350

구원

는 일은 용서받을 수 있을까? 범준은 괴로웠다. 그에게는 원칙이 있었다. 그의 수술대에 올라왔던 사람은 모두 스스로 죽음을 원하던 이들이었다. 하지만 두 가지 원칙이 충돌할 때 과연 무엇을 선택해야 하는 걸까? 아니, 이건 선택의 문제가 아니었다. 신부가 죽음으로써 다른 사람이 살 수 있었다. 단순한 산수일 뿐이라고 자신에게 말했다. 하지만 가슴속 깊은 곳에서 피어오르는 한 줄기 의혹을 막을 수는 없었다. 범준과 똑같은 모습으로 유리창 너머에는 박 신부가 서 있었다. 죽음을 눈앞에 둔 지친 저 사내의 모습은 마치 거울에 비친 자신과도 같았다.

수술실로 가는 길, 박 신부의 눈앞으로 흰 석고보드와 형광등이 흘러가고 있었다. 이 흐름의 끝에 죽음이 기다리고 있었다. 박 신부의 가슴속에서 그도 어쩌지 못하는 무언가가 다시 움트기 시작했다. 어쩌면 범준은 자신을 이해할 수 있을지 몰라. 그가 그토록 회사에 중요한 사람이라면, 이 수술의 결정권을 쥐고 있는 사람이라면, 자신의 비밀을, 자신이 겪어야 했던 것의 진실을 밝히는 것으로 살 수 있지 않을까. 박 신부는 눈을 감고 이를 악물었다. 말할 수 없어. 그것을 말하는 것은 그가 저지를 수 있는 최악의 죄악일 터였다. 하지만 희망은 끈질기게 그에게 비밀을 말하라고 재촉했다. 그가 겪어야 했던 수많은 오욕처럼 한 번 더 비겁함을 무릅쓰고, 한 번 더 치욕을 뒤집어 쓴 채 살아남아 기억을 망각 속에 던지면 그만일 터였다. 수술실 문이 열리는 소리가 들렸다.

그래, 말하자. 박 신부는 눈을 떴다. 고개를 돌리자 녹색의 수술복을 입은 사람들이 자신을 둘러싸고 있었다. 입을 열었다. 목소리를 내려 했다. 하지만 마스크를 쓴 범준의 눈빛을 보는 순간 깨달았다. 자신이 죽어야 하는 이유는 자신이 말하지 않은 비밀 때문이 아니라, 자신이 알게 된 비밀 때문이란 것을. 희망은 잔혹했다. 더 떨어질 수 없는 나락에서 그를 또 한 번 추락시켰다. 수많은 팔들이 그를 침상에서 수술대로 옮기는 동안 박 신부는 눈물을 흘리지 않기 위해 아랫입술을 깨물었다. 그사이 차가운 눈빛들은 그의 팔다리를 수술대에 묶었다.

산소마스크가 씌워졌다. 번들거리는 박 신부의 눈동자에선 금방이라도 눈물이 쏟아질 것 같았다. 범준은 마취의를 바라보며 고개를 끄덕했다. 마취의가 밸브를 조작하자 쉬익 하고 가스가 흘러나오는 소리가 들렸다. 박 신부는 본능적으로 숨을 참았다. 달아나기 위해 몸을 비틀었지만 양팔과 다리가 수술대에 묶인 채 누워 있었으므로 꼼짝할 수 없었다. 장기를 적출하기 쉽게 박 신부의 양팔은 벌려져 수술대에 묶여 있었고 그 모습은 마치 쓰러진 십자가에 묶여 있는 모습과도 같았다. 박 신부는 아프리카에서 자신이 쓰러뜨렸던 십자고상을 떠올렸다. 이것이 신의 의도라면, 혹은 응답이라면, 그는 분명 잔인한 코미디언일 터였다. 빨라지는 심장박동 속에서 박 신부는 자신이 사제 생활을 하며 하늘을 우러르는 십자고상의 모습을 본 것은 고작 두 번뿐이었음을 깨달았다. 하나는 아프리카에 있던 본당에서였고, 하나는 그가 마지막으로 있었던 본당에서였다. 고개를 숙인 십자고상이 많은 이유는 이해할 수 있었다. 십자가에 매달려 있는 것은 너무나 고통스러운 일이었으니까. 하지만 하늘을 바라보는 예수님의 모습은 고통을 초월한 승리의 상징적인 모습이 될 수 있을 텐데 왜 그 수가 그토록 적은 것일까.

귀에 쉬익쉬익 하고 피돌이가 들렸다. 타는 듯한 가슴은 경련을 일으켰다. 범준과 마취의는 말없이 그가 숨 쉬기를 기다리고 있었다. 몸이 스프링처럼 튀어 올랐다. 관자놀이의 혈관들이 파르르 떨었다. 고통스러웠다. 십자가에 달린 고통은 과연 어땠을까. 목젖이 떨렸다. 경동맥이 움찔거렸다. 박 신부는 더 이상 참지 못하고 허파 가득 마취 가스가 섞인 공기를 들이마셨다. 의식이 뒤통수 아래로 쑤욱 가라앉았다. 그 순간 마태오 복음서의 한 장면이 머릿속에 떠올랐다. 십자가에 매달려 있던 예수님이 고개조차 들 수 없는 극심한 고통 속에서 하늘을 바라본 순간은 딱 한 번뿐이었다. 끝나지 않을 잠 속으로 빠져들어가며, 박 신부는 십자가에 달린 예수가 죽기 직전 마지막으로 했던 말을 떠올렸다.

"Ἠλί, Ἠλί, λεμὰ σαβαχθανί"
나의 하느님, 나의 하느님, 어찌하여 저를 버리십니까?

그랬다. 하늘을 바라보는 십자가가 그토록 적은 이유는 그
것이 예수가 사랑하던 하느님을 원망하는 순간이기 때문이었
다. 고통은 같았다. 수술 등이 켜졌다. 환한 빛이 박 신부의 시
야를 가득 채웠다. 의식은 찬란한 빛 속으로 한없이 추락했다.

"준비됐습니다."
마스크를 쓴 마취의가 돌아보며 말했다. 범준이 고개를 끄
덕였다. 그러자 수간호사가 버튼을 눌렀다. 스피커에서는 바
흐의 〈마태수난곡〉이 흘러나왔다. 포비돈이 칠해진 그의 몸뚱
이는 구릿빛으로 빛났다. 범준은 수술 장갑을 낀 손으로 절개
부를 꾹꾹 눌러보았다. 그리고 메스를 들었다. 메스는 차갑게
빛났다. 하나의 선을 긋자 피부가 갈라지며 쭈글쭈글하게 주
름이 잡혔다. 그리고 벌어진 틈 사이로 피가 흘렀다. 기적은 일
어나지 않았다. 이 사제의 피도 결국 붉었다.

지난밤 아이의 꿈을 꿨다. 아이는 노래하고 있었다. 하지만
범준에게는 노랫소리가 들리지 않았다. 그래서 아이를 불렀
다. 하지만 아이는 듣지 못했다. 범준은 아이에게 다가가려 했
지만 아무리 달려도 소용없었다. 달리다 넘어져 나뒹구는 동
안 아이의 모습은 어둠 속으로 사라졌다.

사제의 시신을 수확하며 범준은 생각했다. 다른 사람과 다

를 바 없어. 하지만 그 독백이 거짓임을 자신도 알고 있었다. 죽음을 바라지 않는 사람을 죽였다. 첫 살인이었다. 말할 수 없는 상실감이 그의 어깨를 짓눌렀다. 박 신부의 흉터를 발견한 것은 팔의 피부를 벗겨낼 때였다. 그의 팔에는 붉은 자국이 남아 있었다. 무슨 흔적인지 알아보는 것은 어렵지 않았다. 이 수술대를 거쳐 간 사람들은 그런 흉터 하나쯤은 가지고 있었으니까. 진피층에 남아 희미하게 변색되는 그 흔적은 10여 년쯤 지난 것 같았다. 범준은 멍하니 상처를 바라보았다. 그는 무엇에 침묵해야 했던 것일까? 흉터의 의미를 이해하기 위해 범준은 박 신부의 팔을 잡아보았다. 경련도, 떨림도 없었다. 그저 차가울 뿐이었다.

수술실에서 나와 손을 씻다가 문득 자신의 손을 바라보았다. 이 죽음으로 무엇을 증명한 것일까? 경련을 일으킨 사내의 손을 잡았던, 배신자의 단추를 움켜잡았던, 팀장의 십자가를 잡았던, 사제의 배를 갈랐던, 손은 아무 답이 없었다.

수술실에서 나오자 실장이 기다리고 있었다.

"다음 수술은 다음 주에 잡힐 겁니다."

"다시는 이런 수술 잡지 마세요."

실장은 공범자의 미소를 지었다. 범준은 애써 고개를 돌렸다. 순간 지난 일주일간 박 신부가 갇혀 있던 병실 문이 눈에 들어왔다. 범준은 자리에 멈춰 섰다.

"가시죠. 안전을 위해서 여긴 한동안 폐쇄될 겁니다."

실장의 부름도 무시한 채 범준은 병실 안으로 들어섰다. 방 안은 깨끗이 정리되어 있었다. 실장이 자동차 트렁크에서 꺼내 가져다놓았던 슈트케이스가 침대 곁에 서 있지 않았다면 사람이 일주일이나 지냈던 방이라고는 믿어지지 않을 지경이었다. 전에 들어왔을 때와 다른 점이라고는 침대 옆 협탁에 성서가 꺼내어져 있는 것뿐이었다. 범준은 침대에 걸터앉아 성서를 펼쳐보았다. 얼마나 오래 본 것인지 낡은 성서의 페이지는 너덜너덜했다. 이 방의 모습만으로도 이 사내가 얼마나 금욕적인지 알 수 있었다. 고작 하나의 슈트케이스, 낡은 성서가 그가 남긴 흔적의 전부였다. 그를 세상에서 사라지게 하기 쉬웠던 이유는 박 신부가 습관적인 자살 미수자들만큼이나 세상에 초연한 면이 있었기 때문이었다. 그런 사람이 여학생을 임신시켰다는 이야기는 점점 더 믿을 수 없게 느껴졌다.

범준은 고개를 저었다. 아니야, 난 네 명을 살렸어. 생명은 그 누구도 마음대로 할 수 없다는 그의 말이 떠올랐다. 아이가 생각났다. 아이에게 묻고 싶었다. 자신은 옳은 일을 하고 있는 걸까? 자신은 누군가를 살린다는 말로 아이의 죽음을 모독하고 있는 것은 아닐까? 자신의 모든 행위들이 실은 죄책감을 감추기 위한 자기만족과 자기기만은 아니었을까? 눈을 감았다. 현기증을 느꼈다. 수많은 얼굴들이 그를 스쳐 지나갔다.

정말 그 선택이 옳았을까? 사랑하므로 죽일 수밖에 없었다

구원

는 수간호사의 마음이 어떤 것인지 알 수 있었다. 이 깨달음은 축복일까? 저주일까?

한없이 추락하는 듯한 현기증을 느끼며 눈을 떴을 때 거울에 비친 자신의 얼굴이 보였다. 박 신부도 이 자리에서 수없이 자신의 얼굴을 보았으리라. 그는 거울 속에서 무엇을 보았던 것일까? 범준은 고개를 숙였다. 무릎에 펼쳐놓은 성서에는 박 신부가 남긴 메모가 꽂혀 있었다. 메모는 정갈한 필체로 이렇게 적혀 있었다.

'간절히 기도를 드려보지만 하느님은 언제나 그렇듯이 아주 조용히 침묵하신다. 우리를 사랑하시므로, 우리의 선택을 존중하신다는, 바로 그 이유로.' ■

작가의 말

두 분의 아버지께 감사를 드리고 싶다.

먼저 낳아주시고 길러주신 아버지에게 감사하고 싶다. 아들이라고 낳아서 애써 키워놨더니 백수나 다름없이 글을 쓴다며 살아가는 꼴이 한심할 법도 한데, 항상 믿어주시고 응원해주시니 감사할 따름이다. 워낙 목석같은 인간이라 자식 키우는 재미도 없으실 텐데, 송구스러울 뿐이다. 이제 와 효자로 거듭나긴 그른 것 같지만, 그래도 항상 감사하고 사랑한다는 말을 꼭 책에서 하고 싶다.

또 감사드리고 싶은 다른 분은 '하늘에 계신 아버지'이다. 이 작품은 정말이지 그분에게 직접적인 빚을 지고 있다. 두 번의 실패 끝에 이 작품의 3고를(물론 주변 사람들에겐 처음 보여준 원고이므로 다들 초고로 알고 있지만) 쓰고 나자 나같이 둔한 사람도 분명히 알 수 있었다. 이 작품은 임성순이란 헐렁한 작가가 지닌 능력 이상의 무언가를 필요로 한다는 걸. 덕분에 꽤 오랜 시간 수많은 버전의 원고들을 쓰며 수없이 삽질하고 다녔다. 그럼에도 이 작품이 완성되기 위해서는 나란 사람에게 없는 무언가가 필요했기에, 아무리 노력해도 내 힘만으로는 도저히 완성시킬 수 없었다. 어느 날 새벽, 지금까지 써온 실패한 원고들을 되읽다 그것을 절감했고, 그래서 철저히 절망했다. 그렇게 바닥을 굴러다니며 모처럼의 무력감을 곱씹고 있을 때 깨달았다.

'내가 쓸 수 없다면, 내가 쓰지 않으면 되겠구나!'

그렇게 이 작품은 주인공 중 한 명이 지니고 있는 모든 것을 가장 오래된 고전 중 하나이자 베스트셀러에서 송두리째 빌려오게 되었다. 이 글의 고급스럽고 고상해 보이는 부분들은 지난 2000년간 그분을 믿고 사랑하는 사람들이 만든 학문과 생각들, 그리고 그것들이 만들어낸 딜레마들에서 빌려온 것이다. 그러니 감사하지 않을 수 없다.

그렇다고 어떤 종교의 입장이나 교리를 대변하기 위해 쓴 글은 아니다. 사견이지만 절대자에게 사람들이 자신을 어떤 이름으로 부르는지, 어떤 교리로 믿는지는 별로 중요하지 않을 것 같다. 결국 그런 것들이 중요한 것은 그것을 믿는 사람들의 입장에서일 뿐이다. 이 글도 마찬가지여서 소설에서 말하고 싶은 건 교리나 이론, 철학이 아닌 결국 사람에 대한 것이다.

사실 감사 인사 외엔 별로 할 말이 없다. 솔직히 '작가의 말'

작가의 말

이라는 게 정말 필요한 건지도 잘 모르겠다. 작가로서 독자에게 하고 싶은 말은 이미 작품 속에서 다 했기 때문이다. 작품에 들어 있지 않은 독자들에게 하고 싶은 말이라고 해봐야, "구매해주셔서 감사합니다"라는 인사뿐이다. 진심이다. 이 책을 구매하신 모든 분들은 이 어려운 시기에 작가 한 명을 먹여 살리고 있는 것이다. 놀랍지 않은가?

물론 별로 특별한 일은 아니라고 생각할 수도 있다. 그렇다. 일상적인 일이다. 하지만 돌이켜 생각해보면 우리는 지극히 일상적으로 얼굴도 모르는 서로에게 기대어 삶을 영위하고 살아가고 있는 것이다. 나는 이런 것을 진짜 '기적'이라고 부르고 싶다.

2012년 여름
임성순

이 소설을 쓰기 시작할 무렵 제법 열심히 취재를 했던 기억이 납니다. 자칫 추상적으로 흘러갈 여지가 많은 주제였기에, 보다 현실적으로 쓰려 노력했습니다. 그래서 실제로 벌어진 사건을 찾고, 또 찾아 소설로 구상했습니다.

당시에는 생각했습니다. 안일하게도.

이미 일어난 일일 뿐이라고. 세상은 분명 더 나아지고 있을 테니 다시 이런 일이 벌어지는 일은 없을 것이라고. 잔혹한 현실을 그려낼 수 있었던 것은 이미 지나간 일이라는 믿음 때문이었습니다. 하지만 너무 낙관적이었던 모양입니다. 일어났었던 일이라 믿었던 비극이 최근 다시 일어났거나, 또다시 일어나려 하고 있으니까요.

이상한 시대입니다.

과거 이뤘다 믿었던 시대정신이 다시 시험대에 오르고, 선과 정의의 이름으로 가치관은 극단으로 치닫는 시대입니다. 그런 갈등이 없던 시대가 없겠지만, 유난하다 느껴지는 건 제 기우만은 아니겠지요.

　　이런 시대에도 이런 미욱한 책을 읽어주셔서 감사합니다. 독자 여러분이 어떤 가치관을 가지고, 어떤 신념을 믿는지 알 수 없지만 이 책에서 나름의 의미나 화두를 찾을 수 있다면 좋겠네요. 정답도 없고 확신도 줄 수 없는 소설이지만, 그 의심과 미혹 속에서 길을 찾을 수 있지 않을까요?

　　뭐, 그건 독자 여러분의 몫이니 저는 무책임하게 이만 도망갑니다.

　　다만 부디 안녕하시길 바랍니다.

2025년 봄
임성순

구원

1판 1쇄 발행 2025년 4월 1일

지은이 · 임성순
펴낸이 · 주연선

(주)은행나무
04035 서울특별시 마포구 양화로11길 54
전화 · 02)3143-0651~3 | 팩스 · 02)3143-0654
신고번호 · 제1997—000168호(1997.12.12)
www.ehbook.co.kr
ehbook@ehbook.co.kr

ISBN 979-11-6737-542-1 (03810)